女皇号游轮

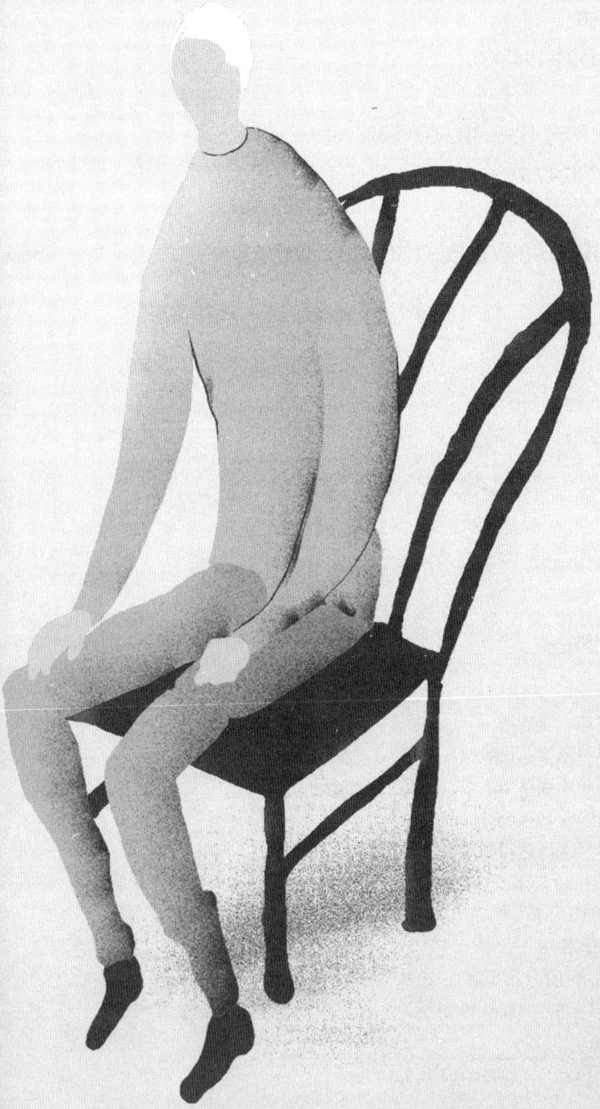

沈乔生 著

江苏凤凰文艺出版社
JIANGSU PHOENIX LITERATURE AND ART PUBLISHING, LTD

图书在版编目（CIP）数据

女皇号游轮 / 沈乔生著. 一 南京：江苏凤凰文艺出版社，2018.10

ISBN 978-7-5594-1987-3

Ⅰ. ①女… Ⅱ. ①沈… Ⅲ. ①短篇小说－小说集－中国－当代 Ⅳ. ①I247.7

中国版本图书馆 CIP 数据核字(2018)第 088339 号

书　　名	女皇号游轮
著　　者	沈乔生
责任编辑	黄孝阳　李珊珊
出版发行	江苏凤凰文艺出版社
出版社地址	南京市中央路 165 号，邮编：210009
出版社网址	http://www.jswenyi.com
印　　刷	江苏凤凰通达印刷有限公司
开　　本	880×1230 毫米　1/32
印　　张	10.375
字　　数	220 千字
版　　次	2018 年 10 月第 1 版　2018 年 10 月第 1 次印刷
标准书号	ISBN 978-7-5594-1987-3
定　　价	36.00 元

我为什么要重返文学

沈乔生

我有了重返文学的念头。

说重返，倒不是说我脱离了有多久。事实上，这些年我断断续续写的小说和杂文也不少，然而，主要的精力和心思，已经不在文学上了。

本来，重返可以提前几年，但我遇上一些无法推脱不得不办的事情。简单地讲，首先，替儿子办了婚礼。在中国，结婚是儿子的事，更像是父母的事。

第二件事就是，卖房、买房、装修、搬家。从闹市区搬到了一个桃花源似的地方。这是个重体力活，几乎让我和妻子的老骨头散架。

第三件事是炒股票。我炒股很长时间了，身旁一些人信任我，把他们的账号交给我，让我代他们炒，推都推不掉。哪想到遇上了绵绵的熊市，他们的账户都出现了亏损。我深思之后，壮士断腕，不再替人炒了，把他们账户上的亏损悉数赔还，赔了四十万，但不能因此而一蹶不振呀。刚好是 2014 年年底，机会来了，我毅然决然，把所有的资金都投入股市，激战半年，当股市跃上五千点之后，全部抛空。就此离开。

第四件事，我在六十二岁时，不仅取得了中国的汽车驾照，还取得了美国驾照。一个老爷子能玩成这样，也不是简单的。

第五件事要多讲两句，我自幼就爱书法，八岁时，在母亲的引诱和逼迫下，写起毛笔字，学的是颜真卿，以大字为主。在“文革”中，我这一特长得到发挥。班上的大字报几乎都是我抄写的。

以后，我下乡到黑龙江农场，为了对付漫漫的冬季长夜，我就写毛笔字。别人抽烟喝酒，打牌，下军棋，我也玩，但适可而止，不沉溺。沉溺的是写小说，写毛笔字。那时没有宣纸，连白纸都找不到，我就溜到大队部去，不干别的，专门搜罗报纸，如果搜到一堆，就欢天喜地卷起来，捧着跑回宿舍。

大概在十多年前，我开始一心扑在书法上。那段时间，早晨六点我一定会醒来，虽然还想再睡，可总要去拿毛笔，总要读帖，很快睡意就消失了。这样忙忙弄弄，不知不觉就到八点了。几乎天天如此。不光早晨写，一天中的其他时间还想写，吃完早饭又过来写两张。烧了开水冲了茶，又走来写一会。打开计算机码不了多少字，又蹩过来涂鸦一张。已经到了无法不写的地步了。我告诉自己，这样不行，该写点文章了，可总是控制不住。稍一得闲，就身不由己，腿不由己，往放有文房四宝的房间里走。我曾经写过一部中篇小说《书痴》，写的是一个叫谭一池的人，他以生命来滋养书法。现在我自己也有点谭一池的影子了。为了不要痴过头，我必须逼着自己不写、不想书法。

有时一人在家，到夜里要上大门的保险扣了，看了发笑，一整天还没有打开过呢。

2014 年，我的个人书法展在南京、上海两地成功举办，两地的开幕式都是在剧场里举行的，在南京时有将近三百人参加开幕式，在上海更是达到四百多人。我实践了以毛笔抄写新诗的主张，取得了应有的成果。

在很可能由作家向书法家转型时，我停住了脚步。

我知道自己是个不安分的人，在一条路上走久了，会来一次逆袭。同时，我又是一个十分恋旧的人。

于是，一个急迫的、近似于庄重的声音在我心底多次响起来。

重返文学。

我起先不敢相信，周遭的世界不是早就不把文学当回事了？

我再次细听，没有错。

重返文学。

这是第六件事吗？前面五件事加起来，意义也没有它大。

不由回想起我的文学之路。

我的写作起步很早。在黑龙江农场，在广袤的凛冽的雪原上就开始了。那时我还是一个不到二十岁的毛头小伙子。知青睡的是南北大炕，我睡在尽里头，在炕上放一个箱子，就是我的书桌。我趴在上面，就着昏暗的灯光，用钢笔写下了《开渠新歌》《雪原扬鞭》等，以手稿的形式在知青中间流传。很多人都知道，十一分场有个写小说的上海人。

如果追问写作动力，那就说不清楚了，当时都无处发表。就是后来发表了，在“文革”结束前，也没有一分钱稿费。再说，前头那么多舞文弄墨者都被打倒了，在历次运动中遭到了残酷的斗争，“文革”中更是有人上吊，有人投湖，有人跳楼，我不是没有看见，怎么还会如痴如醉地、执迷不悟地想走这条路呢？

给出答案并不难，在于文学谜一样的、欲死欲活的魅力。我年轻时候，内心是十分执拗、狂热的。中了文学的毒，没有药可以解。

1981年，大学三年级时，我在《小说界》1981年第二期，发表了中篇小说《月亮圆了》。这篇小说充满了浪漫的情绪，有着诗一样的语言。小说发表后，在青年学生中、在社会上引起不小的反响。有批评家说，这是新文学时期描写人性的发韧之作。当时，文坛上都在说伤痕文学，揭露“文革”带来的心灵伤害。而我的小说，描述了两个互为敌人的受害者之间的宽容，我始终认为，中国批评界对这个主题比较陌生，没有给我的小说以应有的地位和重视。

大学毕业后，我发表了第二部中篇小说《苦涩的收获》。次年获得《小说界》首届优秀作品奖，那届中篇小说奖就设两个，由日后写出《白鹿原》的陈忠实和我获得。陈公大我十岁，领奖期间，我们共游黄浦江，交流心得，由此成了朋友，后来还互赠书法作品。

后来，我当了大型期刊《钟山》杂志的编辑。又成了专业作家，写了很多自己较为满意和不甚满意的作品。

此时，中国进入改革开放，经济大潮冲击我们的社会，带来了前所未有的变化。同时，中国发生了急剧的社会动荡，小说和文学也因此受到了种种限制和阉割。

我思想也发生了动摇，似中了邪一样，觉得写作无用，对社会对人生起的作用太渺小了，对自己放任起来……

斗转星移，大概就在前几年，又转过来了。我发现，任何其他方面的事情，都无法取代文学创作带来的乐趣和快感，即使是我酷爱的书法，也和文学不一样。书法的世界相对固定、有限，而文学的时空和地球一样大，没有东西能和文学的丰富性、复杂性相比。更不用说其他的了，哪怕股市你赚了钱，你买到了涨价之前的房子，都和文学的感觉不一样。

看起来，世界上有意思的事情很多，但实际上并不多。重返的想法，令我自己也吃惊。

在我看来，写作是灵魂的独白，是精神的自由飞翔。因为你可以把人类的内心如此细腻、透彻而深刻地展现出来，不管是真还是假，是美还是丑，是恶还是善，都可以展示到令人惊悚的地步。你是你的精神王国的主宰。其他行业都不可能。

这是你生命和灵魂的需要。

我发现我还有许多题材可以写，也就是说，我没有完成任务。我有我的“文革”感受，虽然写过长篇小说《狗在1966年咬谁》。但还很不够。我的家庭有很多特殊性，都是原生态的，待我去开掘。我一生经历过很多事情，有很多难以磨灭的个人印象，都没有好好描写。我的兄弟姐妹们在中国就有许多承载，后来来了美国，他们的下一代在另一片土地上长大、生活，展现出无比的丰富性。我是上世纪五十年代的人，有着曲折、丰富、深邃的内心，刻画出我一个人，就是展现了一代知识人的灵魂。

啊啊，我犹如重新回到了北大荒，我又是那个毛头小伙子了。我还惊喜地发现，除了体力下降之外，我的创作力并没有下降，甚至比以前还强，因为思想上成熟了。

重返文学。

这个念头啮咬我的心灵，像三月的春蚕，疯狂的春蚕，啮咬嫩绿的桑叶。

在此抄录我1993年的小说《小月迢迢》中的句子：

“桦树林里惨白得惊人，鹿举着步子在林子里走。月亮在树梢头歇一歇，然后一跃身，起步了。它宁静地向中天游去，漂洗过的血随它同行。他的头顶上，从地平线的这一头到那一头，是一个无限广阔的湛蓝的空间。月亮是一个灵魂，它在这空间里自由翱翔。”

夜深人静时，那个声音又来叩问，现在的媒体、娱乐有多发达，年轻人的趣味发生了非常大的变化，你能赶上吗？

我说，我相信文学的本质是不会变的。不过，我会尝试新形式，试试看。

我听到钟的滴答声响，听到夜色中传来大鸟的惊叫。

那个声音说，你认为你将写的作品有什么艺术特点？

我说，内心。复杂、深刻、丰富、高贵的内心。是稚嫩、敏感的内心和外部世界的冲突。在我看来，中国文学的一个缺点是，重视所谓史诗，忽视内心。我还可能写些脱离现实的、离奇古怪的东西。

2016 年，我在五个月时间内，写出了七部中短篇小说。这在我年轻时也很少做到。这是我重返文学的第一批作品。其中有些小说，如《血书》《上大学》，和我个人经历有很密切的关系。当我在电脑前坐下来，那种对北大荒的特殊感觉，那种特定时期的特殊氛围，如烟雾一样向我飘过来，又如同水银一般渗透了我的骨髓。我犹如回到了当年，当歌，当喜，当泣。所以，我的笔墨比较写实，现代派的手法用得相对较少，似乎是怕把固有的气氛破坏掉。

从 2016 年 10 月起，我的四篇小说，《在江一边》《血书》《不为绿卡》《复活》在北美的《世界日报》上连续发表了，前后连载半年之多。

海外学者、评论家陈瑞琳是第一个读者，她看了说，这是一篇突破性的作品，预示着我的创作将在一个新高度上开始。

我欣喜之余，不免有很大的不满足。《世界日报》只在海外发行，国内读者就无法读到，令人失望。

有个作家朋友听说了，提议说，你可以在微信上发。我心头一亮，这不失为一个好方法。山重水复疑无路，柳暗花明又一村。于是，找来年轻的朋友，在他们的帮助下，建立了一个微信公众号。很快，《在江一边》被分成十一个大段，上传了。结果出乎意料的好，故事新颖别致、惊心动魄，一下吸引了许多读者，不仅在南京，还在上海、北京、天津的微信群中传开了。不少人追着看，还通过各种方式问，什么时候发下一期，我们等不及了。

读者群建立起来了，接下来怎么办？我原想收手了，但做技术维护的青年人却认为可惜了。我犹豫不决，抬眼望去，中国社会各种思想空前活跃，各色人等都渴求表达。于是，我伏案疾书，一发而不可收，接连写出《我是一个和平主义者》等两篇时评，写出《知青返城后》等六篇知青系列杂文。写出《忏悔不是人类的天性》《为了忘却的记忆》《五类分子的子女》等文章。仅一年，阅读量就达到三百多万。我做了原来没想做的事情。我在不可预测的路上迅跑。一切都出乎意料，仿佛打开一个魔匣，飞出一大群五彩缤纷的相貌奇异、高贵的大鸟。

这本小说集的出版，首先要感激北美的陈瑞琳，真的，我很少见到对文学如此热爱的批评家，她的书桌上堆着上百部从世界各地寄来的书，她常常通宵达旦地研读，如杜鹃啼血一般给大家写评论。有瑞琳这样的朋友守护，是小说家的幸运。

我衷心地感谢黄小初总编和年轻有为的作家黄孝阳，是他们给了我珍贵的机会，让这本小说集和广大的读者见面。

感谢周梅森、格非、张翎、李洱等作家朋友，他们为我的作品做了热忱的推荐。

最后，提到我发表在《上海文学》2013 年 7 期上的散文，《台北寻故》。

在遥远的 1950 年，国民党溃败台湾，当时大陆上的很多有钱人，都随之逃往台湾，逃往海外。而我的父亲却逆袭这股人流，携一家老小，离开台湾，迎着冉冉升起的五星红旗，返回祖国大陆。以后却有了难以想象的遭遇。

当我第一次踏上了台湾的土地，在父母亲曾经居住的台北市西门町的故居前，突然泪如泉涌。

我重返台湾，和重返文学是不是有某种契合呢？

我感觉到无以名状的痛苦和激动，仿佛听到冥冥之中的召唤。

写于 2017 年 8 月 7 日　南京老山

目 录

血 书

一

1975年10月，泉申处在一个尴尬的时节点。这离后来的历史转折已经很近了，可是当时的知青不知道，还在为推荐工农兵学员煞费苦心。

泉申在大楼里上班，大楼是农场的首脑机关，上大学的名额自然最多，要比一般生产连队多得多。但是，名额再多，泉申这样的还是希望渺茫。因为首脑机关中，皇亲国戚特别多，比方说范副书记的女儿，周副场长的儿子，政治处黄处长的女儿，公安局姜局长的儿子，等等，除非嫌读书累脑子，自己不愿意上的，有一个算一个，只要报名，都是铁板钉钉。这么算，剩给知青的名额就不多了，反而比生产连队少。为此，大楼里的知青都很苦恼，都在暗中使劲。

不知哪天，谁想出了招，写血书，起先不过一两张，等尤政委在全场广播大会上高度肯定了之后，很快就风行了。写血书以前也有过，可是搞成现在这么悲壮、有气势，泉申真没有想到。登上台阶，走进威严的大楼，过道两旁，挂着七八张血书，斑斑血迹，句句豪言，看得人惊心动魄。写血书的都是想上大学，可是他偏不这么说，而要说，“扎根农场一辈子，黑土地里埋忠骨。”还有的说，“扎根农场一百年。”把他儿子、孙子都算进去了，尽管现在连个蛋都没有。表面看，这个逻辑很荒谬，可是，大家都是明白人，都割出鲜血来表达了，还能怎么样？当然是最坚定的革命战士，我们推荐什么样的人上大学呢？当然是这样的战士。到这里，逻辑就一点不荒谬了。

土干部子女是不用写的，黄处长女儿不用写，姜局长儿子不用写，他们土生土长，没有扎根这个茬。拼的是谁，就是知青。

方星和泉申都是宣传科的，大曹是供销科的，三人住一个宿舍。这天中午吃了饭，先后回到宿舍，都上床歪着，不免闲聊，就说到这上了。

大曹说：“计财科的小金今年有希望，已经写血书了。青年办的小傅和小陈也写了，形势逼人啊。”方星说：“对呀，大楼里的知青，不管是上海的天津的，还是哈尔滨、齐齐哈尔来的，十个有五个写了。”

泉申懒懒地说：“是吗，你们情报工作做得不错嘛。”他心里有数，大曹比他早一年进大楼，家里是工人，今年肯定要力争。方星比他晚进大楼一年，是一个闲散之人，从来不激进，习惯在中游晃荡。

泉申不由想到自己，有些悲凉。他们兄弟姐妹七个，六个下乡了，有吉林、湖南、江西、青海、安徽，剩下他，跑到最北最冷的黑龙江。好比抓了一把豆子，往中国地图上一撒，也就这个结果。泉申当然想上大学，上中学时，他主科成绩一直是班上前三。可是他的出身不好，是他最大的硬伤，而且大楼里，土干部子弟一大拨，除此之外，知青中间也是藏龙卧虎。他知道自己的希望微乎其微。

大曹说激动了，跳下床，说，“我们也写吧。”说着拿出一张早准备好的大白纸来，铺到桌上。回头问，“我们三个人合写一张呢，还是各写各的？”

泉申说：“大曹，你今年有希望，就要把这个必要条件做充分，我嘛，条件不如你，写和不写差不多。”

方星说：“大家的想法，不会一模一样，我看还是各人写各人的吧。”

大曹忙说：“你们说的对，各人各写自己的好。”他刚才问三个人写一张不是真心的，是句敷衍话，不过是怕那两个说他不带他们。他一直在琢磨，如何把血书写得血脉喷张，激荡人心，要是这两个不当事，岂不是把自己也耽误了？

方星说：“大曹，今年你是重头戏，可不能在血书上输了人。”

大曹说：“你说我是重头戏？真的，还是假的？”

方星却笑，不说话。

大曹急了，说，“你说呀，真的，还是假的？”

泉申也爬了起来，说，“管他真的假的，你要有志在必得的信心。来，我们看你写。”

大曹见两个都在等他，脸上放庄重了，往盆里放了水，竖起右手食指，凝神看了，浸进水中，打了肥皂，洗干净了，再用毛巾擦干，再看，这根指头的颜色就和其他指头不一样了。方星说，“写呀。”大曹把食指伸进嘴里，咧嘴咬一下，拿出来看，没血，放回去又咬一下，还是没血，说，“我这指头皮厚。”

泉申冷冷一笑，走回去，在床上躺下，他不看了，闭了眼，想一些其他事情。只听到大曹哼啊哇的，方星在一旁煽风点火，不行，这太细了，没有气势，血都不流了……又听到大曹痛苦地叫，方星在旁边用劲跺脚，替他加油。泉申又从床上起来，过去看，白纸上写了十多个血字，大大小小，粗粗细细，深深淡淡，有的像筷子，有的像头发丝，拼起来读，是一句话。

泉申说："大功告成了。"大曹长吐一口气，像从刑具上放下来了。三个人都不作声了。一会，却听大曹在床上说，"哎，你们知道吗，什么东西吃了最补血？"泉申没回答。方星说："补血的东西多了，有阿胶，有红枣，还有枸杞。"大曹说："对，我也听说过，供销社里没有阿胶枸杞，红枣倒有卖的，上次我看见的。"他从床上爬起，披上衣服，急匆匆走了。

方星笑了。泉申说："你笑什么？"他还是笑，泉申也跟着笑了。

二

下午，方星到办公室去整理材料了，泉申坐在床上，独自思忖，上大学希望再渺茫，我还是要争取一下。再说，就是不上大学，在大楼里呆着，表现也不能孬。于是就出了门。

出门不远，就是场部大道，大道两旁是两排参天的白桦，一直绵延到很远的地方。回头看大楼，三层高，铁锈红的，很有气势。有辆马车跑过，车老板是认得的，问他要不要搭车，他摇摇手。那车一声响鞭，得得得跑掉了。他去的地方很近，就是一百米外的场部医院。

泉申拉开玻璃门，进了医院，他找的是内科的李医生。这个李医生和他关系不一般。来大楼之前，泉申在十一分场的菜园子，李医生也在菜园子。李医生名叫李锦华，因为男女腐化，判过刑，那时是刑满释放留场工作。因为苦头吃多了，学乖了，说什么话，他都随人。李锦华有句口头禅，叫那可不。比方说，泉申和李锦华赶着牛车晃悠悠走，车上装了豆饼。泉申掰了一块，放进嘴里嚼，叶叶都吐了，说，“刘队长骗人，他说有一次他饿了，就吃豆饼，哪能吃啊？这是牛的口粮嘛。”李锦华忙说，“那可不。”一会儿，泉申又说，“不过回过味来，嘴里还有香味。”他又说，“那可不。”

泉申在豆饼上摊手摊脚躺着，太阳暖洋洋的，十分惬意。他说：“今天天气真好。”李锦华说：“那可不。”泉申侧过头看天，说，“不好！那边起黑云了，马上要变天了。”李锦华忙说：“那可不。”泉申看看他，说：“你怎么能叫锦华这个名字，给你叫瞎了。”他说：“那可不！”泉申想了想又说：“不过，还是个好名字。”他笑了，说，“那可不。”泉申说：“妈的，你干脆改名字，就叫那可不。”他马上说：“那可不。”

这时，场部的好些医生，都自找门路调走了，有关方面就想起了李锦华，在判刑前，他是齐齐哈尔市第二人民医院的医生。有人来调查，泉申说了他不少好话。于是，他就放下牛鞭子，进医院穿上了白大褂。李锦华是个明白人，泉申每次去找他，都客气得不得了。

泉申进了内科诊室，李锦华正在替人看病，抬头看见他了，脸上堆起笑，说，“凌班长来了，坐一会，我马上就好。”果然一会就好了，忙招呼泉申。泉申说：“你这里不错呀。”李锦华说：“那可不。”泉申说：“病人多不多？”他说：“那可不。”泉申说：

“问你病人多不多，什么那可不!”他忙说：“休息天特别多，这些日子忙农田，不多。”

泉申心想，不和他多说了，就把自己的要求提了出来。李锦华搔搔脑袋，说，“这可不好办。”

泉申说：“你不说那可不了?”

李锦华成了个苦瓜脸，“真是不好办，要好办，我当然那可不。”

泉申脸色就有点难看，说，“那年，我们到科勒河运木头，我是你的管教班长。你嫌这活苦，就叫肚子痛，我知道你小病大养，还是让你在家休息。”

李医生说：“那可不!”

他说，“场部医院缺医生，候选人不是你一个。他们来调查，我净说你好话，说你发烧三十九度，还冲进暴风雨抢着扛大包。”

李锦华说：“那可不，我走到哪都记得凌班长对我的好。”

他说：“现在你在医院干活，风吹不着，雨淋不着，雪冻不着，同以前比，一个天上，一个地下了。”

他忙说：“那可不!”

泉申说：“我来找你帮忙，你不会推托。”

他说：“那可不。谁的事都能往后推，凌班长的事不能推。”

他说：“我没别的事，就一件事，你看着办吧。”

李锦华叫起来：“这不好办呀。”

泉申说：“变卦了?那时候，我是你的管教班长，知道你小病大养，还让你在家休息。”

他说：“那可不。”

泉申说：“场部医院缺医生，医院人事科来调查你的政治表现，我净说你好话。”

李锦华说：“那可不。”

几轮下来，泉申的要求总算得到一点满足。

他走回宿舍，刚要进门，有人喊他，是电影队的小郭，在朝他招手，“过来，过来。”他走过去了，小郭又不说什么，提了一桶冷水，拉了他就走，很神秘的样子。

走过两个拐角，就到一个平房，是以前放电影器械的，后来搬走了，空在那里。走进去，小郭放下水桶。泉申适应了屋里的光线，见地下拴着一条狗，毛发脏兮兮的，不大，但挺肥的。小郭说：“是条野狗，老是来找食，被我逮住了。”说着从衣服底下亮出一把刀。

他心中大喜，说，“你要杀狗？有了，有了。”

小郭说：“什么有了，有了？”

他沉浸在自己思路中，被他喝醒了，想了想说，“肉有了呀。”

小郭看他似有别的意思，也不追问，说，“那你当我帮手。”

泉申说：“好。”

小郭把拴狗绳从梁上扔过去，接住了，交到泉申手中。绳的另一端就勒在狗的脖子上。两个人捏紧了，猛地一起拉，狗就飞起来，悬在半空中。小郭把绳交到泉申手中，叫他拉紧了，不能松。他从桶里舀了一勺冷水，绕到狗的后面，往张开的狗嘴里灌。狗喉咙里发出咕碌咕碌的声音，他又灌，冒出好一通水泡。小郭就把刀往鞋底一蹭，狠狠扎进狗的脖子。血喷出来，底下有个盆子接着。

收拾得差不多了，小郭走出去买盐，一会进来，有些不开心，说，“不好，碰上张队长了，要我马上去四分场放电影，肉煮不起来了。”

泉申说：“煮不起来没关系，放井里去吊着，几天坏不了。”

小郭说：“这倒是个办法。哎，今天晚上放电影我就一个人，你能不能陪我一起去，做个帮手。”

泉申有点犹豫。他忙说：“我们今天一起放电影，明天一起煮狗肉。”

泉申说：“什么时候走？我还有点事。”

小郭说：“说是蹦蹦车回到分场就出发，大概一个多小时吧。”

泉申说：“那行，我抓紧点。”

泉申回到宿舍，紧忙快忙，总算大功告成，一张红彤彤的决心书铺在桌子上了。

方星刚好进门，见了眼里发光，说，“哎呀，你都写好了，这么大，太有气势了！”

泉申说：“也就一般啦。”

“你太谦虚了。”方星迟疑一会儿说，“我们是一个办公室的，又是一个宿舍。这样好不好，我就不另写了，在你名字后面，加上我的名字。不好意思。”

泉申看着他眼睛问，“你想签名？”

他胆怯地说：“是呀，我想，省得割呀拉的。”

他说：“你真想加个名字？想清楚了。”

方星说：“想清楚了，就不知道你肯不肯让我沾光？”

泉申大度地说：“没关系，你签名吧。”

这里方星挽了袖子，小郭就在窗外喊了。泉申抓了件衣服，奔出去，一辆红色的蹦蹦车已经在门外停着了。小郭伸手拉他，他握住了，纵身一跳，跳上车厢。车子吐出一股青烟，蹦蹦蹦开走了。

三

那天放的是南斯拉夫电影《桥》，泉申很喜欢这电影，精彩、激烈，主题歌也好听：

> 啊朋友再见，啊朋友再见，再见吧，再见吧，再见吧。如果我在战斗中牺牲，你一定要来把我埋葬。啊朋友再见，再见吧，再见吧，再见吧。请把我埋葬在高高的山岗，再插上一朵美丽的花。

电影放完了，全场观众都是意犹未尽的表情。小郭招呼他吃了备下的夜宵，又坐蹦蹦车回来了。到场都已经很晚了，泉申踩着被月光照亮的台阶，嘴里还在哼："啊朋友再见，再见吧，再见吧，再见吧。请把我埋葬在高高的山岗，再插上一朵美丽的花。"

拉开宿舍门，没想到里面还热闹非凡。大曹用纱布捂了右手，在地下乱转，他脸白得像一张纸，两肩耸起，好似两个山峰，脑袋伏下去，像个座山雕。方星也表情紧张，拿了把水果刀，刀上有血。

泉申觉得不对，没等他开口。大曹就叫起来："好你个凌泉申！我写血书你笑，你是讥讽我，嘲弄我。没想到你却背着我，整了这么大一张血书！你这是韬光养晦啊，你知道我今年有希望，要放手一搏，你就来这一手！你口口声声说你条件不好上不了大学，可你为什么要压我一头，写这么大的血书啊？”

泉申顾不上回答，抢过大曹的手指看，食指上拉了两道口子，深的一道都见骨头了，中指也割破了。他去拿方星手中的刀，却握住了他的手，发现手是凉的，像一条河里的鱼。泉申说：“你疯了，怎么就用刀给他割血？”方星说：“不用刀，不来血啊，他要写大的，写气势强烈的，他怎么割，血都不够。他下不了手，要我帮他，我是舍命为君子呀！”

泉申扔了他手，再看桌上，自己的决心书已经被移到地下了，桌上摊了大曹的新血书，整整写了两大张，一横一竖都是粗的，连斜撇都是粗的，那个感叹号简直是用血喷上去的。泉申背上一阵发寒，却听耳边大曹说：“幸亏中午写的还没有贴出去，还来得及。明天一早，我就去把这张气势强烈的贴上！”

泉申一迭声说：“完了，晚了，晚了，完了……”

大曹说：“你什么意思？你是说晚了，还是说完了？说清楚了！”

泉申说：“我也不知道，应该说完了，还是晚了？”

大曹还是说：“你说清楚了！晚了和完了是两个意思，你不能不说清楚。”泉申说：“说不清楚了，真的说不清楚了。睡觉，睡觉。”

一个多月后，场部机关的推荐名单出来了，知青中就计财科小金和青年办的小陈榜上有名，此外，是清一色“皇亲国戚”，赵副场长、范副书记、刘副场长、政治处黄处长、公安局姜局长……领导们家的儿子女儿只要报了名的，都上榜了。泉申和方星看了榜，心里也不起波澜，这是秃子头上的虱子，明摆着的。不过，大曹却难以平息。晚上泉申和方星上床了，他却坐在床头，什么也不干，就是呆坐，还不让熄灯。那时谁都没有台灯，就屋顶心一盏亮晃晃的灯，躺在床上的两个翻来覆去，就是睡不着。方星说："你睡吧，我要关灯了。"他像没有听见。泉申说："求你了，要我给你磕头？明天我还要赶一份材料，要是黄处长那边交不了差，只好出卖你了。"

大曹这才慢慢脱了衣服，坐进被子去。方星爬起来熄了灯，不过五分钟，灯刷的亮了，大曹还是坐着。泉申说："你怎么啦，受刺激了？"方星说："你得让我们活啊。"

大曹不搭理，竖起两根结了疤的指头，转着看，喃喃说，"那些血，那么多血啊……"

泉申和方星互看一眼，只得随他去。泉申翻过身，面对墙壁，用被子蒙了头。没睡一会，觉得不对，脚下怎么生风，两腿发凉，不对啊……他翻身坐起，吃了一惊，大曹光了两条膀子，赤着脚，正在掀他的被子。他急了，问："你想干什么？"大曹眼里有种疑惑和诡异的光亮，说："你写了那么多的血字，手指却没有一点伤，是不是割了腿上的肉？"泉申哭笑不得，说："我割了什么地方，用不着向你报告。快滚回被窝里去。大冷天的，不要冻着。"

泉申扯住被子四个角，把自己裹严实了，省得大曹再动歪心思。

四

寒风一阵比一阵紧，树叶都落光了，林荫大道上铺满了枯黄的落叶。寒气直往人怀里钻，穿多厚的衣服都不管用。下午开始就下雪了，一会有鹅毛大了，一脚下去，盖了半个鞋面。

泉申从大楼出来，回到宿舍，搓着手还嫌冷，有人敲窗玻璃，抬头看是小郭。他出门问，“还杀狗?”小郭笑了，“今天不用你动手，让你坐享其成。”

说着就进了另一栋宿舍楼，打开门，一股香味扑鼻而来，泉申不由咽了口水。有个胡子拉茬的青年坐在小凳上，正在煤油炉上煮肉。小郭介绍一下，泉申看那知青也面熟，是场部修配厂的，绰号叫阿五。

小郭说：“是我运气好，又逮一条狗，一个半月逮两条了，这时节吃狗肉最好，也是咱们哥们有吃福。”说着打开箱子，翻了一气，翻出一瓶酒，说，“五粮液，好酒！上次回家探亲带的，都三年了，舍不得喝，今天喝了它!”

说着他递给了泉申，泉申在手心里转着看，红色标签上烫着金字，一看就气度非凡，好像隔着瓶子，就闻到酒香了。他把瓶子递给阿五，阿五看了，嘴里也啧啧。

一会肉烂了，三个人围着锅子坐下，斟上酒，撕开肉，一顿美宴开始了。这么好的酒泉申从来没有喝过，一点都不伤头，只觉得一股琼浆玉液流入喉咙，立时全身都热了，仿佛屋外的寒风大雪也消失殆尽了。

酒过三巡，小郭撕了条狗后腿给泉申，他说：“吃，趁热吃！狗肉是补血的，你的血书我看了，看你平时面面的，没想也是个厉害角色，写那么大，要多少血呀！老实说，就是想起你的血书，我才招呼你的。”

泉申诡异地笑了，“我不需要补血，需要补血的是大曹，可惜他下分场了。”阿五正埋头吃，听他这么说，侧过脑袋问：“你这说得奇怪了，你写血书不需要吃狗肉，大曹写血书就要补血，这什么逻辑？我听不懂。”

酒涌上来了，泉申笑了：“你听不懂就对了，应该不懂。”阿五放下手中的肉骨头，说，“这什么意思，是你的血比大曹多？还是造血功能比他强？”

泉申乜眼看他，问，“我说我写血书了？”阿五说：“大楼过道两旁贴的都是血书，你和大家贴一起，当然也是血书。”

泉申脸涨红了，说，“那是他们的事。”小郭接上说：“对，那是他们的事，不是泉申的事。来，干杯！真是好酒，一滴都不能浪费，全部喝光！”

五粮液喝光了，小郭觉得不过瘾，又找来一瓶农场产的土烧。泉申记不清自己喝了多少。他开始晕乎了，心里的话涌了上来。他用筷子敲着碗边，敲出清脆好听的节奏。他说：“我才不会写血书，心里想着推荐上大学，却又咬破手指喊扎根，这弄假的事我做不来。”

阿五吃了一口狗肉，又问，“那你用什么写的？”

泉申斜着眼说：“我用什么写的？不告诉你。还是医院的李锦华帮了我。我一滴血都没有流，流个毛！他们爱当血书，还是当别的什么，都和我没关系！”

等到狗宴散了，泉申都站不住了，小郭扶着他，一脚深一脚浅走过雪地，回到他自己的宿舍，也不洗了，钻进被窝呼呼就睡。第二天起床，把这事也忘了。

可是有一个人却忘不了，就是阿五。他想，“泉申这家伙鬼精的，大曹可是亏大了。”他和大曹是老乡，一个学校，一起下乡的。就去找大曹，见了面阿五把他拖到一边，看旁边没有人，就把那天喝酒的事说了。

大曹惊叫一声："是这样的啊?!"顿时涌上一股闷气，堵在半胸，眼前都发黑了。阿五忙说："大曹，你怎么啦，没事吧?"他定一定神，缓过来了，说，"没事，这点事我还能经不起!"

大曹心里一直有个疑团，没看见泉申手指破过，他哪个部位割出这么多血来？为了不输人，他把刀交到方星手中，还一个劲地朝他喊："下刀呀，不要手软，狠狠下！"他的食指都割到骨头了，就是为了比过泉申。谁知道他写的不是血书！怪不得在他身上到处找，就是看不到一个伤口。

他心里那个痛啊、苦啊、闷啊，比当时下刀还厉害十倍!

他注意到了阿五说的一个名字，李锦华。他问："凌泉申提李锦华了？说李锦华帮他了？你没有听错?"

阿五说："肯定没听错。"

当天下午，大曹就去了场部医院。一个小时后，他离开了。心里想："那李锦华真是个面人，一口一个那可不。但这样的面人还死替泉申掩护，可见他们是同党。我只有动用革命的高压，才能把他摧垮。现在好了，水落石出了！这是阶级斗争新动向，要揪住不放。我流这点血也值了!"

第二天，大曹进了大楼，找到方星，把他领进一间小房间，关了门。大曹盯住方星看，半天不说话。方星说："你叫我进来干什么？搞得神秘兮兮的。"

大曹说："你知道吗？你上贼船了!"

方星一惊："我怎么上贼船了？我做什么了上贼船?"

大曹说："你在泉申的血书上签名了是吗?"方星说："是啊，

签名了。我怕割肉流血，看他写得这么有气势，我就求他了。”

大曹冷笑说：“这就叫糊里糊涂上贼船。凌泉申写的不是血书，他是用红药水写的，是破坏扎根农场。”他一句紧接一句，把事情说了个大概。

方星的声音发抖了：“有这事，不会吧？”

他说：“李锦华都坦白了。”说着掏出一张纸，抖一抖，“你掂量掂量吧。”

方星说：“天哪，我哪里想到他用红药水？我以为是用鲜血写的，所以才签名，如果我知道他用红药水写，打死我也不会去签名呢。这也太唬人了。”他一急，眼泪都流出来了。

大曹一拍桌子：“别说了！”方星愣住了。

大曹说：“机关团委已经行动起来了，很快要开批判会了。你只有一条路，反戈一击，在批判会上向凌泉申开火。”

方星出了小屋，一路狂奔。最后在小卖店找到泉申。他伸出一根手指，对着泉申的脖子，那手指直直的，像是一把小刀。“你必须说清楚，我可不知道你用的是红药水，我没有参与，我是在不知情的情况下签名的。”

泉申说：“你这么激动干什么？我从来没有说你知道啊。”

方星说：“这就对了。你到哪都要这么说，见了哪个领导都要这么说。”

他说：“我不会改口的。”

方星想起大曹给他看的纸，就说：“不行，你要写下来。”摸出一张纸一支笔，塞在他手中。

泉申叹口气，说：“写就写。你忘了，我当时对你说的，想清楚了再签名。”

方星说："我不管，你快写。"

泉申接了笔和纸，找了柜台一个角，趴下身来写，写完了方星拿了，反复读了两遍，说，"你日期没有写。"

泉申又把日期写上。方星接了，从头再看一遍，对折叠好，放进衣服里边口袋，就朝门外走。泉申突然喊住他。方星站住了，说，"还有什么事？"

泉申情绪有点激动，说，"你就安心走了？看我这下场，都不伸一下援手？我们一个办公室，一间宿舍，都五年了啊。"

方星说："你要我做什么？"

泉申的声音有点悲哀了，"你替我去向大曹解释，我不是要害他，真的不是。能不能，不开批判会？"

方星说："我去试试，不过，看来难。"

一个下午，泉申心里忐忑不安，他是想投机取巧的，没想到惹出个大祸来，还不知道大曹肯不肯息事宁人。临近傍晚，他见到方星，忙问怎么样了。

方星脸上没有表情，一字一句说："没有一点可能。你呀，往最坏的地方做准备吧。"

泉申声音都变了，"真这样啊？"

天黑下了。泉申不上床，枯坐着，床前放了两个罐头，一个肉罐头，一个水果罐头，是他刚买的。大曹的床上也是空的。泉申想，"等他回来，我要当面向他道歉，什么好话、软话都说，磕头都可以，两个罐头都送他，死马当活马医，只要他能回心转意。"

方星说："关灯吧，我要睡觉了。"

他说："再等一会。"又过好一会，方星叫了："还不关灯？"

泉申只得把灯关了，走回来，坐床上等。等啊等，就是不见大曹回来，他就合衣躺下，拉了条毯子盖着。不知不觉睡着了，再醒来，天都麻麻亮了，大曹的床铺还是空的。他只得脱了衣服，钻进被窝。

第二天泉申吃了午饭，急急回宿舍，走进门就吃一惊，大曹的床上空空如也，被子褥子都没有了。他忙问：“这怎么回事?”方星说：“大曹刚搬走，不住我们屋了。”

泉申的心往下一坠，大曹已经不愿和他同处一个屋庐了，他浑身冰冷，像掉进了冰窟窿。

五

大曹走上楼梯，上到二楼，找到挂政治处牌子的屋子，门虚掩着。他敲敲门，里边说，“进来。”大曹推门进去，黄处长站在窗边，在给一盆花浇水。大曹说：“黄处长，我有事向您汇报。”

黄处长指着一把椅子说：“来了正好，你不来我也要找你。你坐，什么事说吧。”

大曹吸了一口气，说：“写血书，是群众的自发行为，是扎根运动的需要，尤政委在广播大会上予以充分肯定。可是，我们用青春鲜血写血书，凌泉申却用红药水写。是可忍，孰不可忍!”他把那天泉申假写血书，骗他下刀；把下雪天泉申喝酒吃狗肉，酒后吐真言；把他盘问李锦华，掌握了证据；把方星的后悔和泪水，统统兜了出来。

黄处长仔细地听着，一边张开右手五个指头，轻轻弹击桌面。等大曹说完了，他咳了一声，说：“你说的这些很重要，是新形势下的新动向。组织上会认真调查，慎重处理。你回去耐心等组织上的意见。不过，在组织上作出决定之前，你们不要妄自行动。”

大曹说的时候满怀激情，却换来黄处长几句不温不火的话，心里不太舒服，尤其听他讲不要妄自行动，就更不是滋味了。他忙说：“我们已经准备……”

黄处长打断他说：“我不是说了，要等组织的决定嘛。你可以走了。”

一个小时之后，黄处长把泉申叫进了他的办公室。泉申走了进来，黄处长说：“你把门关上。”泉申回身把门关了，走过去坐下。

黄处长亲切地说：“小凌，你进大楼有五年了吧？”泉申说：“还差两个月就到五年了。”黄处长说：“是啊，不算短了。总的来说，你表现还是不错的，写作能力挺强的。你知道，我是爱才的。我和赵副场长、范副书记都提起过你。”

泉申有点受宠若惊，说，“感谢领导关心。”

黄处长说：“所以，我希望你对组织上要讲老实话，不能讲假话。”

泉申身子挺了挺，说，“黄处长，我这人不讲假话。”

黄处长说：“那好，你告诉我，你的决心书是用什么写的？”

泉申毫不迟疑地说：“用红药水。”

黄处长沉吟着说：“真的用红药水？”

泉申说：“就是用红药水，我和谁都没有说过我写的是血书。”

黄处长说：“哪来的红药水？”

泉申说："我上医院，跟李锦华医生要的。不能怪他，他不肯给，是我硬要的。"

黄处长微微闭上眼睛。他明白，在当前这个年代，这个事可大可小，要是往大里说，上纲上线，欺骗组织，破坏扎根运动，都能扯上。要真那样办，面前这个小伙子算交代了，不管有多强的写作能力，都没用。要是往小处办呢，也不是不可以，他确实没有和任何人说他写的是血书，本来就不是血书嘛。黄处长的心思就在这两极之间跳来跳去。

泉申也不说话了，他紧张看着黄处长，他知道，这个时候说什么都无济于事，现在他来到历史的通道上，就看命运带他进哪个房间。

黄处长不由想到了自己的女儿，她很快要到天津去了，当上光荣的工农兵大学生。还有范副书记赵副场长姜局长等等的子女都要上大学了，大家都如愿以偿，说实话还是沾了知青的光，如果没有大批知青到来，农场还分不到这么多名额。要是这事捅出来，上级来查，还有不少麻烦呢。这叫因小失大。黄处长心里出现一种从没有过的感情。他张开眼睛，说，"小凌，你来场部几年了?"

泉申想了想说："再过一个月就五年了。"是啊，时间过得真快。黄处长把头发往上捋一下，"当年调你，我记得清清楚楚，我找你们分场的两个主任都谈了，调你是真的难。""是啊，我一直记在心里。"泉申说。对黄处长他一直心存感激，分场的两个主任都弄不懂，为什么宣传科不要别人，偏偏要调一个出身不好的？如果不是黄处长始终坚持，他是肯定进不了大楼的。

黄处长话归正题，"你确实没有说你写的是血书，但你还是有错。你想，这么多扎根书贴到一起，都是用鲜血写的，而你也贴在里面，大家就误以为你也是用鲜血写的了。”

泉申说：“您说得很对，太对了，完全有误会的可能。”

黄科长说：“你回去写一份检讨，从思想深处好好挖一挖。两天后交来。这件事就结束了，我们不再提它了。你呀小青年，要深刻吸取教训，以后不能再犯这样的错误了。”

泉申站了起来，出门前，差不多对黄处长弯腰鞠躬。走到外面，他吸了一口新鲜空气，心里松了许多。

黄处长从抽屉里拿出一把梳子，又拿出一面小镜子照着，把头发往前梳，又分开岔来梳，他对自己的形象有几分得意，称得上儒雅吧。

他想：还得找时机向尤政委汇报，免得他的政敌钻空子。当然，话要说得婉转动听，这个尤胖子，自以为是握枪杆子的，就是喜欢听恭维话。至于凌泉申嘛，这次把他从生死线上捞出来，以后他跟着我就死心塌地了。

第二天下午，他叫来了大曹，也没让大曹坐下。黄处长说：“你反映的情况组织上已经作了调查，确有此事，但也事出有因。这批判会就不要开了，组织上已经责令凌泉申作出深刻的检讨。”

大曹一脸困惑，“检讨？检讨就可以了吗？我们用青春热血写血书，他却用红药水写！太卑鄙了！这是欺骗组织欺骗群众的反动行为……”

黄处长打断他：“不用再说了，组织上已经作决定了。”

大曹见他脸色变严峻了，只得把到喉咙口的话吞回去。

大曹离开了，心里却在呜噜呜噜响，是心在哭泣。他精心准备的批判会，黄处长随随便便就取消了，他心有不甘啊。他白白地割手指，流了那么多血，却连上大学的一根毛都没有捞到，都是凌泉申作假害的！他在写血书上失分了，就要开批判会把分捞回来，没想到却毁在黄处长手里。

大曹走在半路上，想起来了，那天搬家太急，一双鞋子没有拿。就往原来宿舍走，进了走廊，听见传出歌声：

啊朋友再见，啊朋友再见，再见吧，再见吧，再见吧。如果我在战斗中牺牲，你一定要来把我埋葬。

妈的是泉申在唱，大曹气不打一处来，他唱得轻松、愉快。写检讨，心情还这么好！黄处长分明是在包庇他。大曹拉开门，泉申还在唱。地下有个面盆，盛了水，他哐一脚踢翻。泉申不唱了，凑过来说："大曹，我向你郑重道歉。我是用红药水写的，没有和你说明……"

大曹嚷道："别啰唆了！"

他找到了鞋，挟在腋下，掉头就走。走到门外，屋里还在唱：

啊朋友再见，再见吧，再见吧，再见吧。请把我埋葬在高高的山岗，再插上一朵美丽的花。

他走回大楼，机关团委的一个女青年告诉他，黄处长来过了，他指示把批判会上的标语旗帜统统拿掉，批判稿也全部作废，一份都不许打印。

大曹满心悲伤，想了想说，"先拖一拖，事情可能有转机。

我们要争取。”

这话不是瞎说的，他想起了人武部的安部长，他阶级斗争观念强，而且，他和黄处长不对付，大楼人都知道。土干部们都有子女上学，唯独安部长没子女上大学，他的女儿在气象站上班，她打小就不喜欢上学，嫌读书头痛，情愿等工矿招工。

想到这里，大曹的信心又点燃了。

六

泉申连着几天没有睡好觉了，幸亏黄处长给他吃了颗定心丸，今天早早就上床了。正在沉沉的睡梦中，觉得有人摇他的脑袋，勉强睁开眼睛，却有一道雪亮的光射在他的眼睛上，眼前立时晃晃荡荡。屋里没开灯，只见几个黑影窜动。

“起来，起来！”有人低低地吼。他还在迟疑，就有人拧住了他的胳膊，他用力挣开，一只大手抓住他头发，把他从床上提起来。他只得慌乱穿了衣裤，被人推搡着，出了门，门外暗地里蹲着一个大怪物，走近看，是吉普。他被人塞进去，车子就在高低不平的路上颠起来。

到了一个地方，泉申被推下车，进到屋里，灯光雪亮，正中坐了高大威猛的安部长，旁边几个，都是认识的，泉申就向他们挤出笑，那几个却一脸冰霜，毫无反应，他知道事态严重了。再看身上，纽扣只系了三个，而且都错位了。左脚穿的是棉胶鞋，右脚是大头鞋，活像马戏团里的小丑。

“凌泉申，你的血书是用什么写的?”安部长声音低沉浑厚。

“是用红、红药水写的。”他的声音轻得似蚊子叫。

“声音大一点。这个我们已经掌握，还用什么了？”

“还用，还用，没有了……”泉申害怕极了，他知道要是说实话，自己就完了。

“你真的不想对组织说实话？”

“不不，我对组织从来是老实的。”

“凌泉申，以你的出身，是不能进大楼的。可是，组织上还是重用了你，没想到你用这个态度对抗组织！”

“不不！我没有想对抗组织……”

“那你就老实交代，除了红药水，你还用了什么？”

“我，我……”泉申困难地喘气，像一条鱼被扔在了泥地上。

“血！”安部长猛拍一下，桌子跳了起来，“你用了什么血？”

他知道再也瞒不了了，“狗血，我用狗血了。”

“好恶毒啊，用狗血来写扎根书。”旁边的人一起喊起来了，大曹也在人群中露出脸来。泉申几近瘫软了，他想，当时怎么会的呀，真是昏了头，怎么就没有想后果。

“用狗血，哼哼，你胆子够大的了！”安部长从桌子后走出来，向他走来，两眼射出的光像剑一样锋利，“你为什么要用狗血写？你想达到什么目的？”

“红药水写一半就没有了，李医生给的太少了。刚好杀了条狗，血呼呼地流。我想捉弄大曹，看谁写的血书大，血书浓。不不！”泉申看到大曹的脸刷地拉长了，“不，我是想表现自己，小资产阶级的布尔乔亚，不不，我不知道为什么，我什么目的都没有啊……”他哀叹着。

泉申被放出来了，他索索抖着。天开始亮了，先是东边水库那边，露出鱼肚白似的亮光，渐渐的，高高的白桦树的树梢白了，房子红色的斜顶也亮了，而后他的身上也白了，也变成鱼肚皮一般的颜色了。看看到宿舍了，腿一软，摔倒了，他爬了几下，才站起来，推门进去，倒在床上，像一滩稀泥。

楼梯咚咚作响，人武部的安部长走上来了，他上了二楼，直奔政治处。

见他进来，黄处长站了起来。安部长坐下，把公文包往桌上一放，说，“黄处长，听说你下令取消机关团委的批判会了。”

黄处长说：“不错。知识青年犯了错误，应该允许他改正。”

安部长说：“这是一般的错误吗？黄处长，你可不要犯右倾的错误！”

黄处长的脸红了，“右倾？你怎么能说我右倾？我向尤政委汇报过了。”

安部长说：“当干部的，什么都可以犯，就是不能犯右倾。你说，凌泉申错在哪里？”

黄处长说：“他用红药水写决心书，和别人的血书混在一起。”

安部长一声冷笑，“就这个？说你右倾一点都不冤枉。他不光是用红药水写，还用狗血写！”

黄处长吃一惊，“他用狗血写？你有证据？”

安部长拿起公文包，哗的拉开拉链，抽出两张纸，递给黄处长，黄处长接了看。

“安部长说，接到供销科的小曹报案后，我们立即组织人员调查，把凌泉申写的纸揭了下来，不像全用红药水写的，闻一闻，还带着腥气，这是血。我们作了化验分析，确实有血的成份，还不是人血。我连夜审问了凌泉申，他承认了，是狗血。这是极其恶毒的，不能不和他的家庭出身联系到一起!”

黄处长脑袋晕了，纸上的字在爬，一个都看不清了。谁能想到，他不光用红药水，还用狗血！这个凌泉申怎么敢骗我？狗血，这可不得了，用狗血写扎根书，这危害怎么形容怎么放大，都不为过！问题严重了。他记不得安部长什么时候离开的，只见他愤愤站起，扔下一句话，“我看你危险了!”

黄处长好一阵才缓过神来，他想，我应该当面问清凌泉申。他让总机去叫，泉申很快来了。他一脸苦相，像遭霜打了的禾苗。

黄处长说：“说吧，还有什么没有交代的?”

他说：“我用狗血了。因为红药水不多，写一会就用光了，刚好电影队的小郭杀了条狗，我脑筋一歪，接了半碗。”

黄处长跌足叫苦：“你为什么不早说，你说你是不说谎的人。你说你说，现在你说谎了没有?”

泉申低了头：“我知道错了，那天我不敢说……”

黄处长不停在地当央走来走去，“用狗血啊，你说说看，什么不可以用，非要用狗血！文化大革命都说砸烂狗头，这是什么性质？你自己说!”

泉申连连说：“我太浑了，太混账了。”

“三年前我来调你，你知道阻力有多大？谁都问我，为什么要调一个出身不好的来搞宣传？我都顶住了，我是爱才啊。谁想到会有今天。哎哎！我救不了你了。你走吧。”

泉申还在苦巴巴解释，黄处长已经转过身，给他一个冷冷的后背。他只得走出门，心里有说不出的苦，都是我要小聪明惹的祸，都是喝倒霉的五粮液漏了天机。就扇自己十个耳光都没用了。

黄处长听到门响，知道他走了，连声对自己说，“冷静，要冷静，把颓局扭转过来，不能把自己断送掉。”他知道安部长必定上尤政委那告他，必须采取非常措施，赶紧把洞补上。

上了三楼，才知道尤政委不在，秘书说上局里开会去了。他问什么时候回来，回答不知道。黄处长一步步捱下楼梯，心里反复说：必须时刻注意楼上动态，尤政委一回来，就要抢先汇报，不能让安部长抢了先。

七

泉申直挺挺躺在床上，恍惚间，天花板似乎掉下来了，把他压得严严实实。他又抬起头，把手枕在脑后。各种混乱念头都冒了出来，怎么办，第一反应是逃回上海。不行，家里已经遭受冲击，怎么还能去添乱？再说，他逃走了，大楼首先就会追到他老家。那就往北逃，逃到苏联去？哎，这更不行了，老毛子心狠手辣，据说我们逃过去的人都被弄死了送回来。我昏了，怎么想出往北逃？

他想起一屋子人的吼叫，想起黄处长都断然把他抛开，知道已经朝最坏的地方发展了。只有死了，死是什么，也就是永久睡觉，平时他挺喜欢睡觉。想到是永久睡觉，死似乎也不是那么恐怖了。可是用什么方式好呢？他不能等着别人来收拾，最好是自己处理。

吃药会好一些，砒霜、氰化钾是最利落的，可是上哪里去弄呢。安眠药不错，但至少要吃三十颗，少了不行，还找李锦华吗，肯定不行，虽说他是个“那可不”，这次打死他都别想要到。

泉申从床上爬起，走到门外。他不走大路，怕撞见熟人，走的是后面的小路，从林子中穿过去，荆条扯得他的裤子嘶嘶作响。天有点灰，云的形状很古怪，一条一条的，像是用擀面杖擀出来的面条。麦子已经收割了，留下了枯黄的麦茬。他想起来了，有一年秋天，有个家伙杀了人，逃进麦地里来，追捕的人赶来了，把麦地围起来了，那家伙知道逃不走了，就把绳子套在脖子上，再把绳子从背后顺下去，末端结一根小木棍，躺倒在麦地里，两脚踩住棍子，成一个反弓姿势，使劲蹬木棍，活活把自己勒死，等追捕人员找到他，已经成了一具死尸。这要多大的毅力，勒得难受了，稍微松点劲就死不了。泉申担心自己没有那样的毅力。

走出麦地，是个豆腐房，他曾经来找张师傅要过豆腐，此刻不想遇见他。一条狗叫了起来，泉申快跑几步，没有人走出屋子。上了石道，就见一口井，孤零零的，井栏不高，像是大地的一个奶头，周围没有其他井，它是独奶。

他走到井边上，往里探望。远远的有点水，青绿的，依稀照出他歪歪的脸。他想，跳进去不一定死，弄得死不死活不活的，就狼狈了。而且，跳井是女人的专利，他不掠美。

他接着走，越走越快，走到水库边上，有点喘了。夏天的时候，这里水势浩荡，可说是万顷碧水，他曾和人驾一叶扁舟，在水中漂荡，水天一色，落霞与孤鹜齐飞，感觉好极了。此时已十一月，开始冰封了，四周已经结住了，越往里走，冰越薄，到中心还没有结住，泛出闪亮的白光。他觉得，倒是个了结的好地方。

他朝天看去，天高而玄，不知不觉伸开了双臂，心中涌起一股气，不禁大为悲恸，天啊，你是那么宽广，地啊，你是那么辽阔，为什么就容不下一个小小的我？我不过是逞一时之小聪明，却落到今天的地步！罢了罢了，不过是永远睡觉，就是睡的地方太冰凉了。爸爸妈妈，你们养育了我，没想到我年纪轻轻，已经走到人生的末路。此刻你们也度日如年，而我却犯下弥天大罪，自身难保。呜呼，就当你们没有生我。

他一步步向水库中心走去，冰还没有结厚，发出砰砰的声响，裂纹像闪电一样向各处射开去。冰面上发白，冰底下却显出模糊的青褐色，还看见冻住的水草，夹在冰层中，仿佛是雕塑一动都不动。往远看，是水中央了，那里还没有冻死，两股水流打着旋，在做最后的挣扎，在无力的阳光下，翻起青红色的波涛，啊，还来得及，那就是我永远睡觉的地方。心中的悲鸣像乌鸦一样难听。

有声音在叫。他继续往前走。那声音还在叫，虽然隔得远，却听出喊得惊心。他转身，岸边停着一辆蹦蹦车，冰面上跑着一个人，挥舞着手，向自己跑来。那人摔倒了，踉踉跄跄爬起，没命地朝自己跑来。他的喊叫像挨了枪的野狼。

泉申站住了，他认出是放映队的小郭。他的眼睛湿了，流泪了，顺着面颊流下，很快成了冰。小郭跑到他跟前，腿一软，跪地下了，他大口大口地喘气，好一会，才抓住泉申衣服站起来。“我在蹦蹦车上，早看见了，一个人影，向水库中心走去，越看越不对，就让车开过来。泉申，你不能这样啊，再大的事，你都不能，不能走绝路！”

泉申定睛看着他，他看见小郭的鼻翼厚厚的，扇动得挺有力，他呼出的热气很快冰化了，缀满了他的下巴，像一个白胡子老人。他眼里纯净清亮，像是镜子，泉申一直看进去，就看见了自己。他胡子拉茬，嘴角耷拉，充满了伤感、颓废。慢慢的形容起了变化，沮丧在褪去，有光亮了。

他说："我说要走绝路了？没有啊，谁走绝路了？我是来看看的，看水库最后冰封的景象。"

小郭疑惑地看着他。

八

黄处长梳了头，整整衣服，出了门，刚走到楼梯口，却听楼梯咚咚声响，下来一个人，是安部长。两个人站住了，相互望一眼，安部长眼里是一种得意和鄙视，而黄处长的心却跳得更快了。安部长高大的身躯从他面前通过了，他的后背却倚在墙上，好一会没有动。

他一直注意三楼的动静，还是给安部长抢了先。不要紧，稳住，黄处长在心里叨念。上到三楼，他敲了门。

里面有个浑厚的声音说，"进来。"

他推门进去，尤政委坐在圈椅里，他厚实的身子把圈椅撑得满满的。他穿着军装，没戴军帽。

"尤政委，有个问题我要向您汇报。"黄处长站得直直的。

尤政委正在看一份材料，黄处长说话他还埋头看。黄处长说说就不说了，尤政委发现没声音了，抬头，看他还毕恭毕敬站着，说："站着干什么，坐下吧。"同时，也收了手中的材料。

黄处长从头开始说："大楼里有个知青，用红药水掺合了狗血，写扎根书。影响很不好。”

政委冷笑一声，说，“几天前，你不是来汇报过了?”他连忙承认，那时情况没有摸清楚，被他的眼泪蒙骗了。

尤政委身子往后靠去：“这个嘛，人武部的安部长已经向我汇报了。”

黄处长忙说：“我警惕性太差了，阶级斗争这根弦松了。”

尤政委说：“先别急着给自己扣帽子。这知青是不是上海来的，叫凌泉申?”

黄处长说：“对对，就是他。”

尤政委说：“听说他笔头子不错，挺有才的。三年前，是你执意要把他调进大楼来？黄处长，是这样吗?”

“是，是这样的。”

“我们的政治处处长不简单啊，看见一头三脚猫，也当宝贝疙瘩，拼死拼活塞进大楼里来。”

“不不，这，这个……”他一时不知如何回答。

尤政委笑了，“你否定？你不爱才?”

黄处长更不知怎么回答了，又是点头，又是摇头。

尤政委脸色一变，说，“有才有文化的知青，还能用狗血写扎根书，干出这样的混账事!”

黄处长连忙附和：“您说得太对了，这事太混账了，机关团委准备开批判会了……”

尤政委朝他竖起一个厚实的手掌，阻止他说下去，“你先回去，我要调查一下。对知青问题，要慎重。”

暖气烧得很热，尤政委解开了上衣领子。太阳西斜了，一道腥红的光亮抹在墙上。他走到窗前，这里是全场的制高点，可以看得很远。大地都被白雪覆盖了，又被夕阳照着，十分瑰丽。两辆卡车从大道上开过。远处雪地上有几个黑点子，似是人在劳作。他不由背诵起毛泽东的诗词《沁园春·雪》："须晴日，看红装素裹，分外妖娆。"快步走回桌边，拿起毛笔，乘兴挥毫。一时写毕，握颏看看，很是不错。

便想起刚才，心里有点好笑：黄、安两个，都有自己的小算盘，这点伎俩我还看不透！写扎根书不是坏事，没想到出了一个用狗血写的，这家伙真浑，还在大楼里呆着。尤政委颇为气愤，有才算什么！要是放到以前，他立马就叫人把他拿下了。可是，现在他已经坐稳这个地盘了，需要营造一个稳定的局面，老是冲冲杀杀不好。再说，写血书是自己在全场的广播大会上给予高度评价的，全场两万多知青、职工、家属，人人听到。要是把狗血张扬出去，难说不是往我脸上抹黑。如果上级再派个工作组来调查，对我就更不利了。这里还有他说不出口的，有人传他和广播员、哈尔滨女知青小殷，和食堂报务员小玉，关系都不一般。要是工作组来了，难保没有好事之徒趁机捣乱，他想起一句古话，"风起于青萍之末"，还是要捂下来。

他心里拟了几条。提起电话筒，要了政治处。黄处长接了，听出是他，立刻说："我听着了，尤政委！"

他说："关于那个上海知青，我有几条意见，你记下来……"

打完了电话，仰靠在圈椅里，心想：这样就万无一失了。

他抬腕看了下表，下班时间到了，他打电话叫来了小殷。小殷是个白白净净的女孩子，脾气也好。进门说："尤政委，您找我啊？"

尤政委走到她身后，把门关了，就向她走过去。小殷看他走到身旁了，就往边上一跳。尤政委一把抓了她白嫩的手，一路把她拖到圈椅边，在另一把椅子上坐下。他亲切地说："上次让你看的《反杜林论》，有什么体会啊？"

小殷娇嗔地说："看不懂，太难看了。"

尤政委笑了，"看不懂就慢慢看，慢慢看，就看进去了。"

还是抓着她的手不放，越拉越近，放在自己的胸口上。

九

从水库上回来，泉申情绪平稳了些，他想，反正犯下了，收头缩头都是一刀。两天过去了，没有动静，他正在诧异，忽然告诉他开会了，两个人把他带进了会场。

他坐在一个角落里，恨不得把身子缩到最小，再找个地缝钻进去。前面说了很多，他都没有听进去。念到他名字了，他的心吊起来了，全场的眼睛都在找，找到了，齐刷刷看过来。

他听见了，说是逐出大楼，下放到二分场去放羊。他缩紧的心顿时松下来了。散会了，大家看他的眼光不一样，有惋惜，有憎恨，有同情，有幸灾乐祸。可他心里只有轻松。

方星买了一个肉罐头，一个鱼罐头，请他吃了一顿。他说："大楼里是非多，离开了也不可惜。就是放羊有点苦。"泉申说："没什么不好，我喜欢羊。"他说："一个人面对一群羊，太孤独了。"泉申说："面对羊有什么不好？有时候比面对人好。"方星沉默了一会说："二分场是最偏远的，我下基层有机会，一定来看你。"

泉申说："有机会来，我欢迎。没有机会也不要紧。"

方星掏出泉申写的纸，是证明他签名不知情的。他说："没用了，烧了?"

泉申说："由你。留下来，做纪念更好。"

他去办了各种手续，路上远远的见了大曹，大曹也看见他了。泉申正在想说什么好，大曹却改了方向，走掉了。

那天要走了，太阳像刚烙的一个饼，十份新鲜。小郭刚好要去二分场放电影，顺路的车。行李都放上车厢了。泉申忽然说："等等，我去一下马上来。"

小郭说："快点啊，司机等不及。"他从烟盒里抽出一支烟，走向驾驶室，去贿赂司机。

泉申一路小跑，进了大楼，脚步慢下了。在这里五年了，每间屋子，每个拐角都是熟悉的，要离开了，总有点伤感。他走上二楼，向挂政治处牌子的屋子走去。他想要走了，该和黄处长说一声。

门虚掩着，听到里面传出声音，"我们用青春的血写，他是用狗血啊！我想不明白。"这是大曹。

"这是场党委的命令，尤政委亲自下的命令。我们把他逐出大楼，已经处罚了。"是黄处长。

泉申改变主意了，他转过头，蹑手蹑脚下楼了。

他走出大楼，往后边走，礼堂的门开着，传出动静来，对他的批判会就布置在这里。几个工人在忙，把台上的横幅、墙上的标语都撕下来，把红旗收了，装在车上。

他撒开腿跑了。是个难得的好天气。

蹦蹦车开了，像个欢乐、调皮的孩子，一路上不停地乱蹦，不停地欢叫。上西大岗了，眼前是一望无际的雪原，太阳给它披上了金色的绸缎。两旁的白桦树早已抖落了叶子，像一柄柄利剑刺向空中。有几只黑白色的鸟在飞，在叫，那是不冻鸟。往东是水库，已经完全冻住了，再过一个月，冰上能开履带式拖拉机，开坦克，但在厚厚的冰层下面，水还在缓缓流动。远处野地里，一个动物在奔跑，脊背上闪出乌黑的光亮。小郭叫："狼，那是狼。"他也骋目远望，说，"是狼，很少见了。"

小郭说："我们唱吧。"他说："好，唱!"

> 啊朋友再见，啊朋友再见，再见吧，再见吧，再见吧。如果我在战斗中牺牲，你一定要来把我埋葬。啊朋友再见，再见吧，再见吧，再见吧。请把我埋葬在高高的山岗，再插上一朵美丽的花。

歌声在寒冷的原野上飘荡。蹦蹦车不停地蹦跳、欢叫，向着偏远的二分场。

2016 年 7 月 13 日

写于美国　康涅迪克州　东温莎

2016 年 12 月 30 日改于南京

小灯的婚事

好些年了，女儿小灯从南京回来，郁良都会上火车站去接。看到女儿拖着拉杆箱，穿着露膝盖露肩膀的衣服，款款地从站里走出来，郁良的心里就会有一阵惊喜，一阵怅惘。他照例会快步上前，喊了女儿，从她手里夺过拉杆箱。小灯呢，脸上平平淡淡，嘟着嘴说："叫你不要来接的嘛，我又不是不认识路。"

郁良一愣，挤出笑来说："是想不来的，想想还是来了。反正今天没有事。"说着右手从背后拿出来，变戏法似的，变出一袋枇杷，有时是一袋杨梅，"都是时新水果，你喜欢吃的。"

女儿的房间一直是空的，平时老两口一星期打扫两次，从来不住人。如果家里来了客人，就是在厅里搭钢丝床，也不能住小灯的房间，她晓得了要生气的。女儿进了自己房间，就会把房门关上，不晓得她在里边悉悉索索忙什么。郁良和她讲话，往往是门里一句，门外一句。

阳光落进天井里，天井里就像注满了橘黄色的水，门一开，这水就溢进屋里来，屋里红木家具便泛出深沉的光泽。不远处有一个古迹园，除了节假日，平时这里都是安静的郁郁葱葱着。郁良已经习惯小灯任性的表现了，他心里对她怀着很深的歉疚。简直不敢回忆，回忆是锋利坚硬的石片，在肚子里一打滚，五脏六腑都要割碎，流出殷红的血。小灯二十七岁时，她决意离开这座温馨、舒适的城市，离开一直陪伴她的父母，到异地去谋生。她略显扁平的脸上渗出了一层层汗珠，细密的牙齿咬住了薄薄的嘴唇，出血了。她的妈妈再三盘问，才得知，处了两年的男朋友提出分手了。男朋友高个子，梳着三分头，还会讲些俏皮话，已经来家里好多次了。女儿无法承受这打击，无法再看见她和他无数次逛过的马路、商店、公园、电影院……

“这混蛋!”郁良发出愤懑的吼叫，似乎比小灯还要撕心裂肺，“为什么会这样？为什么?”

“为什么？你不知道，还要问我吗?”小灯眼里透出阴冷的光，像一把寒剑直抵他的内心。接着，她冷笑了，“你真是不知道?”

他低下头去，看到了自己的胸脯，又看了进去，仿佛里面有一个黑洞，洞里有模糊而生硬的内容。他跌坐在藤椅上。

她不要郁良送，也不要母亲送。一个人拉着拉杆箱去了火车站。

五年过去了，小灯在南京过得怎么样，郁良不清楚，他只能从女儿电话里的声音来分辨。如果小灯的声音是流畅而轻松的，那就是过得不坏。如果声音烦躁不安，那一定是遇上了不顺心的事情。这时郁良一边听，一边不停地告诫自己，要耐心。他要当一个大容量的垃圾筒，让她尽情地倾倒。然而，女儿从来不谈自己的终身大事，郁良还能忍，但做妈妈的不行，小灯回来，她总在她耳边唠叨。小灯回答得也干脆，“你要是再逼，我会让你们终生痛苦的!”吓得她妈妈脸色发白，从此不敢开口。

然而，最近却有了意外。女儿在手机上说到了房子，她说现在房价涨得太快了，她考虑在南京的新区按揭买套房子。听起来像是随口说说的，却像在郁良心里划下一道深深的印痕。

“对，对，太对了，小灯，你就应该在南京买套房，属于自己的房子！不，不，爸爸妈妈的房子，那一间永远是你的，谁来都不让住。可是，你应该买一套自己的房子，在南京买，对的！就在你谋生的地方买。”

郁良在电话里、手机上不停地传递这样的信息。他心里暖暖的，有一股热浪在滚动，他发现自己是一个慈爱的、敢担当的老父亲。

“爸爸老了，除了喝点好茶，没什么消费了。我工资不低，以前还攒了一些钱，可以支援你！”

晚上睡到床上，妻子用脚踢他的小腿，说，“小灯怎么会突然想买房子，奇怪呀，会不会有男朋友了？”郁良心里一亮，“是啊，完全有这个可能，以前女儿从来不提房子，而现在居然说想按揭了，这个变化太大了！看来她想筑一个温馨的窝了？”

他又去了火车站。当小灯从车站里走出来时，他发现她和以前不一样了，步子轻快了，脸也变得生动了。郁良去过果园，此时小灯的脸就像挂在树枝上的新鲜的红扑扑的苹果。

他们上了公共汽车，坐定了。郁良忍不住了，大着胆问：“小灯，跟老爸说实话，当然你可以不和我说，不过，你还是应该和老爸说。是不是有了？”

小灯脸上起了红晕，半嗔半喜拍他一下，“爸，你说什么呀！”

郁良懂了。爱情真能改变人！不由心里感慨。不过，找到的真是爱情吗？他还不敢肯定。

妻子已经在家烧了一桌美食。郁良温了一壶女儿红，倒进三个杯子里。他高高举起杯子，小灯也举起杯子，和他重重地碰一下，酒晃出来，溢到了手背上。郁良的记忆中，女儿好久没有这么爽快了。

一壶酒只剩一个底了，小灯的故事就露出端倪了。那个男友不是她一个公司的，却是在同一座大厦里。那段时间真是奇怪，他们每天都会在电梯里至少遇上一次，半年后才有正式的交往。没想到在不少地方，两人都有相近的看法。他们的交往开始还期期艾艾，后来就像燃上药引子一样快速。

妻子用手背抹着眼睛，这是幸福的眼泪，那么大一块心病就这么除了？她始终不敢相信，眼神还有点迷茫。

郁良闷头喝了一大口，趁着酒力问："那个，那个……他知道了？"他说得有点艰难。

他不知道自己该不该问，怕女儿生气，可这是避不开的呀。小灯不作声了，一会，说，"给他看了。"

这句话虽然平静，在郁良的耳朵里却像撞响了铜钟，一时他老泪纵横，都是他作的孽，给幼年的小灯留下致命的伤痕，也在自己心里留下了永恒的伤口。所有的后果都是女儿在默默地屈辱地承受。他想不流泪，但做不到。

小灯从纸盒里抽出一张餐巾纸，递过来。妻子也说："小灯找到了，我们应该高兴才是。"

他接了纸，抹去泪水，大口地呼吸着，"我不应该……"

小灯说："他也是我们这地方的人，他明天赶回来。"

天蒙蒙亮，妻子就起床了，她睡不着了。她梦里都在动脑筋，怎么烧出一桌富有苏南特色的好小菜来。郁良是工业大学的教授，明年就要退休了，课时不算多，下午他上完课，匆匆赶回来了。

等待和关禁闭一样难熬，当时针指向五点，大门响了。等小灯把男朋友领进屋了，郁良才含笑站起来，他须有应有的稳重。老实说，他一瞬间有些失望，来人长得偏矮，似乎还没有小灯高，肤色发黑，五官也没有吸引人的地方。和以前那个比，外貌差了不少。这是小灯新的男友吗？女儿按揭买房就是为了和他，郁良的思想像旋风中的几片落叶。

“爸爸!”小灯发现他愣神了，扯了一下他的袖管。

他忙回过神来，招呼男青年，“请坐，请坐。喝茶。”他把一盅铁观音茶送到他面前，手有点哆嗦。

此刻的小灯显得大方主动，她说，她的男朋友姓姜，单名叫姜弘。郁良“哦哦”地应着，心里接着想，就是他“看过”小灯了？心里有点不惬意，一时又静下来。

小灯说：“爸，您怎么不说话?”回过头对姜弘说：“我爸的口才可好了，上课时口若悬河，学生就喜欢听他讲课。”

郁良知道自己不对了，强打起精神，热情地和姜弘说长说短，顿时空气活泛起来了。

妻子很快摆出一桌菜了，她的任务就是让未来的女婿吃好。她不停地替小姜夹菜，糖醋排骨、响油鳝糊、龙丝卷、香酥鸭，他碗里始终是冒尖的。她一边夹，一边嘴里说：“多吃点，多吃点，最好不剩。你们嘛，将来两个人，菜不要烧得太多。”姜弘说：“烧得多没有关系。”妻子说：“我们小灯是从来不吃隔夜菜的，一点都不吃。”姜弘笑了：“我知道。”妻子说：“那谁吃?”

他说："我吃。"一点都不含糊。小灯脸上就有得意的神色。

郁良有些感动，看来他是真的对小灯好。

就这样，毛脚女婿算上过门了。事已如此，没什么可以计较的了。郁良私下和女儿谈过了，家里有积蓄，房子的首付款由父母出，按揭主要由他们还。不过，郁良停了停说，"如果需要，我们一定会全力支援。"小灯眼睛红了，爸爸妈妈，你们对我太好了。

接下来，该亲家见面了。姜弘的母亲早些年就过世了，就他父亲一个人了。小灯说："姜弘说了，他爸身体不好，不一定要见的。你们以后见面好了。"

郁良说："不行，这个仪式是一定要有。"

这是大事，不能在家里请，他去订了饭店，是市里一流的大鸿运饭店。听说老姜高血压，经常头晕，郁良想起有朋友送过他天麻、灵芝之类，都没有吃，从柜子里找了出来，给老姜带去。

姜弘和他的父亲是一个模子里出来的，只不过后者更老一点，胖一点。给人印象深的，就是在脸中央，坐着一个毛孔粗大的发红的蒜头鼻子。郁良忍不住想，将来姜弘老了，鼻子是不是也会发红呢？说到穿着，老姜也是不伦不类，郁良是一个讲究衣着的人，可是你看他穿的，外面一件深色的半高领，里面却是一件灰色衬衫，头颈这里乱七八糟。郁良心里直嘀咕。

郁良带了礼物，而对方是空着手来，这倒也算了。

一时上菜了。郁良请对方动筷，老姜也不客气，闷了头吃。小灯是个乖巧人，见双方没有多少话说，就夸起姜弘来，说他十分钻研，来公司不过三年，已经是一个部门的头了。姜弘给表扬得不好意思了，转手把花献了出去，"都是爸爸教育的。"郁良就接口："姜还是老的辣。"老姜也不谦虚，一边专心对付碟子里的大虾，一边说："当然嘛。"

郁良心里就笑，这倒是个好为人师的主。

话题有所转移，小灯说："网上有段视频，是两个著名学者的发言，公开向市领导提意见，批评拆迁方式粗暴，破坏了古建筑和古文化，还要把我们屋后的老城墙拆了。"

老姜的脸已经被酒涨红了，他抓了餐巾擦油腻腻的嘴巴，扔出一句话，"这两个人我知道，知识分子又翘尾巴了！"

郁良简直不敢相信自己的耳朵，他说什么，怎么可以这么说？知识分子又翘尾巴了，什么意思？他想忍，却没有忍住，"我们现在拆迁就是做过头了，不管什么古建筑，也不管你老百姓怎么想，统统抛在脑后。这两个学者我都认识，我们是朋友，我想他们是出于真心，怎么是翘尾巴呢？"

"哼！"老姜从酒糟鼻子里喷出一股气，"这两个人是什么货色，我还不知道吗？快五十年了，那时候我还是一个毛头小伙子，我对他们知根知底，当年整得还不够！"

郁良浑身燥热起来，像有一头黄蜂绕着他的脑袋嗡嗡飞。当年整得还不够。这话太邪乎了，当年多少人妻离子散，上吊、投湖，还不够？怎么样才叫够呢？

郁良的眼里出现了一片白茫茫的雾状样的东西，那片雾变幻着，变出人的形状来，就是那两个学者，一个是历史系的，一个建筑系的，他听他们说过，以前被整得很苦。

那片雾继续变幻着，变出了另一个人，郁良细看，就是自己的父亲，当年吴东大学的教授，那时他常戴一顶鸭舌帽，后来天天斗他，帽子早不见了，露出头发稀疏的脑瓜，胸前挂一块小黑板一样大的牌子。郁良老听他念叨一句话，“有辱斯文，有辱斯文……”一天夜里，他投了孔雀湖。郁良胸中生出一股气，急剧地扩大，把心脏压得变形。他的身子前俯，胸膛抵在桌沿上，“你太过分了，知识分子还整得不够？怎么可以这样说……”

老姜也不示弱，两排大牙咬碎一块酱肘，吞进肚里，说，“如果整够了，整怕了，今天他们还敢趾高气扬？”

郁良想，我说了，这两个学者是我敬重的朋友，而且，他应该知道我也是知识分子，他却一个劲说整得不够！什么意思，是有意挑衅？还是无法控制真实的内心？郁良不记得自己又说了什么，肯定是激动了，筷子从手中跳出来，掉下了地，葡萄酒把面前的白桌面染红了一块。

老姜也动怒了，放下筷子，抬高了声音，摆出不示弱的样子。

妻子着急了，在台下扯他的衣角，“怎么可以这样？”

小灯说：“你们二老犯什么病了？今天是亲家见面，不是让你们吵架来的。”姜弘也说：“是我引起的，都是我不对。爸爸，别说了，求你了……”

酒宴不欢而散。郁良走出包间时发现，礼物安然在桌上，没有送出去。

夜深了，郁良躺到床上，又坐起来，心里一股气结成了块垒，无法消除。女儿房间的门紧闭着，还亮着一盏小灯。郁良竖了耳朵听，似有嘤嘤的抽泣声，时断时续，仿佛是夜风中的细雨，寒流中的落红，梦呓中的独语，徐徐向着不可名状的前方流去……

妻子说："睡吧，睡吧，明天再说了。"

第二天，他去了一个地方。昨天酒席上，他得知了老姜原来在的工厂，郁良恰好有个朋友也在那里待过。费了点周折，他找到了那个朋友，得到了准确的信息，老姜曾经是工宣队的骨干。

回来的路上，郁良始终在紧张地思索。小灯是要和这个人的儿子生活在同一个屋檐下，同一张床上啊！从遗传基因的角度看，他会给姜弘植入什么呢，偏见、固执、冥顽不化？他不能不担心。亲家是什么，是比兄弟、邻里、朋友都重要的角色，而现在，他却选择了这么个蒜头鼻子。他养老只能靠小灯，那将来势必要和这个蒜头鼻子为伍，见了面就乌眼鸡似的斗。他只有一个女儿，没有另一个女儿可以作替补。他实在不能接受。

郁良的眼光移出了紫砂茶壶，移到了女儿腰际、前胸，却着了慌似的跳开，仿佛误入了他的伤心地。他满怀慈爱看着小灯，抓了她的左手，放进自己的掌心。她却愤愤地拿开。他心里便叹一声。他小心地选择字眼，尽量婉转地说出心中的意思。

他发现女儿眼里透出一种陌生的冰冷光亮，她的神色在急剧地变化，如同天气在顷刻之间进入深秋，踏在寒冬的门槛上了。他知道这对女儿的伤害有多大，却是不能不做的选择。他说："在回来的路上，我已经找过姜弘，和他明说了，我们两家不合适，这个关系只能中断。"

小灯的身子索索抖着，脸像雪一样苍白，"爸爸，你怎么可以这样，怎么可以？你太自私了！"

"不是，不是的。"他极力辩解，"他的父亲说知识分子又翘尾巴了！还说那时候还整得不够，这是什么混账话啊！"

"我是嫁给他，不是嫁给他的老爸！"

“你没有说错，亲爱的女儿，可是，你要进他家的门，我只有你一个女儿，我找的是亲家，不是冤家……你能说他的儿子没有他的遗传基因？还有，你的爷爷，他是一身正气的知识分子啊。”

郁良觉得自己铮铮有理，然而在小灯面前，每条理由都变得软弱无力。

“爸爸，你忘了？我胸前的伤疤！它还留在那里。”

她的声音如同一条带电的鞭子，抽得他身子和灵魂一起蜷缩起来。

啊，久远了，那是小灯三岁时候。那时他们住在学校的教工宿舍里，只有一个房间，还不带卫生间。那是一个寒冷的冬天，要给小灯洗澡了，郁良就在屋中央放下一个大木盆，妻子烧了水，他端来一大锅开水，倒进木盆。小灯已经脱了外衣，只穿着内衣，在盆旁的高椅子上玩耍。郁良就要去兑冷水，忽然电话响了，他心里本来有事，他班上的一个同学上体育课忽然昏倒，他护送去了医院，说要检查观察，待了一个小时，他关照了护理的同学才离开，会不会又有情况？

郁良奔过去接电话，还好，医生说问题不大。他刚松一口气，却听到身后迸出一声惊人魂魄的哭叫，他回头，小灯掉进盆里了！他疯了一般奔过去，从开水中捞起了小灯，又抱紧女儿，疯一般冲出门，妻子跟在后面跑，长发披散，他冲进了医院。

小灯是迎面扑进盆中的，胸脯大面积烫伤。从此，丑陋的伤痕一直跟随着小灯，她长大了，伤疤似乎也随之扩大。这是女儿的隐秘之伤，也是他永远自责的心灵之痛。那个留三分头的男友，就是看见了伤疤而离去的啊。

郁良顿时手脚冰冷，有一种说不出话的窒息。

小灯和姜弘失去联系了，微信拉黑了，手机也停了。小灯找到他家去。老姜眼里闪出恶毒的光亮，说，“我早对儿子说了，跟了你不会有好果子吃。应验了吧!”

小灯找到南京去了。公司的人对她说，“姜弘已经辞职。”她吃惊得合不上嘴。又赶到他住的地方，房东对她说，“已经退租，不住了。”小灯开始漫无目的地寻找，商店、广场、文化中心、电影院，他们以前去过的地方，她都去了。她张着两手，眼睛光光的，像一个白日梦游的人。蓦然看见一个熟悉的身影，她跑上去，从后边勒住那人的腰。那人回头，哎，认错人了。

半夜了，小灯忽然在床上号啕大哭，像是荒野上母狼的嚎叫，久久不停息。房东对她说，“我的房客都要吓跑了。如果你还这样，只能请你走。”

小灯变得疯疯癫癫，不能上班了。公司打电话给郁良，他和妻子赶了去，把女儿接了回来。火车上，他心痛地看着女儿，两个月前，她还是一个新鲜红润的苹果，现在却成了一个风干的失了颜色的果子。

他不住地想：是我毁了女儿的幸福吗？可是，我总不能不顾自己晚年的安宁吧。又想起父亲的惨状，他的在天之灵也不会愿意呀。我错了吗？我作了什么孽啊？他不停地在心中替自己辩护，仿佛在一个几近干涸的井中打水。

有了父母的悉心照顾，小灯的状态似有好转。她忽然不说话了，有时一整天都没有一句话，关紧了房门，不知在屋里干什么。

他和妻子就在房门外坐着，两双眼睛对视，目光重重地落下。我该怎么办，他在心里挣扎。妻子伸过手来，放在他手背上，轻轻抚摸。

一天，他在天井里枯坐，闭上眼，阳光酥酥地照他身上。忽然听到声响，他睁了眼，看见小灯从屋里探出头，跑到大门边，开了门，姜弘出现了。两人抱在一起，说了几句话，小灯又跑回房间，再出来，手里拎着一个大包，姜弘接了，两人快步朝门外走。

郁良想站起来，手脚却麻了，动弹不得，要说话，却没有声音。两个人出门了，郁良挣扎了几下，忽然能动了，很快就到了门外。有一辆出租车，两个年轻人正在上车，车里还有一个人，似是老姜的脑壳。车门关了，车子开了。

郁良急了，他忙拦了一辆出租车，让司机追前面那辆车。咬住了，路上满是人和车，红灯绿灯，急停急驰，真有美国大片的味道。眨眼到了火车站，两人下车了，郁良跟了上去。他们发现他了，手拉着手，快步跑起来。郁良划动两条老腿，呼呼喘气。

两个人的手断开了，寻找着，又拉到了一起。他们跑上天桥，不跑了，手牵着手，走向栏杆。郁良有不祥的预感，高声喊起来。小灯听见了，朝他这里看，他看清女儿的眼里有无尽的哀怨和怜悯。小灯掉过头，和姜弘一起，跨过栏杆，从天桥上跳下来。在灰蒙蒙的空中，他们的手还连着，像一对绿颜色的卡通人。

他发出一声绝望的惊叫，醒了，他还坐在天井里。是一枕黄粱梦。他听见了自己发出的声音，额上渗出冰凉的汗水。

妻子过来说："你怎么啦，叫得好吓人。"

房间门开了，小灯的脑袋伸出来了，径直走，开了大门出去了。郁良让妻子拉了他一把，才从藤椅上站起。走到门口，他扶着门框看，小灯撒开腿，沿着马路向前跑去，嘴里发出含糊的欢快的声音。在路另一端的树下，站着一个不高的男人，就是姜弘。他先是不动，后来也跑了几步，两人遇上了，愣了下，抱在一起。

郁良使劲揉眼睛，这不是梦。

一个晴天，郁良和妻子到火车站来了，他们是来送小灯、姜弘去南京的。这次带的行李不少，郁良拖了一只拉杆箱，还拎一只包，进了火车站，全部交给了姜弘。

郁良拉住小灯，从内衣袋里掏出一只信封，递给她，说，“这是爸爸妈妈为你们准备的，收好了，给你们买房子付首付。”里面是一张银行卡。

小灯眼睛湿了，“你们对我太好了。”

郁良的眼睛也湿了，“我欠你太多了……”

小灯拽住他手臂摇，“爸爸，你不能这么说，不能……”

郁良点点头，“我不说。”女儿的气色好多了，沮丧、憔悴都没有了，又像一个挂在枝头的红润的苹果。他看姜弘也顺眼了，可能看习惯了。

他又从包里摸出东西，是没有送出去的药，交给了姜弘，让他有机会带给他的老爸，让昔日的工宣队骨干把脑病治好。姜弘接了说：“我替我爸谢谢您。”

郁良冷冷一笑，心里说，我不会再看见他了，除非他换一副脑子，但可能性是零。

他们上车了，列车走了。郁良没有马上离去，两条铁轨在他眼前无尽地延伸，把小灯送向远方。他知道女儿是去南京，又似乎不知道她去哪里，仿佛去一个无可名状的地方。他心里突然疼得厉害，流泪了，一时老泪纵横。他弯下腰，捂住了胸口。妻子紧张了，“你怎么啦，你不舒服吗?”他大口地呼吸，用手背重重地把泪抹去，说，“我应该高兴，你说是吗，应该高兴。”

站台上的人都走了，一辆列车开进来，没有停，快速通过。这里视野开阔，四周是原野和青黛色的山岭，景色苍茫。又一辆列车通过，又一辆列车开出。耳边是呼啸的风声，云在天上翻滚，一群褐色的鸟从野地里飞起，发出掀动铁皮似的鸣叫。恍恍然，他看见了父亲，他赤头跣足在地下走，嘴里喃喃自语，“有辱斯文，有辱斯文……”

他又一次流泪了。

一缕阳光从云层中穿出来，直直地投射在面前，光柱中翻卷着万万千千的尘埃，如无数匹野马在扬鬃奔腾，他定神看，仿佛随之一起翻滚、升腾。

2017 年 6 月 8 日写于南京老山脚下

无檐软帽

一

柳元芷是有点名声的杂家，肚里藏了不少文坛内外的轶闻趣事，但他信奉述而不著，所以写出来的少。前些年退休在家，养花种草，搜读孤本，又是京剧票友，一口老生唱得字正腔圆。平日接待各路讨教的朋友，日子过得闲适而惬意。

市政协开会，柳老去参加。会结束了，他起身要离开，却看见市长桑雨眠从台上走下来，绕过一盆大铁树，一边朝他走来，一边招着手。柳元芷一愣，觉得市长像是招呼自己，想应，又觉得不妥，虽然他有点名气，也参加各种文化会议，但和官员没有多少私交，要是桑雨眠不是找他，贸然应允了，不是难堪吗？

他低了头，往前走，不料前面有个块头很大的人挡着，他想从边上擦过去，没想大块头一转身，撞上他。他倒退两步，跌进一张椅子里。柳元芷刚要爬起，一张眉毛修长的方脸出现在面前。

“没摔着吧？”

“没有，没有。”柳元芷平稳了身子，暗叫惭愧。忙中出乱，一时狼狈。看来桑雨眠正是找自己呢。

桑雨眠看他真没什么，放心了，说，“柳老当心，我有一事想请教你呢。”柳元芷忙表示谈不上请教。

桑雨眠引他进一个屋，在一张紫丝绒的长沙发上坐下来。两人坐下时，肩碰了一下，柳元芷感觉中他的肩膀还蛮硬。腥红的夕阳光从窗帘缝里漏进来，投在他们的脚跟前。桑雨眠的脸上有些明暗不匀的凹影。

“柳老，你知道一个叫雪眠的人吗，三十年代末在上海的。”桑雨眠眼里透出期待的急迫神情。

柳元芷的思路刚才还在当下，一下被桑雨眠引进遥远的年代。他微微眯起眼，朝记忆深处去探寻。但脑子迟钝得很，沟沟槽槽似乎都被年代的尘埃填满了，而他的探寻像是秃了头的钻头，枉费力气，并没有发掘出期待的东西。

桑雨眠两眼攫住他，说，“从文化圈子里想，他是在那里活动的。”

柳元芷的脑袋有些发痛，这种发掘非常吃力，想停下，可又不甘心，一时就有些茫然。他看见一个圆头圆脑的人向他走过来，那人脸上抹着甜蜜的笑，像新开张的面包店里的一种果酱小面包，那人走路似乎不抬脚，但走得轻松，像是飘飘忽忽过来的。柳元芷收回目光，还是费劲地往记忆深处钻，历史的云雾是铁灰色的，他尽力把它们赶开，好像看见了几个穿青年装的年轻人，在旧上海的四马路上闲逛。他脑际深处一亮，仿佛某个断了很久的线路接上了。“哦!”他叫出声来。

“想起来了?”桑雨眠修长的略带银色的眉毛抖动起来。那个笑容像果酱面包的人也到跟前了，把脸凑过来，柳元芷认出他是市政府的秘书长舒阳。

柳元芷不肯定地说:“他是个作家吧?”

桑雨眠脸上的各块肌肉都鼓起来了，凹影不见了，“对，是个作家，一个现代派的作家。”

柳元芷想趁着脑际里的亮光多看一点，可是光焰在快速地减弱。他不无遗憾地说：“有这么一个人，常和蜜蜂派的艺术家在一起。他像是一个幽灵，看不清哩。”

桑雨眠笑了，说，“像幽灵？柳老说话幽默。你知道，他是我的大哥，胞哥呢。离开家乡时，他把姓拿掉了，大概一直没有再加上。”

“真的？”柳元芷也兴奋了，“他要大你不少吧？”他还想再发掘些，可脑袋里已经黯下来了。

桑雨眠说：“他出走的时候，我不过两岁。我八岁时，他回过一次家。后来我再也没有见过他。只知道他是一个现代派的小说家。建国后才听人说，他早就死了，害肺痨死在亭子间里，也不知道他当作家的成绩怎样？”他话说得很和缓，脸上的表情显得复杂、丰富。

柳元芷的眼光悄悄移开，不看桑雨眠，他为不能提供更多的情况而内疚。

“不急，慢慢来。隔了这么长一段历史，不容易一下想起。不过，我们柳老是有大学问的人，不会被这个难倒的。”舒阳用热烈的语气说。

柳元芷不能说全部同意他，但心里还是愉快的，因为秘书长当面说了他好话。

二

回到家里，柳元芷还在想这事。他想，兄弟情同手足，两人其实离得不远，却音信全无，一个死了，另一个却许多年后才得知。这一个现在身居领导位置，可是却无从了解另一个的生平业绩，不免感慨一番。过了几天，也就忘记了。

一天，他在整理中国瓷器的资料，听得园门外汽车响，刘妈来说，有人来访。柳元芷正在研究的兴头上，想避客的，没来得及，人已经进来了，来的是舒阳。

“噢，请坐。”柳元芷起来拱手让座，他想搬一张红木的八仙椅，一下没搬动，舒阳忙过来自己搬了坐。柳元芷心里好诧异，秘书长从来没有登过门，今天来干什么？

舒阳在椅子里坐周正了，灵巧地转动他坚韧有活力的脖子，说，“柳先生住的地方真不错，前有竹子，后有流水小桥，汽车要拐几个弯才进得深来，我看，足可称个雅庐。”

柳元芷心里怪高兴，嘴里却说：“哪里称得上，是个陋室嘛。”

舒阳没有多拐弯，说，“柳老，我来还是为那天桑市长问的事，想详细了解雪眠的生平。”

柳元芷说：“这事情有点麻烦，怕我提供不了多少。”

舒阳笑了，笑得得体、可意，说，“柳老，您是我们市里活的百科全书，又是早年从上海过来的，您要是不了解，还有谁会了解？这段历史，都在您肚子里藏着嘛。他是我们桑市长的胞哥呀，这些年他从来没有提起，现在才想到问一下。”

柳元芷说：“你来鄙室是不是桑市长——”他原来要说指派的，但发现不妥，改口道，“他知道的？”

舒阳连连摇头，像是怪他不懂机理，可是马上停止了，说，“桑市长管着全市上百万人的大事，当然不会再三叮嘱。再说，雪眠是我们这里出去的作家，他的创作是人民的财富，我们有责任发掘。”

柳元芷觉得“发掘”这个词他说得特别用力。他不是不想提供，而是觉得无从回忆。但是当他看见舒阳一双发亮的带点湿润的眼睛时，忽然有一种理屈感。他移开目光，几片叶子从树上落下，在蓑棚上粘粘连连，贴着窗扇滑下，好像并没有枯黄，还呈着青色。

舒阳说：“组织上委托您了，也只有您柳老能胜任。如果必要，将来我们还要盖一个纪念馆。虽说这不是急的事，但也要抓紧。”

第二天，开来一辆越野吉普车，停在园门外，轮胎上都是泥浆。来的是下面县里的人，说雪眠是他们家乡的人，出一个作家是县上的光荣，怎样都要请柳老先生把他写出来，那是柳老对小县的关怀和贡献。当前正在修县志，写入一个现代派的作家，对招商引资都有作用。

柳元芷冷笑一声说：“你们的鼻子真灵。”

来的人说：“那当然，不光鼻子要灵，还要有汽车的速度。”

柳元芷觉得来者比舒阳还难对付。他们赶二百多里路来，途中遇到暴雨也不停车，抱着不人虎穴、焉得虎子的精神，那种情况下，跟他们解释什么都是很难的。而且，他们随车带来了火腿、肉脯、银鱼、阿胶。这些东西柳元芷当然喜欢，然而都和雪眠联到一起，他就没法消受了。但他们一箱一箱往屋里搬，柳元芷拦都拦不住。

再过一天，市文史档案馆来人，也坐了一个小时。

第四天，政协的资料室也闻风而动。

空了一天，给柳元芷喘了口气，紧接着，东江大学的中文系也发现雪眠是值得研究和重视的作家。柳元芷坐立不安了。

已经是深秋了，他到湖边去散步，寒风从湖面上嗖嗖地吹来，头皮一阵发凉。他头发已经很少了，可能是遗传因子作祟，他祖父、父亲都脱发，他不到五十就开始脱了，现在有点惨不忍睹了，中间一大块铮亮发光，像一个鸵鸟蛋，四周还剩一点稀疏的毛。他觉得今天的寒风太和他过不去了，慌忙逃回家，赶紧叫刘妈翻箱找无檐软帽。帽子找出来了，他接了就往头上戴，心里就有几分踏实。这帽子是他父亲留下来的，浅咖啡格条的，很有年头了，但保存得非常好。柳元芷戴上后不仅形象大为改观，而且感到十分温暖，冬天的寒风凉雨能奈我何，有一种进了安乐窝的感觉。

不时有电话打来，虽然说的都是不急不急之类的客气话，可是，柳元芷却看见了电话那头一双双急如星火的眼睛。他知道，这些人面对的是一枚生了斑斑绿锈的铜锁，在他们的眼里，他是打开铜锁的唯一的钥匙。

他给上海的施教授写信了。施教授又是柳元芷的前辈了，他学贯中西，而且在创作上富有实绩，是上海三十年代现代派的一方领袖。信寄出了，他却担心起来，施教授已年过九十，会回信吗？

没想到还真回信了，柳元芷拆信时不由手抖起来，心里怀着崇敬感。施教授的思路依然清晰，他说，是有雪眠那么一个人，但是与他交往不多，交往深的恐怕是戴望舒了。

柳元芷叫苦不迭，戴望舒早在二十世纪五十年代就仙逝了，叫他哪里去找？就有很多天不舒畅，园子里的叶落得更勤了，又不愿一下坠地化作泥，在空中划着尽可能曲漫的弧线。打开台灯，是一桌子银光，刺得他睁不开眼。

可是各方面并不认为他这把钥匙失效，舒阳除了打电话，还派人来探望，说要耐心，有韧劲，举了个旁的例子，举的是发掘失传的中医理论。县里的吉普车又长途跋涉来了。

继续送火腿、松花蛋、阿胶。柳元芷张着两手拦，说，“不用，不用，上次送的没吃完呢。”来的人说：“柳老，你多吃点。我们乡下多的是。”还说县里新盖了一个疗养院，条件不错，周围风景非常好，如果柳老愿意，可以去那里住着，慢慢回忆，慢慢写。

柳元芷端端正正坐在书桌前，窗开着，泥地里长着几株菊花，已近凋零，窗玻璃上有水迹，莫非晨露没干？他伏下头，额头碰到玻璃板，一片冰凉。便循着上次的思路往脑子里搜索，目光不敏锐，腿也疲软，仿佛是在尘埃腾扬的旷野上摸索。不由茫然，抬头，见阳光照在窗玻璃的水迹上，映出七色的光晕，须臾扩大，光晕中走出一个白脸的青年，眉毛又细又长，像铅笔随便划的一条线，时不时神经质地打个结。

“哦，雪眠，我看见你了。”柳元芷禁不住在心里呼喊，他终于看见他了，在尘封铜锁的记忆里，他睁大老眼，不敢漏一点光。他看见雪眠走过三马路的一个拐角，一个野鸡从电线杆后出来，吊住他的膀子，他甩手走开，雪眠走进一家小酒店，从衣袋里摸出最后几枚铜板，放在桌上。后来他醉倒在桌旁，像一滩泥。

柳元芷盯紧了雪眠，怕他在光晕里消失。忽然觉得不对，白脸的青年像是姓汪，那么他就是闽颜，也可能姓周，那就是跑马厅里输掉鳖子的曹大洋了。窗玻璃上的水迹眼看要干了，白脸青年转过身，朝远处走。柳元芷只看得见他渐渐模糊的背影，急急喊道，“你是不是雪眠？”

不见回答，水珠挥发了。

柳元芷呆坐一会，又去翻那个年代他曾参与编辑的一些刊物，翻到小说一栏。那时的文人喜欢随便用笔名，用一个扔一个，一点不可惜。他查到的有子尚、孟垅、海啸、孔尼、瘦菊、亚夫、笑梅等等，不下百个，不知道哪些是白脸青年用的，也不清楚白脸青年真是雪眠吗，可惜他死得太早，才弄得无处查实。

正在惆怅，舒阳的电话到了，转弯抹角问进程。柳元芷说：“想起一些，可是年代久远，回忆不真切了，分不清哪些小说是雪眠写的。”

那一头嗯嗯了好些声，说，“这是一个很细致很费力的工作，柳老，辛苦你了。但是，真要分不清了，也不要缩手缩脚。中国乒乓队拿世界冠军。背后有多少队员在当无名英雄，在陪练啊。所以，我们是否可以同样设想，都是中国文学，这一篇那一篇，别人写的，还是雪眠写的，没有本质的区别。现在需要的是发掘雪眠。”

那一头叽叽呱呱的声音，还响了很长。柳元芷把话筒抓在手里，不听也不放下。

三

柳元芷在书桌旁干坐了两个上午，第三天上午，他走出门，一阵冷风吹来，光光的头皮一阵寒颤，才发觉没戴帽子，看衣帽架上没有，想起是前一天刘妈见帽子脏了，拿去刷洗了。他喊刘妈，刘妈走进，责怪自己，“真是老了，不中用了，白天晾出去，晚上忘了收回来。”刘妈上楼到晒台上去，好一会才下来，慌里慌张地说：“不好了，帽子不见了。”

“什么？”柳元芷吃一惊，急忙跟在刘妈身后上了晒台。晒台的一边靠着巷子，巷子里躺着一个衣裳架子，夹子上空空如也，据刘妈辨认，就是她晾帽子的夹子。无疑是风大，从晒台上吹落下来的。四邻去打听，有人说，“昨天傍晚看见一个背稍驼的农民工走过，停下来，好像捡了个黑乎乎的东西。”可是谁知道这个农民工是哪个工地的，从哪里来，又到哪里去了呢？

柳元芷如丧考妣一般，脸变了色，在屋里团团转。要问他日常生活用品中，哪一件最重要，首推这顶无檐软帽。这顶帽子是父亲留给他的，父亲一生用过无其数帽子，这是最后一顶，留给他时几乎是新的。柳元芷是到了年岁才用它，很快就体会到了它的好处，帽子的用料是英国的上等呢，坚实柔软，而且越戴越软，光脑袋塞在里面好像得了一个温馨熨帖的天然屏障，心也随之宁静。柳元芷用了许多年，只是帽沿有点破，让刘妈用金线滚了边。每年进秋，都会想起它。而现在已经是初冬了。

柳元芷说：“你怎么会这么大意？”

刘妈无言以对，满脸的羞愧、慌乱。

柳元芷开了园门，走出去，他步履蹒跚，又走得急急慌慌。初冬的太阳早已不旺，穿过云丝已经白惨惨的了。他问人，“见过一个驼背的人吗？”人们摇头，他从一个建筑工地走到另一个建筑工地。他头顶上的鸵鸟蛋发出灰色的光泽，清水鼻涕流了出来。当晚就感冒了。

舒阳来的时候，他还没有好透。舒阳问文章考虑得如何了。

他痛苦地说："帽子不见了，头上少了保护，记忆也找不回来了。"

舒阳定定地看着他，脸上神情在变，像是新奇，又像是生气，轻轻吐出一句，"无稽之谈。"马上意识到，对柳元芷这样的人不宜讲这话。

柳元芷沉浸在自己的思绪里不能自拔。这无檐软帽多好啊，寒冬时躲在里面。热烘烘的，软绵绵的，他闻到了父亲甚至祖父的气息，感觉到了家学的绵延。这是属于他一个人的世界，他藏身在里边，听得见燕子啁啾，竹子拔节，看得见蜈蚣风筝上天，在空中振须舞爪。可是别人却无法影响他，进到他的世界里来干扰他，多么离奇、神往啊。他的文章只有在他独处的氛围里，才能一个字一个字写出来，这个奥秘只有他知道。现在帽子丢了，窝不存在了，光脑袋随随便便露在外面，心就乱了。

县里的人又来了，档案馆和东江大学的人接踵而至。当他们得知因为丢了帽子而不能写文章，都觉得他矫情。有的还因之愤怒，幸而表现得都算含蓄。

柳元芷其实比他们还着急，他到衣帽店去了。拿了一顶戴头上，又硬又干，没有那种感觉，完全不是那回事。他换了一顶，再换一顶，仓惶逃走，害得柜台小姐朝他后脑勺瞪卫生球。骂这个老光头神经病。

舒阳已经在家中等着了，边上还坐着一个人，那人把柳元芷的头围量了又量，又看了头顶，和舒阳一起走了。

过了三天，两人又一起来，拿出顶帽子。舒阳说："柳老，戴戴看吧，怎么样？上年纪的人受寒不得。"

柳元芷看，外表和丢的那顶挺像，也是无檐软帽，接过来戴，大小正好。

舒阳留意他的神色，说，“不错吧，这位是李师傅，是我们市里最好的做帽子师傅，给中央首长都专门做过。他按你说的样子，选了料，精心做了三天。”柳元芷听了，忙握他手表示感谢。

点灯了，柳元芷坐书桌前，头上戴了新帽子，暖和了不少，但感觉总有些两样，新的帽子还不熨帖，有些磨头皮、两鬓也有些不适，只能将就了。他想，总是要写，不能拂了舒阳的好意，人家精心特制了帽子啊。还有县里人，那么多的火腿、阿胶。还有档案馆、东江大学，不能叫他们太扫兴。

光晕出现了，白脸青年依稀地活起来了。柳元芷凝视着，心里喊，我就当你是雪眠了。没有办法，帽子丢了，心境都乱了。同时又对那个可能的汪闽颜或曹大洋表示深深的抱歉，我这个柳太守要乱点文坛谱了。他想，雪眠是个气性高而又孤僻的青年，那么，用独丘、瘦菊、子尚、昏鸦等笔名，就在情理之中。他把署这些笔名的小说又读一遍，归了类。心里说，要是损害了哪一个，请多多包涵。幸得大部分作者已经作古，即使活着，也到耄耋之年，哪里见得到他的文章？

四

辛苦了两个月，柳元芷终于写出了文章，先有一篇，再得一篇。各方争相来索取，大加称赞，说不愧是文章世家。蹊跷的是舒阳，唯独他没有出现，只派个小秘书来，把文章拷了去。柳元芷也不管他。又过了一个半月，就有印得漂亮的刊物送到他桌上，开卷赫然是他的文章。同期还有一篇报道，题目是《柳元芷扛鼎之力掘宝藏，桑雪眠熠熠才华重见天》。县里修志用上了。档案馆也备了资料。

柳元芷却不觉得高兴，好像刚刚还了别人的债。

那天，他出门散步，回来时从菜场过，买了几株青菜，却见菜场门口摆了个卖盐焗鸡的摊位，看上去鸡的皮色不差，就要半个。那提刀卖鸡的是个骨骼粗壮的中年人，他斜了半个身子，挥刀剁好，递一个盒子给柳元芷。

柳元芷回到家中吃，味道尚可，可觉得不对，仔细一想，不对，没有吃到鸡腿。就用筷子在剩下的中间翻，是呀，就是没有鸡腿。这怎么回事，一只鸡两条腿，他买半只，就得有一条鸡腿呀。难道剁的时候就手顺走了？怪不得那中年人要斜着身子挡他的视线啊。柳元芷越想越来气，倒不是一条鸡腿，现在的人怎么就这个道德水准？欺负我老头子？他写文章大功告成没有高兴，少了一条鸡腿，却真生气了。

他也不和刘妈说，出门了。没几步就到菜场口，盐焗鸡摊子前围了几个人，那骨骼粗壮的中年人一时秤鸡，一时挥刀，一时收钱，忙得不亦乐乎。他上前劈头就问："我买半个鸡，怎么就少了我鸡腿？"

中年人也不看他，说，"鸡能不生腿？不生腿怎么走，你老头发昏了吧？"

柳元芷说："不是鸡不生腿，是你没有给我鸡腿。"

"不给你鸡腿？我留着干什么，自己吃？我都吃腻了，还吃？"

柳元芷说："我不管你留着干什么，你就是没给我鸡腿！"

中年人转过目光看他，“你这老头，今天是成心讹我？”

“我说的是实话，怎么是讹你？”

边上有人认识柳元芷的，插话说：“这是柳老，是我们市的大学者，是教授。”

中年人冷笑一声，说，“大学者就能赖鸡腿了？现在的教授都是‘叫兽’！”

柳元芷脸涨红了，“不许污蔑知识分子！”

中年人放下手中活，“你今天想干什么？我才开张三天，你是来踢我门牌！”说着抓起剁鸡刀，往砧板上一劈，那刀就直直地立起，咣咣抖动，发出一阵寒光。

柳元芷心里毛了，一边嘟哝，“你就是没有给我腿，”一边往后退，听那骨骼粗壮的中年人又说了句难听话，“还要讹我鸡腿，看我把他中间的老鸡腿剁下来！”周遭人笑了。

柳元芷又气又恼，只得逃开。回到家中他不说一句话，刘妈也不知为什么，不敢问。他早早上床睡了。第二天起来，似乎好些，但气还是不顺。

随便翻书，就到中午，忽然门外闹起来，他想问，却见两个青年人冲了进来，一个穿红衣，一个穿蓝衣，两个都是一脸怒火，好像是冲进来抓窃贼的。刘妈跟在身后，张着十根手指，像是抓不住了，也要做出个抓的样子。

柳元芷惊住了，半晌才说：“你们两位要干什么？”

那红衣的就说：“嘿，你干的好事！”穿蓝衣的不说话，却伸出一根指头，戳向柳元芷的鼻子。

他说：“你们两个，坐下说话。”

两个依然火气十足，但总算坐下来了。穿红衣的说：“那狗屁文章是你写的?”

柳元芷脑袋轰的一响，他的隐患就是这个，还果然是这！嘴里却在支吾，“是哪篇文章?”

“你知道，独丘、子尚是谁吗?是我们的祖父曹大洋的笔名，这是我们的先人写的小说，由上海三十年代现代派作家的领袖施教授作证，这容易吗?我们查了多少资料，费了多少心血！这已经是定论了，修进了我们曹家的家谱。你柳元芷算什么东西，胆敢冒名顶替我们先人的小说，毁坏我们家族的荣誉?”

柳元芷浑身是嘴都说不清楚了。他在乱点文坛谱的时候，就是心生惭愧，以为当年作家即使在世，也是耄耋之年，哪想到他们的孙子打上门来了！他一生没有做过这样的窝囊事，浑身控制不住地颤抖起来。

“你说！你为什么要抢夺我们先人的小说?”

“我，我是受人之托，想了解一个作家……”

“受人之托，就可以抢了吗?”

“我，我的帽子丢了……寒风吹得我头皮发麻……我心烦意乱……”柳元芷也不明白自己说了什么。

“呸！一派胡言。你必须登报声明，赔礼道歉。还要赔偿我们家族的精神损失费。”

柳元芷只得像鸡啄米一般点头。

蓝衣青年说了他进屋后的第一句话：“今天对你客气，要不，把你房子都掀翻!”

这一次柳元芷被吓得不轻，在床上躺了两天，才慢吞吞下地。出得门去，远远见了盐焗鸡摊子，不敢靠近，怕那孔武的中年汉子又劈利刀，绕了大圈子才走出来。徐徐走到城墙根，又见小桥流水。心思就有些活泛。忽然想，我骂这卖鸡的中年汉子，而我的所为和他又有何区别？他顺走鸡腿是作假，而我张冠李戴，夺人小说不也是作假？而且我是应市长之邀，才巧取豪夺，分明是讨好权贵，这作假的性质就比卖鸡的更恶劣了。

这么想过，柳元芷对卖鸡的不那么恨了，却对自己看轻了许多。沿着城墙、玉桥、湖边走过，柳元芷不由想了这个古城的历史，它在历史上因为贩盐而兴旺、繁华，又因反抗异族入侵而名垂青史。在这城市，历代的文人墨客留下了无数瑰丽的诗篇，嘴边不由滑过一首诗：

青山隐隐水迢迢，秋尽江南草未凋。二十四桥明月夜，玉人何处教吹箫？

多美的意境，可是我柳元芷却做了什么，有辱斯文啊。

立春了，风中顿时少了寒意。偶见一排大鸟在浩杳高空中，振翎朝北飞去。柳元芷想，或许是勇敢的第一批。忽然听得楼梯上有刘妈的叫，分不清是惊喜还是慌乱，又听在哪里撞一下。柳元芷出屋看，刘妈从地下爬起，手举得高高的，手里抓的正是无檐软帽。

才找到了原委，那天刮风，帽子连着夹子没有刮到巷子里去，而是顺着西边的低屋棚滚落，恰好掉进两个屋檐中的夹缝里。而落到巷子里的夹子，是夹了旁的衣服。今冬雨雪少，帽子安安稳稳躲在那里，居然一点没损坏。

柳元芷哆哆索索接在手里，好像迎回一个以为死定了、却又重新归来的亲人。掸掉灰土，太阳里晒过，就能戴了。

这才是他的帽子，依旧是那么温馨松软，他的奇妙的独特的世界重现了，心也宁静下来。新帽子总是不好，虽然是特级师傅精心制成，但没有他的父亲、祖父的气息，而且感觉上不纯粹。只有戴上自己的无檐软帽，才会从心灵和肉体上都觉得和谐。

他想，原本完全可以不叫人特制的，只要朝西多走五步，搬一张椅子，踩在上面（刘妈正是偶然登上椅子发现的），那么帽子就不会无缘无故在缝隙里躲三个月。这样的话，他很可能就不会在文坛制造冤假错案，也不会让人打上门来。啊啊，他扼腕叹息。但是又想，恐怕不完全因为无檐软帽。

吉普车又来了，柳元芷没有给他们好脸色。可是，来人似乎并没有发觉，却提出了新的要求，“文章很好，水平很高，作品都提到了，分析得也透彻，但好像还缺了一点。缺什么呢，缺一个高屋建瓴式的评价，招商引资就说不响亮。望柳老再加一笔，百尺竿头更进一步。比方说，伟大的作家，如果够不上，那就提，杰出的作家。”

柳元芷冷笑一声，只是摇头。来人就疑惑了，手一挥，车上就有人下来，又往屋里搬火腿、阿胶，搬松花蛋、感鱼。柳元芷伸了两手拦，叫上刘妈，还是不行。搬东西都是年轻人，他们老胳膊老腿哪里拦得住。

柳元芷急中生智，大喊：“我全部推翻了！我后悔了！”

这下有效果了，来人叫停下，问，“你怎么后悔了？你要把文章推翻？”

他肯定地点头，说，“我昧了良心，这些小说不是雪眠写的，是别人写的。这文章站不住脚，我是替他人做了贼。”

来人再问，“真要反悔?”

柳元芷说：“此刻不纠错，将来还带进棺材里去?”

县里人不再往屋里搬了，搬进去的还往外搬，装上车。吉普车开动前，一个人说，“以前两次白送了，喂老狗了。”

柳元芷听见了，大声叫：“告诉我，一共多少钱? 你等着，我拿给你!”

车子开走了，没人睬他。剩下他还在叫。

五

舒阳登门是在一个星期之后，他进了书房，也不坐下，敞开了领子，颈子灵活地转一个圈，他说：“柳老，你怎么弄的，那两个愤青上市里来闹了，说政府支持你弄虚作假。你怎么能把他们祖父写的小说算成雪眠写的呢?”

柳元芷口吃了，“不是你让我写的? 不是你说的，中国乒乓球队多少幕后英雄?”

舒阳说：“不错，是我说的。可是，我叫你把别人写的小说，说成是雪眠写的吗? 我说了吗?”

柳元芷傻眼了，当时他一再搭桥，推波助澜，还叫人来定制帽子，怎么说变脸就变脸? 他说：“当时不是你来动员我写的? 你还说，必要的话，要建纪念馆……”

“一点不错，是我请你写的，但是，这要在尊重历史事实的基础上，实事求是才对。我们不能伪造历史，投当官的所好。”舒阳撇起嘴角，“请你写，也是考考你的品行，没想到也是这么龌龊。”

柳元芷气昏了。舒阳什么时候走的，他都不知道。

柳元芷始终不明白，舒阳为什么像猫一样变脸。后来，市府有个高人点拨了他。舒阳早知道桑雨眠市长对他有看法，恰好桑雨眠提起哥哥雪眠，舒阳就从中搭桥，想借此事讨好桑雨眠，没料到桑雨眠并不领情，还来过问他一些违纪的事。刚好这里出了纰漏，碰上作家后代来闹，舒阳干脆翻脸，一起往柳元芷和桑雨眠身上栽赃。

柳元芷这才明白，冷笑一声，也不往心里去，第二天就忘干净了，倒是对那顶无檐软帽，多了一份感情。一直戴到戴不住了，才舍得从头上摘下来，又对刘妈反复关照，千万不能再丢失。

五月的一天，有人按门铃，柳元芷想起刘妈上街了，自己来开。他愣住了，来的是桑雨眠，单身一人，没有随从，也没有汽车。

“柳老，多日不见，身体好啊。”桑雨眠的长眉毛抖得很欢。

柳元芷说：“好，好，快请里面坐。”

桑雨眠喝了茶，两手放在膝上，说，“为我上次一句话，惊扰了柳老，抱歉。”柳元芷忙说谈不上。

桑雨眠的眼里露出潮湿的温情说：“其实我们大家庭中，我最爱的是我大哥。那次他回家，引我到后花园去，拿木桶浮在水上，人蹲在里边。一次桶翻了，我差点淹死。”柳元芷嗯嗯着。

桑雨眠又说：“我很想知道，我大哥的创作实绩究竟如何？”柳元芷就对他说实话，“雪眠只当过两年文学青年，参加了一些集会，写过两篇不出名的散文，后来不写了，去当小学老师，没几年就病死了。”

哦，桑雨眠眼里露出些失望，又露出些坦然，说，“这样好，我心里就有数了。”

两人移步到园子里，这是一个四方的小天地，两边墙上爬了青藤，开出粉色的喇叭花。另一边有个下挖的小池子，池里的假山玲珑剔透，一群金鱼在优雅地游动。

他说：“这个地方好。”他退下来了，有时间了。柳元芷说，“有时间好，常来坐坐。”

那天桑雨眠坐了一个多小时。两人分手时似乎很留恋，一再握手。桑雨眠走出一段路了，回头见柳元芷还站在门口，他又扬起手。柳元芷也扬手。

写于 2016 年 8 月 24 日　南京老山脚下

不为绿卡

曹晓风坐在车里，满心狐疑地看着黄燕妮上了车，她开的是一辆二手的宝马，银灰色的。她的车出了路口，曹晓风就起动车子，从绿树的掩映中开了出来，尾随着她，上了 32 号公路。已经五点多了，不那么炎热了。车窗摇下一小半，风咣咣地吹进来，他的头发像茅草一样飘了起来。太阳西斜，光亮忽然变成腥红色的了，洒在宽阔的公路上，洒在前面黄燕妮那辆银灰色车子的顶棚上，使它看起来像一只雨燕，迅捷地从血雨中穿过。

这些日子，曹晓风一直处在疑惑和烦恼之中。他和黄燕妮相处已经半年多了，第一次见面，他在心里对自己说：就是她了，我不会再找了。一个月后他们就如胶似漆。可就在不久前，他隐隐产生一种预感，他们的交往不会平常，但他没有想到会来得这么快。十五分钟前他们通电话，她还说在公司里，今天要加班。可是，谁能想到她却驾着车子，神不知鬼不觉地溜走了。

银灰色车离他大概有一百米，中间隔了两辆车，他不想靠得太近，太近了黄燕妮会察觉的。她是个机灵的女人。两旁的车子多起来了，他们驰入了主干道。黄燕妮的车子时隐时现，他紧紧盯着，不能被她甩掉。不好，她变道了，向公路右边移了，曹晓风要跟着变道，却听到脑后传来巨大的轰隆声，一辆大型集装箱车从相邻的右道开上来了，他只得改变主意，继续在原来的道上开。集装箱车是乳白色的，有半列火车那么长，它出现时，好像拉起了一堵白色的墙，把什么都挡住了。

白墙终于移走了，他迅速变过道去。却不见了银灰色车。她上哪去了，难道在他避让集装箱车时，她已经下高速了？要真是那样，那就惨了，今天泡汤了。不管了，那个出口早过了，他只能当她没下高速。他加快了车速，为了超车，连划了两个S。哦，看见她了，银灰色的车还在高速上，在右边二道上。

在通过一座宏大的空中拱桥后，黄燕妮下高速了。他也悄无声息地跟着下了。驰过一座尖顶的教堂，又驰过一个邮局，楼上的星条旗半卷半舒，再往前就是茂密的树林和草地。曹晓风心里越发狐疑了，她跑这来干什么，这已经是F区了，从来没听她说过在这里有业务。

前方有个小广场，银灰色的车拐进去了，在一栋楼前停下了。曹晓风也停下车，他看见她下了车，用手拢了下耳朵后的头发，进了那栋楼。曹晓风看清楚了，那是一家旅馆，她上旅馆来干什么，他心里有了不祥的感觉。他也下了车，这是一幢二层的楼房，天已经暗了。二层有三间屋子亮着灯，一层有五间屋亮着灯。她进了哪间房间了呢？他呆呆地站在楼前，像个傻子一样。传来了声音，笃笃笃，是她的脚步声，还是谁在用木锤敲打铁皮？响亮而均匀，像文章中的一连串省略号，六个圆点，又是六个圆点，似乎在讥笑他，你知道省掉的是什么秘密吗？他心里一阵冲动，跑进了楼，跑过一个直道，又跑过一个弯道，一楼没有她。他上了二楼，过道里也没有她的踪影。她进了哪个房间？她来这里干什么呢？他攥紧了拳头，就要敲离他最近的那扇房门。高高地举起，却又缓缓地收下。他不能鲁莽，首先要弄明真相。

曹晓风重新坐回车里去，天是灰蓝色的水，一颗颗星星从水面浮起。他发现刚才二楼有三间屋子亮灯，现在亮灯的只有两间了。难道灭灯的那间就是黄燕妮进去的吗？他心里又一阵潮热。车前有一个黑影跑过，他打开车灯，是条狗，很大，狗冲着他车子叫了两声，摇着尾巴走了。他一阵难受，心里叫了起来，曹晓风啊曹晓风，你什么时候落到和这狗一样，做起探听的事来了！在中国的时候，临近高中毕业了，他独自背着书包到香港去，参加了美国的高考，没想到竟然考上了，还拿了两年五万元美金的奖学金。不仅学校震动了，报纸大版介绍，整个城市都惊动了。

到了美国曹晓风才知道，美国的大学不好上，在国内为了高考，学生头悬梁锥刺股，可是一旦考进大学，就大功告成，马放南山了。可是美国大学不一样，好进不好出。有时为了准备考试，他夜里都不睡觉。六年过去了，总算熬出头了，他以优秀的成绩毕业了，工作也十分如意。于是，男人该想的事情就不可抑制地迸发出来了。十多年的积攒，十多年的等待，此时爆发出来了。他的母亲，每次在网上视频都要催促他。华人找女朋友，自然还是找华人。第一个见面的女生也是大陆来的，见面就问，“你父母做什么的，收入高不高？”曹晓风心里冷笑：你把大陆最俗气的东西带来了。第二个是官二代，眼睛长到额头上，口气大得吓人，张口就说，“我爸爸是市长，在中国没有他办不成的事。你有什么事要办？”第三个丑得叫人不忍心看第二眼，他心想：签证官真有本事，把中国打灯笼也难找的丑人签过来了。

正在他心灰意冷的时候，遇上了黄燕妮。他在心里欢呼，上帝是厚爱我的！黄燕妮活泼、美丽、善良。他们一起上拉斯维加斯，手拉着手，在赌城里玩得神魂颠倒。又上迈阿密坐游轮，在加勒比海的月光下遨游。曹晓风觉得生活像梦一样迷幻，却没想到生出了意外，黄燕妮突然变成了令人费解的谜？他不由得问，上帝，你既然厚爱我，为什么又要折磨我？

月亮升起来了，弯弯尖尖的，像一个钩子。楼里走出一个人来，曹晓风看，是个美国人，黑暗中看不清脸，高大魁梧，走路时两条腿一扎一扎，膝盖不打弯似的。美国人钻进一辆车，开走了。曹晓风收回目光，双手捧住了脑袋。过了好一会，楼里又走出一个人，他认出来了，就是黄燕妮。她垂着头，走得很慢，好像背上负着沉重的东西。曹晓风忍不住了，跳下车去，拦住了她，“你怎么上这里来了？”

黄燕妮的脸骇白了，眼里露出惊恐的光亮，她说：“我，我……”她身子晃动起来。曹晓风伸手去扶她。她倒进了他的臂弯里。

二十分钟后，他们坐在咖啡馆的桌子旁，曹晓风专注地看着她，她喝了半杯热咖啡，情绪慢慢稳定下来。她说，她认识皮尔斯，是在工作后不久。那天她跟同事去打高尔夫球，她是第一次打，打得很拙劣。正当她灰心丧气的时候，一抬头，看见他就站在不远处看着她。那是个坡地，阳光披在他的双肩，脚下是碧绿的草坪，被那些美丽的颜色衬托着，他显得十分英俊挺拔。他微笑着向她走来，说，You are very nice（你打得非常好）。

不到半年，他们就结婚了，不久她拿到了绿卡。对于一个国际学生来说，绿卡太重要了。在她眼里，美国社会好像是动荡的凶吉未卜的大海，而绿卡就是海中的一叶小舟。但同时，她也接受了一份没有料到的礼物。这个阳光男人十分懒惰，游手好闲，干什么事都漫不经心，一份工作，干不了几天就不干了。他要黄燕妮心甘情愿来养活他。黄燕妮的女同事对她说，“这样的男人，在正宗的白人中是极少见的。”

黄燕妮试图改变他，让他学会踏实地工作。早晨，她开车把他送到工厂，晚上开车去接他。但是仅仅持续了两天，皮尔斯回家暴跳如雷，他说：“你看过卓别林的《摩登时代》吗？我跟他一样，成天跟着机器转，没早没晚，枯燥无味，等着把我骨髓榨干。”她说：“你总得干点什么吧。”他说：“不要和我说，我烦！”那天，他把番茄酱瓶摔在地下，一拳砸在洗衣机上，砸出一个凹坑。

她终于明白了，所有的努力都是徒劳，她只是他的性奴，是他的赚钱机器。出路只有一条，离婚。皮尔斯咬着牙说：“当时，你为什么要和我结婚？目的是什么？”她说：“我不知道你不愿意工作。”他说：“你说谎，你是要利用我，是为了绿卡。”她无论怎样解释，都无法阻止他的猜忌和愤怒。

同样让黄燕妮不可理解的是，他是一个虔诚的基督徒。上教堂祷告时，他微闭双眼，脸上露出纯洁、真诚的神情，活像一个大孩子。她走下台阶时，他用手轻轻扶住她的纤腰。可是离开教堂，他又变得好逸恶劳。她的心颤动起来，眼前出现白色的水雾，看不清楚，这两个皮尔斯，哪一个是她真正的丈夫？

他们几次闹到了法庭上。私下里，他提出一个匪夷所思的方案，她必须每个月满足他两次性要求，他才同意在离婚书上签字。不然他就到移民局起诉她骗婚，取消她的绿卡。

为了摆脱，她不得不接受这荒唐的要求。但又不甘，到了该去的时间，她躲了起来。但都被他找到了。他捉住她的身子，把她塞进车里。车内响着强烈的音乐，他在方向盘上打着拍子，得意洋洋地开往汽车旅馆。她心里充满了屈辱，恨不得一头撞死。后来她已经麻木，就不用他来抓。

曹晓风听呆了，她低沉哀婉的声音像是一把小刀，一刀一刀，把他的心肺割成了碎块，他的胸腔被血堵住了，无法呼吸了。他发着抖，沉重地叹息。太荒唐了，这般荒唐的事怎么就会被自己碰上呢?

他喊道："怎么能够这样?"

"我又能怎样?"她的回答尖锐刺耳。

桌子上的烛光在奇异地变化，刚才还是温柔、委婉的，倏尔升高了，变粗了，变成了一柱愤怒的火苗，悲烈的火苗。曹晓风无法再听她如泣如诉的声音，他离开桌子，冲出门去。车子在45号公路上狂奔，一个声音在心底说，回去吧，你忍心把她一人扔在咖啡馆里?另一个声音却蛮横地说，哪个男人能忍受这般屈辱?我再也不要见到她了。

当天夜里，曹晓风一直被噩梦缠住，醒过来发现枕头湿了。他要忘记黄燕妮，他有超强的理智力量，能够做到。他把全部精力都扑在工作上，同事们都走了，他还待在工作室里。可是等他回到家中，一个人独处的时候，当他仰望远空的时候，就不行了。风吹过了，柠檬树叶哗哗响，就像黄燕妮的活泼、悦耳的说话声。蔚蓝的空中有一抹白云，那就是她飘曳的丝巾。迎面走来一个个女孩子，他恍恍惚惚，觉得每一个都是黄燕妮，但细看，每个都不如她美丽、可人。

他心中在哀叹，她做出这么荒唐的事！又一个声音说，她也是无奈啊。

曹晓风就这样折磨着自己，他消瘦了，眼睛凹下去，显得特别大。终于，他出现在黄燕妮住宅的门口，他在车里等，放起杰克逊的摇滚，声音像铁球在他心里滚动。太阳落下去了，她的车开来了，黄燕妮从车上下来。他快速下车，跑上去，拦在她面前。黄燕妮脸变得像纸一样苍白，绕开他，往家里走。他喊着追上去，在台阶上追上她，又拦在她面前。

她身子发着抖，说，“你还来干什么?”他说：“我想你。”她喊道：“这几天你干什么去了?”他说：“我都在实验室里。”黄燕妮说：“我有人了。”他说：“我们分开才三天。”她说：“就这三天。”说完就往屋里跑。他愣住了，眼看着她进屋了，他冲上去，就在她转身关门的一瞬间，他的右腿插进了门里。她的身子倒在门上，一起向他压过来。他小腿一阵剧痛。她惊叫道：“你的腿!你干什么啊?”

他流泪了，说，“你让我进去。”她不忍心再顶了，撤了。他挤进屋里，抓住她肩膀说：“就三天，你有人了？是谁啊?”她站不住，瘫下去。他也随着蹲下，手还是抓着她，“是谁啊，我去找他!”她说：“骗你的。”

曹晓风的眼睛睁大了，透出异样的光亮，随后闭上了。他抱住了她，抱得紧紧的，她也往他身上贴，身子的每个部位都贴紧了，不留空隙。两个人的泪流在了一起。

县法院在一座平房里，这类房子在美国很常见，暗红色的斜顶，浅黄色的外墙，里面十分宽大舒畅。他们坐在长条椅子上等，窗外是大片的鲜绿的草地，不远处是个教堂，隔着窗玻璃，能听见随风吹来的悠扬的钟声。接待他们的是一个有年纪的法官，眉心有一颗浅灰色的痣，像粘了一颗米饭。在黄燕妮陈述的整个过程中，曹晓风始终握紧她的手。虽然是五月，她的手还是发凉。法官听完了，沉吟一会，说，“孩子，你遇上了一些麻烦。我要告诉你的是，皮尔斯没有权利要求你这么做，这是非法的。但是，按现行法律来说，我们现在无法强制他。”

黄燕妮急了，说，“现在他缠住我，我怎么办？”法官露出慈祥的笑，说，“法律无法帮助你，但上帝会保佑你。我注意到了，这个男孩会给你勇气和力量。”

曹晓风发现此刻他还握着黄燕妮的手。

在回来的路上，她一再问他，“我怎么办？”黄燕妮租的房子后有块草地，曹晓风蹲下身，用杏仁喂松鼠。黄燕妮也把一颗杏仁扔给松鼠。他把手插进她的长发中，十指慢慢梳过，他说：“不理他，从此你再不要去汽车旅馆。”

这段时间，他们时时通电话，有时十分钟就通一个。实验室的美国主管皱眉头了，“曹，你好像心神不定。”曹晓风想向他解释，却知道这是无法解释的，他只得苦笑，说，“我一定注意。”

但是频繁的通话没有结束，黄燕妮在电话中惊恐不定。她说，皮尔斯的汽车在路上堵她，她狂奔才逃脱。皮尔斯在电话中吼道，不遵守诺言就会毁灭。他在汽车旅馆等了一夜，她始终没有出现。性的饥渴把他变成一头野兽。黎明时分，他把房间里的电视机砸了。

傍晚，曹晓风到了她住的地方，黄燕妮垂头丧气，几天里憔悴了许多。他心里一阵酸楚，捧起她的脸，定定看着，用手指把她眼里的泪拭去。黄燕妮伸出手臂抱住了他。她说：“皮尔斯在电话中说，他买了一把枪，是一把来福手枪。他喜欢复古的东西，他试过了，很好用。他在电话中说得很慢，很有表情，像在读一首诗。”黄燕妮在手机中听到了枪响。

他身子抖了一下，似有一股寒气从底升起。她抱他的手松开了。曹晓风低了头，好一会没有说话。她说：“你想什么呢?”他走了几步，坐到椅子上，说，“他真的开枪了?”她说：“他开枪了，这人发起疯来，什么事都能干出来。”她看着他，问，“你怕吗?”他说：“不怕。”自己都觉得没有底气。

他站起来说，我上卫生间。黄燕妮用下巴指了一下。他走过去，进去后锁上了门。面前是一面宽大的镜子，发出明亮的荧光，他看着镜子里那个戴着眼镜的白面书生，心想，就是这个人，九年前从中国过来，苦学苦熬，拼到了现在的地位，而此刻他即将卷入一场可怕的冲突，很可能危及生命。他觉得腿肚子在发抖。

他想起他的爹娘，他们为他付出得太多太多了，他们都是工薪阶层，为了省下钱给他，老爹几年没有买过一件新衣服。家里买一点好吃的，妈妈都舍不得吃，说他用脑辛苦，都留给他吃。要是他死在皮尔斯的枪口下，他们将伤心欲绝，他们的晚年怎么过啊！他还想起母校，这个学校以他为骄傲，他的照片贴在学校的陈列室里，如果他的噩耗传到大洋彼岸，老师们都会震惊，学校也会因他而黯然失色。

曹晓风把灯关掉了，小小的空间里一片漆黑，他不敢看镜子中的白面书生。现在脱身还来得及，他和她还没有上教堂……可是，我就这么扔下她吗，她太孤立无援了。

他在卫生间待了很长时间，走出来时他看见她站在窗旁，看着窗外。

她说："你走吧，不用来找我了。"

"你怎么这么说？"

"我不想连累你。我要独自面对。"

"可是，他这么凶悍，又有枪。"

"这是我的事，我不能太自私。"

曹晓风心里说，自私？现在是谁自私，我还是她？他目光落在地下，却似看见了那把来福枪，枪口乌黑，枪身发出古铜色的光亮。

他走上前，抱住她的后肩。他说："我们走吧，离开这里，到别的城市去。"黄燕妮摇头说："躲不掉的，我到哪里他都能找到，这是他的国家。"

这些日子，曹晓风一直在想这事，想得脑袋痛，似要裂开一样，在实验室里也走神。主管说："曹，你是不是对我们这个团队不满意？"他连忙解释："不不，我遇到一些事情。"

下班了，他开车去了中国城，进了一个太极馆。教练是个中年人，步履迅捷。曹晓风说："我要学武功，能克敌制胜的武功，越快越好，我有急用。"教练脸上掠过不易察觉的笑容，说，"那就看你造化了。"

他苦练了两天，汗水大颗大颗掉下来，摔在地下，碎成八瓣。可是和别的学员交手，轻而易举就被人摔在地下。但他不气馁，更加顽强地练。

两个月后，他走出太极馆，黄燕妮的车已经停在门口了。他迎着她走去，说，"告诉那个皮尔斯，理直气壮地告诉他，你有男朋友了，让他走开。”她欣喜地说：“真的吗，你学到本事了?”

第二天，黄燕妮在电话中特别慌乱，皮尔斯听她说有男朋友，狂暴地吼叫，今天晚上就来她住的地方找她。曹晓风倒吸一口凉气，说，“我下班了，直接上你那里去。”

黄燕妮住的房子在第二排，门前有一棵橡树两棵无花果树，透过树叶能看见一条拐弯的灰白色的路。他们坐在阳台的长窗后面，曹晓风坐在一把藤椅里，黄燕妮依偎在他怀里，面前放一张木桌，桌上有酒瓶，只有一个酒杯。曹晓风喝一口，黄燕妮喝一口。他再喝，她也再喝。不时看那条拐弯的路，等待皮尔斯的车子出现。太阳落下去了，他没有来。他们还坐在那里。天全黑了，四周很安静。夜深了，还是没有人来。

黄燕妮睡到床上去，曹晓风睡在沙发上，他没有脱衣服，有情况可以立刻爬起来。窗帘外慢慢亮了，鸟叫声清脆悦耳。他爬起来，拉开窗帘看，什么都没有发生。他说：“他不会来了吧。”她揉了揉眼睛，说，“我也不知道。”

第二天下班，曹晓风又来了。他们依然坐在长窗后面等。一辆车开过去了，不是皮尔斯。三个小时内，开过很多车，都不是。曹晓风站起来说：“我们睡吧。”黄燕妮说：“睡吧。”她脸上出现一种狡猾的神情，“今天，你不要睡在沙发上了，那里不舒服。”他知道她的意思，说，“那好吗?”她说：“没有不好。”

他走过去，从后面搂住她，好像双手捧起刚破壳而出的雏鸟，说，“好，我不睡沙发。”他刚坐到床上，传来了汽车的声音，很响，是大功率的马达。他们停下来了，车子开近了，雪亮的灯光打到他们的窗帘上。黄燕妮不自禁地靠住他，他抱住她的肩。车子停下了。他们一动都不动，伸长耳朵听。就听到沉重的摇晃的脚步，一步步向房子逼近。

黄燕妮的身子抖得厉害了，曹晓风的心怦怦跳起来。脚步声在门口停住了。就听到一个男人粗鲁的喊叫：“喤（黄）！喤！”两个人坐在床上，手紧紧握在一起。门外的人敲门了，沉重有力，像是熊掌拍在门上。哐哐哐，房子都抖动起来。

他用眼睛问她，怎么做。她贴着他耳朵说：“不要动。”

外边越敲越重，薄薄的门板似乎要裂开了。他想站起来，她紧紧拉住他。一声裂响，门洞开了，两人条件反射似地跳了起来。曹晓风摸到墙上的灯开关，打开了。在橘色的光亮中，他看见厅里摇摇晃晃走来一个高大的男人，他一手抓着一个酒瓶，一手在空中挥舞着。

黄燕妮把他往后拉。美国男人恶狠狠地说：“你们躲在这里。”黄燕妮朝他叫道：“你来干什么？我已经对你说清楚了，我和你没有任何关系，你不要再来缠住我！”皮尔斯往嘴里灌一口酒，说，“你跑不掉的，跑到哪里，我都会找到你。你以为找来这个臭小子就有用啦？”

“你走！”突然间她变得十分勇敢，她把曹晓风护在身后，像一只要保护幼崽的母兽。嘴里喊道：“你走！”她冲到皮尔斯面前，用双手推他的胸膛。可是她的努力相当于零，皮尔斯只是晃了一晃，他顺手一拉，她就扑出去，跌在地下。曹晓风叫了一声，上前扶起了她。

皮尔斯的目光对准了他，他一步步逼近，满嘴的酒气喷到他脸上，“你从哪里来的？你这个臭小子，你能阻挡我吗？你想找死吗？”

他站了起来，镇静地看着他，皮尔斯的鼻梁挺挺的，像一道高高的山脊，两旁是两颗凹陷的混浊的眼珠。裸露的臂膀肌肉暴突，从肩头到手腕，一路印着蓝色的花纹。曹晓风知道自己不是他的对手，但总应该试一试呀。

皮尔斯伸出手，掐住了他的喉咙。他一下喘不上气来。是时候了，再不试就来不及了。曹晓风努力回想太极教练讲的，用手压住了他的腕子，另一只手别住了他的胳膊肘，用身子作绊，突然转身。皮尔斯没有防备，跌了个踉跄，但他太壮了，没有摔倒在地。现在他被彻底激怒了，他捏紧两个小钵一样大的拳头，向曹晓风猛烈挥击，他挡不住，倒在地下，他想爬起来，又被一拳击倒。鲜血从眼角冒了出来，流进他的嘴里。

黄燕妮扑了上来，抱住他的脑袋，用身子保护他。

皮尔斯擦了擦拳头，从屁股后掏出手枪，又摸出一段绳子和胶带，显然他早做了准备。黄燕妮叫道："你要干什么？不能胡来！"

美国人哼哼笑着，转过枪身，对着枪口吹了口气，对着曹晓风脑袋说："你还要这吃饭的家伙吗，我一扣扳机，它就不存在了。"曹晓风看，枪身果真是古铜色的，和他梦见的一样。皮尔斯说："如果你还想用它来吃饭，现在滚还来得及。"

皮尔斯用枪指了指门。曹晓风知道他可以离开，大门就在十英尺之外，他的汽车就停在院门外。如果他拔腿，两分钟就能脱离危险，这里发生的一切就和他无关了。那黄燕妮怎么办，我把爱的女人抛下，还让她履行荒唐的承诺吗？

他不想这么做。他摸出了手机，想拨打 911 报警。皮尔斯看出来了，他冲上来，抢走了手机，狠狠砸在地下，又猛踩几脚，踩得稀碎。

曹晓风明白，现在做什么都没有意义了，他的手和黄燕妮的手紧紧握在一起。

皮尔斯挥动手枪，让他们走出屋去，他们只得听从。他们走进了后院，踩在柔韧的滑滑的草皮上。凉风吹来，把粘粘的蛛网吹到他脸上。曹晓风抬头看，灰蓝的夜空中，悬着一个尖尖弯弯的月亮，他觉得它在不停地晃荡，像是大海中的一叶小舟。

皮尔斯在夜色中挥动手枪，说，“你欺骗我，和我结婚，就是为了骗取绿卡。”黄燕妮说：“不是的。”他说：“那是为什么?”黄燕妮转过头，依然说，“不是的。”

美国人仰起脖子，把酒瓶里最后一点酒都倒进喉咙，然后把瓶子扔得远远的。

曹晓风想，他要在这里枪杀我们，让我们的血流进这片熟悉而又陌生的土地，这很糟糕，可是，和黄燕妮一起死，也是个安慰。

皮尔斯没有开枪，而是屈下一条腿，屈下另一条腿，跪了下去，亲吻脚下的土地。好一会，直起身子，说，“两百多年前，我的祖先就生活在这里，他们的英灵听见了我的声音。你这个东方来的女骗子，你这个自以为了不起的臭小子，听着，我皮尔斯家族有荣耀的家史，一百多年前，墨西哥的独裁者安纳将军歼灭了据守阿拉莫的两百名德克萨斯人，我的一个叔祖父就在这两百人之内，为了独立，他英勇奋战，流干了身上的血。”

曹晓风看不清他的脸，借着微弱的天光，他的身子侧影像一个大理石雕塑。皮尔斯喷着酒气的声音蛮横艰涩，在夜风中传得很远。

“从此以后，记住阿拉莫！变成了我们的口号。我的曾祖父那年刚十九岁，哥哥的死亡使他变得更加坚强。他跟随伟大的山姆豪顿将军，用剑和火，击败了安纳，此后，得克萨斯并入了美国的版图，成为美国的第二十八个州。”

皮尔斯的身子摇摇晃晃，又努力挺直了。他说：“自由、平等是我们的灵魂。走吧，你们走，不要再让我看见！”

这一切来得很突然，曹晓风没有立刻反应过来，但是，当他意识到发生了什么，心里一阵松弛，又一阵紧张，马上扶住了黄燕妮，引着她往屋里走。他想，她不用带东西，他们穿过走道，走出大门，钻进他的车子，总共只要两分钟，就能逃离。

“停住！”脑后传来粗暴的命令。曹晓风心里一凉。皮尔斯走上来，脚步通通发响，擦着曹晓风的肩走过，飘来一股浓烈的酒气。他走出大门。听到汽车粗砺的发动声，灯光从窗帘上划过，很快，一切归于安静。

灯光下，黄燕妮的脸依然苍白，她不敢相信这是真的，神经质地问：“他走了？他真的走了吗？”

曹晓风站了起来，走到门旁，那辆大功率车不在了。月牙好像还在晃荡，地下有着树和栅栏的模糊影子。他关了大门，走回去。黄燕妮瘫软了，坐在地下，泪水不停地流，“我不是骗子，不是为了绿卡。”

曹晓风也坐到地下，用手深情地抚摸她的后背，说，“我相信你，不是为了绿卡。”

她倒进他怀里，说，“不是的。”

2016 年 8 月 25 日

娲 石

一

鄂风的家是个很特别的地方，隔三岔五就有一帮朋友来聊天，一坐就是半天，烟雾萦绕，杯水沏了又沏。很像早先的茶馆和后来的咖啡厅、酒吧。

鄂风瘸腿，喜欢结交朋友也需要朋友。瘸子自有他苦恼的地方，要搬个大东西了，怎么办，鄂风就叫起茶座上的一位，你踩黄鱼车时弯一弯，顺便给我捎回来。电灯线路坏了，他叫另一位，我登高不方便，你给我查一查。来的不少是老朋友，插队时就认识，几根肚肠都清楚；当然也有新客，头一回让人领着，摸着曲里拐弯的楼梯上来，第二回他就可以大模大样入座，跷起二郎腿，尽管抽烟胡吹。

这场合存在的一个要紧原因，是鄂风的老婆天丹。来的朋友都说，三十了，还这般天姿，真是难得。都感叹，满天世界，选美都是选小姐，为何不选夫人。其实小姐是青春豆蔻，不好也好，夫人才委实可贵。胡吹也有乏味的时候，于是打牌，那个时候麻将远不如后来那么盛，多数是玩纸牌。一把牌摸完，各各理着手中的牌，天丹走进屋里来了。无形的骚动就开始了，这个说："哟，天丹回来了，这么半天上哪去了，还出去打针吗？"心思早不在牌上了。那个说："好个牌彩！天丹，都是借你进来的光，过来看看呀。"天丹不停手中活计，踟步过来，莞尔一笑，只说，"是不错。"在座者的目光就像白天出洞的老鼠，刚伸头就缩回去，缩回去又伸头，直到天丹走掉。

天丹怎么会嫁给鄂风？虽说坐在那里，鄂风也是个有模有样的男人，且性格坚韧，但总是个瘸子。对此，极少几个有资历的老客讳莫如深。新客见老客口风甚紧，也不敢提问。

打牌，时间总要提前溜号，座中客多是刚返城尚没安排工作的，因此恋牌，到点灯时分，牌息手了，犹有余兴未尽，继续吹牌吹天。天丹回来了，围着兜布到后边厨房去，一会搡着手出来，说，"还空着肚子呀，就随便吃点吧。"巴不得她有这句话，客忙拣好听的说。她去去就来，端出一个红漆木盘，里边三个薄瓷碗，盛面，汤宽绰，面细长而齐整，浇头青黄两色，另有几星红点。一个客人跳起，搓着手道，真是好手艺。另一个接口，不敢吃，怕破了样子。

鄂风不在外边吃，一瘸一拐随天丹进厨房，半个桌上，早有一碗面放着了。天丹端过一只盛菜的碗，刮着碗底拨到面上，只一撮。然后天丹才去小锅里盛粥。

鄂风停筷问："你不吃面。"天丹说："买得不多。"鄂风说："为什么不多买点，菜也可以多炒。"天丹说："我挣几个钱？你又挣几个钱？你去一趟菜场看看。"鄂风说："轻点，轻声点。"他怕人家把他的底细看出。父亲在世的时候，家道不错，鄂家的中医在这一带颇有名气。他希望人家还这般看他家。天丹不再说，低了头，轻轻吮粥。

月光慢慢从对楼的房顶上摇出，落在半张桌上，恰在两人中间，隔着月光看对方，恍恍然，似有些异样。

一天，鄂风吃了午饭，觉得困乏，歪到床头睡。入睡了，但不深，只在表层浅浅地走，于是就有梦。天空中有很大的一轮，叫人害怕，一轮外还有更大的一轮，那是光环。他不明白是太阳还是月亮。那一轮滚动不停，光焰也搅动起来，滚上窗台，光突然就变成黑色的了，滚下地板，滚到床前，扑进他被里。醒了，这个景象第一次出现，是在他幼时害病坏腿的时候，后来又在梦中出现几次，每次见了心情都抑郁，不松爽。门上橐橐的几声，他不睬，以为自会去的。然不止，又是橐橐，不急不慢，很有涵养，隔一会，叫起他的名字，才知是大哥。

鄂风拧开门锁，一个四十上下、脸皮白净的男人走进来。那人去屋四周望一望，说，“看好你在家的，才肯一味敲。”鄂风说：“大哥，你坐，没有上班吗？”大哥看准一张靠椅要坐，又觉不可靠，改坐了一张方凳。他说：“天丹上班去了？还是打针吗。她负责的地段大不大。”鄂风就说：“不算小呢，从张家弄开始，西行一直到桃园村呢。”大哥早不听了，又问：“你的工作还没落实吗？”鄂风说：“街道正在重新考虑，安排一个就近的能胜任的。”没等说完，大哥又问：“你们，过得怎样？”

鄂风不说了，只把眼看住他。窗台上，一只黄喙绿羽的鸟在笼里扑飞，一双爪踏出坚硬、多节的声音。大哥也察出了，脸上便有羞赧，不再问，躲开鄂风的眼，去看绿羽的鸟，看两栋楼之间一条狭长的天。

鄂风说：“大哥，我想你有事吧。”大哥说：“兄弟，你是知道我的难，你嫂子逞起性来，谁敢惹她。啊啊，我这个人偏有这样的脾性，这样的脾性偏娶这样的女人。”鄂风说：“到今天了就不要再说这话。”

楼下天井里有摔东西的声音，大哥脸一抖。仿佛刚说的话已经传到楼下的人的耳朵里。鄂风面前的空间里便化出一张带角的女人脸。那女人同大哥的好事，起于“文革”之中。那时，她叱咤风云，在单位里指挥几百号汉子，后来在系统里也坐上一把交椅。也不知什么心思，偏缠上大哥，许是高中同学时就觉得大哥俊，也许是在外边闯荡，内心总有需要不满足，回过头来想，仍是大哥多情。这个女人有个怪名字，叫扣金。她同大哥成亲，正是她炙手可热之时，顷刻间就坠下，受了审查，下到车间当工人。腾达时得的一套小西房也收去，搬进大哥原来住的楼下房子。只以为她收敛了，后来才知道她功夫转到内部，难煞大哥。

大哥说：“妈一直喊私房不多了，爸去世已许多年了，在世的时候也是推崇医德，从不滥收钱。原来我贴补一些她也就够了，想你不容易。扣金不依。”大哥啧着舌面，像吐出的话有不尽的苦意，“你知她说什么，好脚要养老娘，坏脚就能不养，要是两个儿子都是坏脚，老娘就喝西北风去？”

鄂风有些晕眩，刚才梦里的黑火似乎并没散尽。他想说几句硬气的话，但期期艾艾，说不出。大哥说：“你看如何是好。”说罢仔细看他。他说：“等天丹回来了商量。”大哥告辞下楼，他在靠椅里伏着，动不了。风拂动着窗外的枝叶，斑驳的网影投进屋来，枝叶上耀出的亮光发白发蓝发黄，最后收了去，凝成西边的红霞。天丹回来了，放下包，说，“你呆坐着干什么，不先拣个菜，烧好饭嘛。”

她说着去厨房，一时饭菜毕，两人吃完。鄂风几次要开口，都没说出。天丹异样地笑，说，“我告诉你听。”她的丹凤眼刹那亮起来，透出光彩，照进鄂风的眼里去，手势也优雅、丰圆，似有心要显露。“你说怪也不怪，天底下真有这样的怪人。有个男人来打针，先不打，和你唠上半天，打完了也不走，绕着圈子同你闲话。今日带几个橘子，剥了皮要塞进我嘴，我能吃这不明不白的食吗。明日又来，眼滴溜溜转，忽然说句骚死人的话，你的腿根轮廓好。你说这是人话吗。”天丹脸上没有怒，吃吃地笑，笑止了，眼光也热辣起来，只在男人的脸面上唇角边钻。她说这故事，一来为奇，再则也为挑起男人，想鄂风烧起一盆火了，再来烤自己。又说：“我索性盘问他，生得什么病，这一问才晓得，他没什么病，白挨这么些针了，却是情愿。”

鄂风笑两声，未细琢磨，脑子又勾到下午的事上去。等他说出，天丹也没了刚才的神态，认真地说：“儿子小时爹妈养，儿子大了养爹妈，这都是上桌面的话。大哥这样要求你没有偏理，就是扣金在后边要点子，我们只当不知。可是我们今天的经济情况，自己都泥菩萨过河，怎么是好。”鄂风说：“就难在这里。”她想了想，说，“有一个办法，你去同大哥说，钱我们贴不出，但可以奉养妈。晚饭在我们这里，我们烧好了送去，只会拣好不会拣坏的。多一人多不出多少，手上添一把，嘴里省一口就有了。”鄂风觉得是个办法，心里烦恼减去不少。

各自忙一会，就上床了。天丹脱得剩内衣，对着衣镜转身，看鄂风埋头雕着一块兽骨，像没见她一样，知道刚才那个打针的故事白讲了，叹一口气，爬进被。一会，她撩开被，说，“好关灯了。”鄂风这才搬着两条腿上床，一拱一拱往被里去。

屋里黑了，窗外的世界就清亮起来。对面的房子一下子缩近许多，似乎就是这里屋子的前半间。在这里度过几十个春秋了，鄂风想，于是就看见自己的过去，又看见自己的未来。鄂风的身子半天也暖不过来。一旁的天丹却燥热。两人的夜都长。

二

来居委会打针站打针的人约定似的都挑一个时间，那时候真是三头六臂都不够用，过了这个时间就空了。天丹松一口气，洗过手，用手绢擦去额上细细的汗，坐到椅上去。阳光在窗栏杆里钻动，一个麻雀在树枝上叫鸣。天丹觉得肚里空了，想起早晨只吃一碗稀饭，就一点咸菜，怎么会不饿。随即又想，吃少了吃差了就营养不够，营养不够当然没有精神，也没有勇力干这事，就觉得错怪鄂风了，有些不明确的疚意。

门帘撩开，踏步进来一人，正是那个情愿白挨针的男人，朝她嘻嘻一笑，说，“今天又劳驾你了。”天丹仔细看他，生得肥头大耳，颈后的膘足有寸许，脸上红光放出，一副余勇可贾的样子。天丹想他一定是营养很足的。那男人说：“今天来得巧，没有一个人，这门关上吧。”天丹说：“关上干什么。”那人说：“解裤打针呀。”天丹说：“有门帘挡着。别人都不关，偏你金贵。”那男人迟疑一下，就不敢关，慢慢去松皮带。天丹拿针管，叩瓶颈，心想：原来营养太足了也是会腻人的。弄妥了转身，只觉眼前一白，原来那人竟脱出大半个屁股来，她一慌，手脚也忙乱了，有一阵子不知该干什么，才发现针管在手里，闭上眼，死力扎下去。那男人像挨了刀一样叫，一枚针差不多都跑里面去了，那人不敢动，只咧嘴哼，等针拔出，才说："你这个女人太心狠手辣。"裤没系齐整，就往外跑，一边说，"我要去上面告你，你等着。"

天丹呆立着，想想有些后怕，又觉得可笑，咯咯笑出声来，一时弯了腰。门外有竹笃板敲击，一个甜润的声音唱起，是卖甜酒酿的。天丹叫住了，掏了角票，买了两块在黄盆里。

过一会，天丹的哥长脚来了。长脚念中学的时候和鄂风同班同桌，在黑龙江农场八、九年，也是他们家牌座的常客。

长脚说："街道施主任找我去了。"天丹说："什么事儿？安排工作？"长脚说："施主任先叫我坐，他抽烟，喝上一口茶，慢悠悠讲，现在返城的知青太多了，就业太难，不可能每个人都安排。"天丹叹气。长脚道："施主任又说，要找一些青年，去干清扫厕所的工作。"天丹哎哟了一声，很失望。长脚却说："你别急，是让我到街道一个无线电元件厂去上班。"兄妹两人都高兴，天丹拿出酒酿，让长脚吃。

长脚一小勺一小勺舀起，放到舌尖上，用舌卷到嘴里去。他说："鄂风的工作有新消息吗。"天丹摇头，说，"街道里都嫌烦了。"天丹漂亮的眼里生出些怨，慢慢地凝聚起来，对着长脚发亮。长脚就有些发慌。茶客在背地里传，鄂风和天丹的婚配，这位大舅子起了不大不小的作用。长脚不去迎她的眼，手中的勺也停了。

门帘被撩起，照进一派旺的阳光，是小孩，去了，帘子复下。外边有响的车喇叭声。长脚抬头，颇心乱地说："我这里有一样东西，很有用的，你要不要。"天丹说："什么东西。"长脚犹豫了，说，"我在黑龙江时有一好朋友，是当地人，他到上海来办事，带了几条，送了我一条。”天丹说：“什么东西。”长脚就说：“牛鞭子，那东西补阳，对男人有大用的。那边人都信这个。”天丹脸上飞一片红，但也不非常红，说，“要。”长脚说：“你等着，我马上来。”

天丹坐进椅，安稳地等。心扑扑地跳快了，手也微颤，想今日的奇事也不少，想笑，却笑不出。一时，长脚来了，手里执一长条，旧报纸包着，也不看她，塞过来，天丹也不看，往柜里一放，长脚去了。又过了一会，来了两个打针的，看看不会再来人，天丹就把门关严。这时她已经平静，倒有强烈的好奇心在骚扰，打开柜，拿出，把旧报纸尽数撕去，有纸片粘连在上面，就用指甲尖剔去，就得了裸裸的一根，竟是红紫色的，上面的肉强拧曲突，她吃一惊，握在手里感觉就两样。于是，心旌又动荡起来，连忙找一张新报纸包了，不敢再看。

当晚，吃了饭，天丹就同鄂风说了。鄂风说：“你搞什么破玩意儿来整我，”气呼呼的，“那样腌臢的东西我不吃，谁稀罕谁吃去！”天丹说：“你真不识好人心，大老远的拿来，就为害你？”两人一句来一句去，笼中的鸟也像得了鼓励，扑扑扇翅膀，往笼面上扑。楼梯上有脚步声，两人立刻闭嘴。

第一个进来的是长脚，后边一人不马上进来。待长脚说过：“你们看，我带谁来了。”那人才跨进门槛。鄂风认出，是中学的同学许志芳，许志芳同天丹也见过面，那是五、六年前的事了，那时鄂风天丹还没结婚。天丹喜欢地说：“稀客呀，哪阵风把你吹来了。”许志芳微微笑，不回答。长脚说：“我正往这里来，刚要进弄堂，一回头，见一人面熟。”

大家纷纷找座坐下，没少讲笑话。鄂风说："志芳，你这么些年干什么了？"许志芳喝一口茶，翘起手指把舌尖上的茶叶子弹到烟缸里，淡淡地说："什么都干过，大路朝南开，脚伕走两边。先是养蜂割蜜，后到大队学校当民办教师，又替社办厂跑原料，还在县志办公室待过半年。社会上的事也算见着一些，没少长见识。"又闲适地一笑，"一晃眼八、九年过去，人生有几个八、九年？何况是黄金一般的年龄。不说得了多少钱，想想是悟到了东西，又想想觉得不牢靠，再想想还是有收获。眼下又到一个转折点。"

鄂风插上说："什么转折点。"许志芳说："我的父亲到退休年龄了，正碰上有政策，可以顶替。父亲就立时办了手续，把我的户口从乡下迁回上海。"长脚连忙说："好机会，你的父亲是全民单位，快去报到呀。"许志芳冷冷一笑，把身上一件西装往上拎一拎，说，"哈，你的论调同我父亲的一样，我才不轻易呢，三十六元就买个笼子关关呀。"长脚有点不相信自己耳朵，"你说什么呀？"许志芳说："我是孤云野鹤惯了。"说罢挺身，高鼻梁两侧的一双眼睛熠熠有光，在三位的脸上转一圈。

大家一时都无话。许志芳是个再伶俐不过的人，中学的时候，一阵风大家都学乐器，有学二胡，学笛，学风琴，都不成气候，独独他学箫，这玩什比别的都难，都说要知人间苍凉才吹得，可是到班上开忆苦会，他居然吹出一支凄清委婉的曲来，天上布满星，月牙亮晶晶，满座的人都动容。下乡运动开始，学校里誓师上黑龙江，集体下云南，闹得不可开交，谁也不见他，后来才知道，他早就一人悄悄地去浙江农村，投亲插队了。

鄂风仍觉不明白，再问："你不去报到，那有什么打算呢？"

志芳伸出几根指，斜眼看看，说，“不急，先看看势头。如今正是大变时候，还没见这般动筋骨的。看不准，钻进去了再退出来，不是反而慢了。”长脚说：“那你就袖着手看?”志芳说：“袖着手不好吗，可惜我有事，巴不得袖手呢。”就从随手带的包里摸出一个瓶，竹筒那么粗，拧开盖，又掏出一根长柄小勺，说，“张开嘴。”就去瓶里舀一点，先放进天丹的嘴，又放鄂风的嘴、长脚的嘴。天丹嘴一抿，蛾眉挑起，叫道：“蜜。”许志芳说：“正是呢，我们那地方有一些，我顺便在上海联系食品厂。”

天丹看他的眼光就带点钦佩，说，“许志芳，你既然这么有办法，何不替鄂风想想法子，找个工作。”没等回答，鄂风就说：“怎么随便说这话。”天丹说：“是你老同学，我才开口。知道你要面子，一般人我会吐出口?”许志芳也说不要紧，鄂风才无话。夜色里的屋顶上有野猫家猫咬，沿着檐条走，又撕滚成一团，跌到棚户上，散开，各寻自己的路，不知钻进哪个沟道里。许志芳低头想一会，说，“不是我不爽快，君子言必信。眼下没有瞅见机会。好了，这告示我揭下来了，但时间放宽一些。谁叫我们是老同学，谁叫长脚把我领这里来。”大家都笑。随后又拣各自感兴趣的话讲，天丹还煮了水鸡蛋，一直到夜深才散。

鄂风进被了，天丹却睡不着，她觉得少有的兴奋，便叫鄂风灭了灯，自己摸黑走到长窗边。天空亮湛湛，星也密布，月亮存了大半个，满天都有光彩。她忽然看见了自己的睫毛，想想不可能，但又不肯轻易否定。不留神撞了鸟笼，那鸟叽咕一声，又伏下头去。她想：在笼里关久了，硬翎毛也退化，放它飞还飞得走吗?

第二天，天丹早早起来，把牛鞭剁断，翻来覆去洗，在砂锅里文火燉。加油、蘸醋，添糖。几个小时下来，稀烂了，汁也浓浓。晚饭时，她逼着鄂风吃，鄂风拗不过，尝一口，味道还不错，后来连汤也喝了。天丹监视着他扫清战场。至于效果就难说了，鄂风说有一些，天丹觉得没有。

三

鄂风把他们的想法告诉了大哥，大哥没说好，也没说不好，低着头走了。有两晚，天丹把烧好的饭菜给鄂风的母亲送去，自然不推托，都吃了，说滋味好。

这天，两位老客在喝水，牌桌还没开张，大哥走上来了，眼不盯着人看，说，“扣金近来有头痛病，几家大医院都跑遍了，中药补药没少吃，就是不见好，越是发作脾气越暴，她说见不得人多，见不得烦心事。你们这里上上下下客多，每一个都要在我们的房门前转弯。能不能把二楼换给我们，你们住底下来，进出都是方便。”

鄂风说：“这倒难了。爸爸在世的时候，就把房子摊派好了。”天丹在旁织绒线，插进话说：“大哥，你还不知道你这位兄弟的情况吗，天热好说，到了冷天，他这双腿是一点没有暖气的，晚上要是不冲汤壶，一下戳到我身上，同冰一样，我忍着给他焐了。你这当大哥的不疼他，还会有谁疼他？这里的楼挨得近，就中午一会有阳光，他就指望中午这一会的阳光了，你会忍心夺走？”大哥脸上红一阵白一阵，哪有回嘴的本事。两位客也慢条斯理说：“在上海，房子的事性命攸关，轻易动不得。”

楼下有动静，先是一个铁皮桶摔地上，叫楼上人齐齐地屏声，接着竹竿哗哗抖动，而后一个不像女人的女人嗓子喝道："去去就回不了，叫人把软绳套住了。"大哥脸上就有惧色，转身，夺路往楼下走。楼下喧嚣声起，似有谁拽住了谁的耳朵，谁又死力挣脱，撞了碗橱。楼上的人倾耳听，鄂风忍不住要站起，天丹竖起一个掌，制止他。底下砰地关了房门，声音听不清了。大家都觉得窥探得吃力，放松身子到椅上去。

不一刻，楼道上有脚步，大哥又上来了，脸上却是郑重。大家定睛去看，两只耳朵都不见红，便疑心是错觉。大哥说："房子是老一辈留下的，这些年是我接济母亲，住哪层房子该由我挑。"鄂风有气，说，"怎么这样讲话，是我有能力不肯使吗。"天丹说："原来还有这番心思哩，大哥，当初你把钱给妈，我和鄂风都在背后说，真正是孝心，有你这般的长兄是我们福气。哪知道我们见的只是饼面上的糖花，没见饼馅哟。要是妈早知道，她用你钱还会踏实吗？原来一块块钱还是一个个计谋呢。"大哥再想辩，舌头已是打结了。于是下楼，待到再上来，他已是泪眼涟涟，踏步也不稳了。

鄂风心发紧，说，"原来大哥难成这样。"大哥说："罢罢，我再也不提了。掏出心来说，我怎么情愿叫你们搬下去，但是，扣金的头疼厉害，现在是我比她还要疼了。终究是我命不好，做了块夹板，两头讨不到好。恨透了真想张嘴咬她一口，又想想这女人也是可怜。跟她结婚还是我倒霉的时候，因为她才免了我去"五七干校"，没再挨批斗。现在她倒霉，总是不敢让她再伤心，结果还是咬自己。说着已往一边墙上斜去，揪了自己的胸捶。还不如让我死的好，小时候看戏，想哪有这么多伤心事，现在明白远没唱够。”

鄂风颤巍巍撑起，点动腋下拐杖，要去扶他。大哥转身，他被肩撞着，失了重心，大哥忙伸臂，反倒是他扶住了鄂风。鄂风动了感情，说，“你怎么可以吐出死这个字。”大哥已经不成声，只是动脑袋，不知是点头还是摇头。天丹说：“快扶大哥休息吧，多保重，千万不要损着身子。”

一个星期很快过去，看来扣金并没有作罢，像有更大的计划在这个女人已经壮起来的躯体里发酵、膨胀，难的还是大哥。天丹白天打针，心思全留在家里，关照好男人，一点也不能松口。每日进出，她倍加小心，细观底楼的动静。那日回家，她听说鄂风的母亲被请到楼下去，关严了门，足有半个上午，便觉得会有新戏文。恰逢许志芳来，他已有一个多月没登门了。

许志芳坐定了，就说笑。鄂风想起上次话题，问，“你摸时局摸得怎么样了？”许志芳说：“不能说。”鄂风不高兴了，说，“对我都不能说？”许志芳眉一动，一双凹窝眼里就有漂亮的光透出，“你是老同学，我俩过去交情就不错，要能说会不对你说吗？好，说进一步，最近我摸了几副麻将，觉出些道理，那块白皮就是一个天契。看是无，白泛泛什么都没有，却照样可以成双成四，做十三不搭，我看造牌者有苦心。”鄂风听他讲得不着边际，不很要听。于是就兜出换房的事。

许志芳走到窗边，挑眼望上看，几只鸽子正从窄天上掠过，洒下一路鸽铃，他又伸出手，到光亮中去捕捉，这样一动一动，体态就有些好看。天丹盯住他后背，似乎那里真有风景。许志芳转过头，说，“原谅我插入你们内政了，似乎令兄的女人在“文革”中并不干净，何不在上面做些文章。”鄂风说：“怎么做？”

许志芳说："报纸上有一篇社论，讲的是要继续清查三种人，不能让他们藏匿下来，把持岗位，伪装面目，日后再来一次造反。"鄂风皱了眉头，说，"这倒不好办，难道要我再去揭她'文革'中的事，或者留意她现在的言论，一天天记了去揭发。"许志芳就冷笑，不说话。

天丹睁大眼看他俩，手中的织针早停了，心中回荡起来，慢慢地就成形了，想并不复杂。说声："有了。"站起，走到门后，抱出一叠报纸，放上桌，嫌不亮，拉亮了大灯。她一张一张翻，抖开看，不一会就挑出要找的那张，撕掉半边，独剩需要的。又握一支红笔在手，念出紧要的句子，在底下重重划杠，划一条尤觉不醒目，干脆用红框子框起。抛了笔，做一个顽皮又得意的神态给屋里的两个男人看。随即来到窗台上，卷成一筒，刚要扔到底下天井里，却又不扔，朝窄天的西角落望去。此时，万千道光正被徐徐收去，那收光的霞朵在加重颜色，天丹的前胸被照着，像泼翻了血一样。她不往下，而是往上一扔，像放飞一个鹞子，那半张纸就扑腾起来，在如血的霞光里摇曳，缓缓下落，到天井的石地上，不动了。

到夜里，借着朦胧月光看下去，报纸不见了。好多日无事，再不见提换房。

一天，到上床的时分，鄂风瘸拐着到放箱子的角落，摸索一阵，又走回到床边，说，"我给你看一件东西。"天丹已经披衣在被里，问是什么。鄂风便笑，说，"是叫人喜爱、谋杀、相互嫉恨的东西。"摊开掌，黄澄澄的一条卧在掌心。天丹惊说："金子，真的金子?"鄂风说："你尝尝看，是不是金子味。"天丹用牙舌尝过，连连点头，说，“从哪里来得这么多。”鄂风便有趾高气扬的神色，撇开手脚坐进靠椅，叫里边的空间填满，又点一支烟，悠悠地吸吐，说，“这是我父亲指名留给我的。因为我腿不好，他去时特别地不放心我。一点零星的用了，只剩这整块的。一直没来得及对你说。”天丹就撇嘴，说，“好呀，结婚这么些年了，说一句话的时间都没有？还是隔人隔肚皮哟。再有什么瞒的，藏牢点。”鄂风说：“不是现在告诉你了，再没有瞒的了。”天丹顾不上多闹，仔细看掌心里的金条，用另一手的食指去拨，说，“到底是金子，同别的物什就不一样。这一条能打不少链条和戒指吧。”

鄂风说：“虽好，却要改姓他人了。”天丹当即回眸，“什么?”鄂风说：“要卖掉，阿祥对我讲，香港那边有人过来收金子，可以卖得好价钱。”天丹说：“我不卖，你们鄂家留下多少好东西了，就几件也要卖个精光，不当脱底棺材不甘心。”鄂风就气色难看，好一会才说：“你以为我喜爱变卖先人的东西，龟孙子才愿意。看你一个人支撑个家，买菜回来，还把硬币点清，我心里过不去。都是我没本事，把你拖累到这样。”他见天丹侧过身，斜在床上，后背不自禁地起伏，又说，“物价一日一日涨，也不见人勒住它的缰。欠下朋友的几个钱拿什么来还。要是我知道上次许志芳拿钱来，一定不收的。你知道我这个人，受了伤，情愿内出血，也不愿流到外边来的。”

天丹坐起，把小金条在手里攥紧了，说，“你真要卖，我没好说的。我认了，这一生里只有卖的命，没有买的命。有一个要求，你听着，我拿它三天，三天后交还你，随你卖给哪个。”鄂风哪会不同意，一连声答应下来。

阿祥来了，他做这里的客也有两、三年了，平时来得不算勤，也不算不勤。头发梳得齐整发亮，保养得也好，叫人怎么都不信他有四十。他喜欢执一把扇，据说很有来历，上面是了不得的名人提句，不光夏天拿着，春秋两季也不肯离手。至于上海的多少幽情奥密，都在他红湿的舌头下埋着。以前，鄂风请他办过两件事，都可靠。他说香港先生已到沪上，这里快做准备。于是两人定下日子。鄂风怕不牢靠，说就在他家里。阿祥说："这是政府明令禁的事，一般买卖双方成交就散，不肯留线索，如果鄂风坚持，也无妨。"临走前，阿祥诡秘一笑，说，"香港仔都是贼精的，他要看出你急，就会有意搭架子，狠狠杀价。所以你一定不能猴急。还有，贵府要布置一番，不要露出寒酸。"

鄂风天丹很用了一点心思，屋内所有败旧的东西尽数收去，翻出一条天蓝色床罩，把床整个地蒙住，里面多垫几条棉胎，很像席梦思。交易预定在屋另一头的圆桌上进行，不会有人往床上坐。鄂风从母亲房里借来一只大青花瓶，半人高，放在矮几上，倏然就有许多气氛。看看差不多，鄂风伏进圆桌旁的圈椅里，目光炯炯，和假设的敌手拉锯。

天丹缓缓走到窗台，身上慵懒，交易还没开始，好像已叫她精力折损。鹅黄的鸟在耳畔叫，她拍一下笼，那鸟就扑扇翅膀，打得小米飞溅起来。她突发奇想，就去拔笼门。门紧，用力，开了，笼子一颠，米水洒一地，鹅黄鸟也滑一边去。她以为它会钻飞出来，却缩在一边不动了。她伸出一只手，进笼擎那鸟。鄂风刚和"敌手"谈得兴浓，且已经占了上风，见了她的举动，忙叫，"不要胡来，鸟要飞走的。"她鼻子里哼一声，已抓住那鸟了，放下地。鸟扑扇两下翅膀，不过离地尺许高，又落下，惊慌地叫鸣，不再飞，蹒跚地走。天丹说飞走了吗，摘了笼放地下，那鸟一缩头颈，钻进去，在里边蹦得欢，再不出来。

到那天了，预定下午两点。鄂风早在等了，看看到点，却不见阿祥和香港人来，天丹已经上班半小时，溜回来看动静。床上一个小闹钟只是滴滴嗒嗒走，走得两人六神无主。天丹又赶回去打针，再溜来，仍是没来。他们觉得扫兴，好像这次不卖掉，金子便不值钱了。

恰这时，阿祥来了，单身一人，两步三步上楼梯，汗淋淋的，不断用那把有来历的扇子扇。阿祥说："快。情况有变化。上午我陪香港人去两处收，都给的好价钱，哪想到中午回宾馆，有急电在那里候着，要他立即赶回。香港先生实在抱歉，不能如约，一定要我多多转达他的歉意，当即要赶飞机场。我想不能叫你们失望，机会难得，要再遇一个这么讲信义的香港人也不容易。就代你们作主，在去飞机场的路上换。那先生不情愿，但经不住我缠磨，再说我总有陪他几天的交情，看了时间还来得及，就答应轿车开到动物园门口等我。我这就要赶去。"说到这里，他急着讨水喝，一大口凉开水下去，忽然说，"哦，还不知道你们信得过我吗，我这人，就好替人做参谋。"又说，"要准备一只牢靠的包，不少钱要装呢，小了不行。"鄂风一边说："还能信不过你，一边叫天丹找包。"阿祥接了包说："成交了别的酬劳都不用，只喝一顿酒，在家在店都无所谓。"鄂风说："那当然，掏出黄金，用红布包了，交他手里。"阿祥接了即走。

天丹还得上卫生站，鄂风在家等。闹钟顿时就走慢了，好容易两个小时过去，他疑惑了，等到晚上还不见阿祥回，心就急了。两人的头抵在一起，想象着万千种可能的意外，又都一一推翻。到了子夜，心急如焚，忽然想起，他们不知道阿祥家的地址，真正是糊涂。于是两人一齐出动，走急了，天丹扶鄂风，在空寂的夜色中演一出急急错错剧。叩醒两家都不明了，直到天亮才问到，又一路焦渴赶去。原来是阿祥投宿的姨妈家，他早些年已离婚，无牵无挂，常常形影无踪，已经有些日子不来往了。

到此时，才算绝望，想起去公安局报案，却听人说买卖黄金本身就是犯法，鄂风明白，只有哑巴吃黄连了。

四

鄂风家的客比几年前差多了。

首先，形势不一样了，人人都在变着点子弄钱，还能闲坐了喝茶吗。看管自行车的老妇人，也耐不住三分钱一辆的收，扔了摊子，就地倒卖香烟，一叠叠票子攥着。何况在鄂风家坐着的都是青壮年人。再有，吃了那次骗，心懒许多，也不在接待上用心了，自然来客也觉察出。这几年里，鄂风也出去工作过，干不久被辞退了，家里待一阵又出去换个事，这样歇歇停停，也是客座不兴的一个原因。当然，客不是没有，只是少得多。

那天是星期日，长脚在家里坐着，帮他们修阳台的遮篷，同时和妹妹闲聊。踏进一个人来，竟是许志芳。天丹叫道："你到哪里去了，几年不见你影子了。"

许志芳摘下礼帽，放在圆桌上，脸黑了些，透出红光，显得很有精神。他坐下来，讨水喝。天丹想起茶罐里还有一些好茶叶的，找出来打开，却是空的，只得作罢，倒了一杯冷开水递过去。许志芳要喝，却停下看了眼天丹，感慨地说："几年不见，没想你不显老，反而更见年轻，难怪古人说，天生丽质难自弃，原来要弃也是难。街上那些狠画眼睛的，吓得死人，冷看一眼还可以，哪忍心多看。”天丹心里舒服，嘴上却说：“胡诌什么，问你到哪去了，怎么也不说。”别人也追问，觉得他那副轩昂的神态必有点名堂。

许志芳说：“讲出来也简单，读书去了。过去我们只上到初二，学起来少不了要费力。读的是企业管理，外修一门公共关系，毕业已半年了，在一家公司供职。”

众人一时无语，觉得这个许志芳终和别人不一样，大概总有他高明的地方。鄂风想起什么，说，“那年你找我时，已经上学了?”许志芳没忘记他的许诺，两年前替鄂风在一家公司找了个收发工作，但干得不合人胃口，被辞退了。许志芳点头说：“已经上学了。”鄂风说：“怎么不告诉我呀。”许志芳说：“倒不是要瞒谁，小事一桩，无须多讲。”于是大家更觉得他同别人不一样。

老友相聚，多叙往事，受骗那事又勾出来了。许志芳击节说：“要是我在场，决不会让他得手。”又叹道：“真是蛇蝎之心，他来你家不是一次两次，你们的状况历历看在眼里，竟下得了手。”鄂风说： “再不要提起，提起我心就要裂，提一次受一次罪。”

许志芳说：“对，对，不提。老人家有一句诗是好的，风物长宜放眼量。”他一口饮尽了杯中水，一股清凉朝心头来，很是舒畅，说，“我来讲一个小故事，怎样，很有意思的，也同骗有点关系，不过这是周瑜打黄盖，一个愿打，一个愿挨。”

大家都说好。长脚说：“慢点，今天是难得的日子，我去买瓶酒，喝着谈，你的故事等我回来讲。”许志芳说：“这个主意不错。”从袋里抽出一张十元，说，“顺便带些熟食回来。”去不一会，长脚就带回三瓶啤酒，一瓶白酒，两大纸包熟菜。齐妥了就喝就吃。窗外有习习凉风吹进，轻柔的窗帘盈盈地拂动，都觉得快活。

许志芳就说：“在僻静的路上，有一家餐馆，生意不好。老板就同老板娘商量，这样下去我们只有打烊，吃西北风去。老板娘却是个有胆有识的角色，长得也有样子，说兔子逼急了也会咬人，就去男人耳边如此这般地说。男人担心了，说，‘你成什么了。’女人说，‘放心，卖酒不卖人，还是堂堂正正的老板娘。’当晚，老板娘打扮起来，真是妖艳。去一家上档的舞厅，一点不费事，就有一个商人来邀她。舞步翩跹，果然叫商人兴致十足，不到散场，已经情意绵绵了。自然问到夜宵，老板娘就说，她知道一个店，情调特别有味，于是，一辆出租车就开到自家店来了。

“老板早等得抓耳搔腮，一听车声，忙开门。一对进来，只装不认识。老板递上菜单，商人照例问老板娘想吃什么，老板娘忸怩作态，说随你意。商人就点。老板娘忽然想起，冰箱角上有袋虾仁，很有时间了，再不吃，一定要坏。忍不住叫，‘炒虾仁。’上饮料了，老板娘盯住柠檬茶喝，她知道这东西成本低，两勺柠檬汁，加糖，兑水就行，一小杯就要五元，一气喝了八杯，便想，就这柠檬茶，一天的房费、电费、税钱、柴米钱都有了。”

众人边听边笑，长脚差点把一块卤猪肝呛进气管里。天丹说：“是你编出来的吧？”许志芳说：“实有其事。”鄂风说：“接下来怎样？”许志芳说：“到此结束，底下无故事。”于是继续吃喝。奇的是，三个男人酒量都一般，一时面燥耳热，独独天丹行，还往杯里斟白酒，找这个那个干，大家都避闪。许志芳说："女人上阵必有妖法。"天丹睁圆眼说："要酒疯了不是。"许志芳忙认不是。

看看喝得差不多了，天丹收拾桌子，准备散伙。许志芳说："该谈正事了。"众人就奇，问，"什么正事呀？"许志芳从袋里掏出一张名片，大家看，是一家有限公司。长脚说："你真沉得住气，已是副总经理了，毕业才半年呀。"许志芳说："我请天丹去我那里干点事。"天丹问："什么事？"许志芳说："干点公共关系的事。别看一些小姐长相不错，其实虚浮得很，只能看，不能谈，拿上海人的话讲，叫卖相橄榄。"

鄂风有些不乐意，借着酒气说："故事的落脚在这里，你是想叫她干那老板娘的勾当。"许志芳不慌不忙说："要人干这个，我敢找天丹吗？这不是拿玉石去打石锁吗？"一双凹窝眼湿湿地发光，很有韵味，"那个老板娘虽卖酒不卖人，但也可笑，那个骗你金条的家伙就是可恶了。天丹要去做的，完全不一样，那是自由竞争，公平交易，她娴雅端庄，有大家闺秀气息，不过代表我们公司在感情上当赢家，毫无骗的一丝风影。一句话讲，就是可敬可重了。"

鄂风仍不肯相信，低头不语。天丹的一对眉梢挑起，说，"罢罢，我们都到这一步了，还有什么讨价还价。纵然许志芳是骗子，你家还有啥物什要被骗去，黄金、白金，还是骗个人去？骗了我去又怎样，再说我是好骗的？"

鄂风不好意思了，不再说。长脚说："我想起了，妹妹小时候就喜同外人接触，还说要当外交官。"天丹也兴奋了，说，"多少年了，早忘掉了，没想到又逢今天。”许志芳说：“好了，说定了，明天就有一港商来，谈一宗大生意。天丹，你就要工作了。他明天下午到，你上午就来公司，我把一些必要的向你交代一下，别的你一学就会，浑然天成。”

忽然，玻璃窗砰然作响，抬头看，天一刹那乌下来了，乌得可怕，像要坍了。狂风大作，天丹忙上前抓窗，那窗扇气势汹汹，大开大阖，她抓不住。许志芳抢上一步，等他把窗关紧，一条胳膊已经湿了。雨鞭在玻璃上狂暴地抽打，一时就有闪电，在雪亮的电光中，许志芳看见鄂风闭着眼，像在默念什么。紧接着，响雷灌耳，好似就在屋顶上方炸开。天丹感觉中房子晃动起来，她立脚不稳，向一边斜去。长脚喊出，不要靠墙。四人都闻到一股焦糊味，在漫天的雨水中张扬。

雨停了，天开始放亮，却慢。听得一家一家开窗透气，又听惊呼，那惊声像平湖上石头打出的波漪，一圈一圈往外扩，最后荡出一个大波。他们也推开窗，长脚先叫，一时四个脑袋都挤出窗。闯入眼的是，斜前方十米处的一棵大树遭雷劈了，刚才还亭亭如盖，现在当头折了，焦糊的枝叶落了半地，黑黑的断口里，一股烟气袅袅冒出。

鄂风说：“从没见过雷劈树，今日碰上了。”许志芳说：“大雨洗尘埃，雨后精神爽快。”可是好一会了，大家仍是惊心。

五

看看窗帘外天亮了，才知道要起来了。这一夜，天丹说不清多少时间醒着，多少时间入睡。昨天喝猛了酒可能是一个原因，但想想不应有大影响。上床前，她还被酒力温着，浑身都有潜伏的欲念，一唤就会燃起，有心要干些床上的活，但见鄂风无精打采，木木地搬自己两条腿进被窝，心就凉了。这些年他俩之间已很少这种事了。天丹再不敢有奢望，什么牛鞭、马鞭、驴鞭，灵的吃了自然灵，不灵的吃死了也不灵。至于电线杆上、车站旁边的“包医”“专治”，她见了就拔步走，好似贴的是一张蛤蟆皮。

夜里，黑暗在窗外蹲伏着，万类都灭了声息。鄂风的呼吸也变成断续的游丝。天地四壁都在相对扩开去，留出一个寂寥飘忽的大空间。她恍恍的，似失了任何依托，不知身子在哪里。黑暗中有金星亮起，亮得诡谲，出其不意一亮，瞬间消失，弄不清什么时候从哪里再会亮起。她便又饥渴地等待，夜色似烟雾在眼前飘逸，有意将希望弄得黯淡。她极力睁眼，然而黑雾也渐渐浓郁，正在焦虑，倏地，金星亮起，恰在脑门的上前方，光强烈无比，比前一次亮了千百倍，像天宇中第二枚小太阳，光却波波折折，轮齿一样，瞬时，满天都是轮齿的痕印。她的眼来不及闭拢，似遭了针扎。金亮到极处就有银色，以至她弄不清是星光还是上一天的闪电。待到天亮起床，喉咙发干，头痛得厉害，伏在床上不想起来。

鄂风看出她不舒服，撑着棒给她倒了一杯开水，说，“不舒服，就不要起来了。”她正喝水，眼光从杯沿上捎着水意瞥来。他知道她的意思，便说：“谁都有个头痛脑热，他能怪你什么，我打个电话通知他。”她说：“起来走走就会好。”他说：“算了吧，我看许志芳也是个花巧人，不可靠。”她“砰”地放了杯，跳起来，赤着脚站在地上，说，“你还是个男人吗？一朝被蛇咬，十年怕井绳。要是你当时也是这个窝囊相，会嫁你吗。以为你算个男人，谁想就变成这样。你甘心一天天这么挨下去，我不甘心。不要说许志芳办的完全是正经事，就是他行骗，他作鬼，我也情愿上当。痛快死比赖活强。”鄂风的腮帮瘪进鼓出，真想用拐棒去够女人的脸，还是没敢。

天丹一阵风似的穿衣，蹬鞋，漱口，咬两片面包出门了。临走扔下一句话，“不走就等我电话，有结果不会忘通知你。”

笼中鸟啁啾起来，异常地委婉。光亮从前排房子的顶端溢出，不见太阳。鄂风意识到一天已经开始。这样的一天，于他有特殊的意义。他在房间里趟了多次步，就弄妥了，准备上班。现在他在一家传呼电话站接收电话，每天的工资是一元九角，有时有加班费。

电话站不远，花去他一刻钟时间。赶到那里已经开班，一个穿港衫的中年男人，一个含苞的少女各抓了一部话机在说话，少女绵绵情语，弄得边上人心里都辣，港衫在和那一头争斗，恨不得一头钻进话机里去。无疑是两场马拉松赛，后边排起了队伍，少不了翻白眼，好容易等结束，急忙抢话筒。鄂风呆呆的，什么都听不进。刚来电话站时，他对留空白的谈话感兴趣，装作无心，其实细听这一头讲话，再在想象里把那一头的话补齐，便得一个个趣味的小故事。到后来忽然发现，故事虽然各各相别，其实大同小异，要说做生意，一样的工商执照、交税偷税、彩电冰箱、电解铜，要说享乐，一律的舞厅、酒吧、公园、约会。实在乏味，即使有个爆炸新闻，不过热个几分钟，马上被淹没，一切照旧。再说，就是他卫星上天，与你瘸腿守电话的有多大关系。到了今天，那叨叨絮絮的线中话就令他生烦了。从低矮的亭子里望出去，马路上车水马龙，十字路口的一盏红灯动不动就吹胡子。他巴不得一天早结束，又希望慢慢地挨，让天丹的电话有时间打进来。

于是就有一些不新鲜的片段在意识里泛起。下乡运动开始了，长脚到鄂风家里来，好个难受，说，“我躲不过，也不躲了。就是放心不下妹妹，想到她也要到农村去吃苦，心痛得似伤口上抹盐。爸爸妈妈都去干校了，我是哥哥，自己怎样牺牲也要保住妹妹。现在正挨家挨户动员。想来想去就是你，谁也不会上你这来动员。让天丹躲一阵，躲过风头就好了。”这样，鄂风就看见了空气的颜色，是他生命中难得的几次。幽幽的蓝，像宝石，而在蓝的边缘却闪动着耀眼的绿，似小蛇。天丹在鄂风那里不知躲了有多久，白天，他们蜗居在屋里，喋喋不休地谈着令他们生趣的话题，乏了，鄂风刻他的兽骨，天丹就漫舞着她的没有名堂没有出处的舞蹈。夜阑了，天丹偷偷溜回家。第二天一早，没人注意，她又躲到这里。他们不知这种生活是痛苦还是幸福，他们浑浑噩噩，觉得在玩一场欣悦而又可怕的游戏，游戏的一方是他们，另一方就是社会，就是监视他们、侦察他们的人类。鄂风觉得，游戏的内容是这样，她是一朵珍异的花，而他就是一个瘸的丑陋的盗花人。然而他们的秘密没有保持太多，他们很快陷入绝望。街道里说天丹是逃避的黑人，威胁要停发她的油粮，而鄂风的经济情况也越来越糟。他们默默相对，有时他恨得咬牙切齿，又发现不该发狠，才知道游戏早不像孩提时那么好做。接下来的事令人瞠目，他们结婚了。而结婚的结果叫他们吃惊，街道里不但安排了天丹的工作，还给她发了一张大奖状，赞赏她和残疾人成亲，上书四字：高尚情操。

忽然，一个尖的声音喝醒他，是传叫电话的老太。她说：“你发什么瘟，做事能这样迷糊，大小也是一个饭碗。两个来电，一个不记，一个记了也不让我叫。里委照顾你才安排活计，再砸了这饭碗看你哪里去找。”鄂风不多说，定下神接电话。亭子里人进出不停，一时就到中午。

一个影子逶迤地进来，遮住了他，还没察觉，等到喊了他，才看出是大哥。大哥脸上憔悴、眼睑肿起，说，“你好忙吧，找你说说。”鄂风看吃饭时间要到，先叫他边上坐坐。一会时间到，两兄弟一起出来，大哥领他去了一家个体户的小吃店。坐定，要了两碗馄饨，半斤锅贴，一张白皮的小桌面在他们中间显出温情来。

鄂风说：“大哥，你的精神不好，要当心呀。”大哥说：“我早知道，还好得起来吗？兄弟，你的身子骨从小不强，千万不要累着。”又说，“你嫂子越发叫人没法活了。”鄂风说：“你怎么又提死活了。”大哥说：“想绕开，绕得开吗？”锅贴馄饨送上，鄂风吃几个，觉得无味，不多吃，只把筷随便点拨，看大哥，比他吃得还少。大哥说：“现在她说发火就发火，一阵风暴起来，遮天蔽地，一点光亮都不漏。觉得满世界的人都要害她，一直不忘那张划杠的报纸。便琢磨法子对付，其实别人对付不到，对付的只是我一人。昨天，她的中药凉了一些，我没再去热，她就说我和你们楼上串通一气，成心害她，阴谋分子睡在枕头边上来了。还说我忘了“文革”中她搭救我，恩将仇报。弄了她的腌臜水给我喝，喝下她才平气。”

鄂风直直地看着大哥，见他眉眼颤抖，送出不尽的凄苦，心里不好受。鄂风的喉咙像被扼住，出气发紧，不留神拨翻了醋碟，白皮桌上就有酱红的图案。心一狠，说，“大哥，干脆同她闹翻。”大哥耷拉脑袋，说，“罢罢，人到中年万事休，我是连闹的心都没有，只提醒你们留意，不要让她伤着。”鄂风才明白自己多费心思。可是又想，他的命运又好出多少呢？

鄂风似见大哥的鼻孔嘴巴里冒出一股股热气，委婉曲绕，同掀开盖子的煮锅里的水气汇搅在一起，在小店里盘旋，又飘到屋外，在六月的阳光下消失得无影无踪。

鄂风同大哥分手，回到电话间，刚进门，一老太就对他说，天丹打来一个电话。他顿时就后悔，不该离开的，忙问什么事。老太说：“什么事也没说，只问你在不在。”鄂风再不敢离开，一下午都守着，上厕所都急猴猴的，直到晚上关门，都没有她的电话。

回到家里，无心吃饭，在矮椅里伏着，身上的筋骨根根块块都发疼。笼钵里已经没有食，鹅黄鸟啾啾乱转，他不去添。心底的疑点慢慢生出，越来越大，同时也觉得饿，扒几口泡饭就放碗。这许志芳到底玩的什么把戏。灯泡下系着几根蛛丝，照得透亮，不见蜘蛛。他不能再上当，不要以为他瘸腿，人人都好欺。他用力撑起，身体在撑拐上摆出一个姿势。胸腔里热热的，似有火烤。仿佛捉弄他已成事实。月亮在窗框上留下清亮的背影，闹钟的走步异常清晰。他恍然听见某些人的讥笑，就在哪个屋角落，若隐若现。他想出去找，又不明白该往哪里去。

正这时，一声车喇叭传进，又尖又响，感觉中车是为他而鸣。伏上窗台，见一辆黑色轿车慢慢转过弯，开到门前停下，跳下两个人，借着灯光，看清是天丹和许志芳。许志芳一挥手，轿车按原路退出去。鄂风缩回头，还没弄清心里的感觉，楼梯上就起一阵急雨样的脚步。先进门的是天丹，一头把自己抛进床里，随后扔披肩，扔拎包，扔皮鞋，嘴里嚷：“好个不自在，放松放松。”随即一腾腰，差不多来个后滚翻。许志芳稳步走进，说，“鄂兄在迎候我们归来呀。”

天丹嚷肚子饿，说，“哪里顾得上吃，注意力全在港商的身上。”许志芳一拎手里的袋，说，“知道你没吃好，知道你劳苦功高，我叫人把好菜一起包来了，我们三个人再在这里饮一杯。”

鄂风也说好，一时间他的感觉变得迟钝，说是惊，又是喜，说是喜，又像怕。要起来端东西，许志芳说：“你坐着。”一时都好。天丹吃得很快。许志芳说：“现在可以跟你说实话，本来估计把握不大，好几家公司条件都比我们高，没想到真成了。”天丹说：“飞机着落那一会，我的心像要跳出来，想，怕是接不了他，回头看你脸才没退却。可等到一见了他，突然就有了勇气，再过一会，自然不害怕了，反而觉得刚才的心理好笑。”许志芳的指头弹着桌面，说，“难得你这样的人才，大方热情，谁见了能不折服，都心里舒服。我最不喜一些媚艳外表、拿声拿腔的人，要是她们来，这笔生意准吹。”天丹放下筷，说，“你也不要把我捧到天上去。”许志芳说：“我从不说过头话，后来你那个告别酒辞也好，叫他无法再进，讨你便宜，也退不回去，只能体面下台。”

天丹忽然说鄂风：“你怎么一直闷声喝酒？”许志芳说：“老兄，你不要喝醉了，这是五粮液，吃口好，度数不低呀。”鄂风仍是给自己斟，一饮而尽。天丹去夺他的杯，说，“你怎么啦你。”鄂风伏在桌上，掩住脸面，双肩抽搐。天丹和许志芳相看一眼，严肃了。一缕幽咽从他臂脸之间钻出，渐忽地变粗变大，沿着桌子翻上爬下。天丹站起，掰开他，两手扶住他脸。鄂风不看她，说，“我是高兴，为你们也为我高兴。”月光漫漫，把鸟笼和笼中物的影子投在屋中央。

六

天丹离开餐厅，慵懒地走进自己的房间，随手按了开关，空调就开始工作了。其实刚进秋，还不需用这装置。可是她就喜欢开。地毯金黄色，上面有棕色的图案，是纯羊毛的。没有人的时候，她喜欢脱了鞋走，让长厚的绒毛搔着脚心，又感觉到柔韧的弹性。

她斜在沙发上，呷一口茶。上午刚完成一笔业务，她很想摆脱出，轻松一下。走进浴室，放开水，轻盈的水气就腾挪起来。出了浴，在水气的怀抱中亭亭立着，上下抹了镜子，她清晰地看到了自己。脸是红润的，仍那么鲜艳。身上有露珠滞留着，忽然又滚落，她用手去抚。蓦地被唤起前不久触摸玉雕瓶的感觉。手指缓缓移动，与清凉的水珠一块，突然有了一点惋惜、欣喜、失望、期待掺合的什么，在心里涌起。

天丹刚穿戴好，就听到外边按门铃。是长脚。

长脚拿着一束花。他说：“我有一朋友种花的，要了几株玫瑰送你。”天丹说：“这花颜色好浓艳，你插进花瓶里去吧。”长脚插了，接着目光四处打量，又探头到浴室里看，嘴里啧啧不已，说，“这地方够意思了，我算走南闯北，见过些世面的，要是我们街道厂那些老爷叔老阿姨来，不知会怎么样呢？我早说过，你这个妹妹不会久居人之下，是个富相，怎么也犟不去的。”

天丹在梳头，忍不住要笑，说，“我在卫生站时，天天见一个个生病人的屁股，你怎么不说这话。”长脚争辩道：“那时候我也没说你会一直干下去。”天丹说：“那么你介绍我认识鄂风，也是为不居人之下吗？”长脚抓抓耳朵，说，“这就说不清了，当初我也没想到真会婚配。吃了苦不假，可是要不在鄂风家里，你也不可能认识许志芳，不会有今天。”天丹就笑，说，“罢罢，你什么时候也舌头巧了，理两边都让你占了。”

天丹去冰箱里拿出蛋糕、水果，长脚不客气，吃得有滋有味。免不了闲谈。长脚说：“鄂风对我讲，他大哥的日子越来越难过了，那恶妇整天拿他当出气阀对付，不知那日子哪一天到头，真是可怜。”天丹悠悠吸一罐菠萝汁，停了，说，“普天下可怜的人何其多，才知道管不了。至于他大哥，完全是他个性酿成的。解铃的法子现成的就有，要他自己来，他敢吗？有这种勇气吗？患得患失惯了。所以说可怜不得，于事无补，还叫自己赔上感情。”长脚说：“据说这两个月恶妇人见你们发达，恨得乌眼鸡一般，说走着瞧。”天丹便开口笑，笑声琅琅，不回答。长脚说：“遭雷劈的树还站着，有人说活不成要挖走，有人说这种树生命力顽强，还会爆新芽，一时无法决定。”天丹说：“再看它一段时间，死活自然分明。”再过一会，长脚走了。

天丹便要抓时间歇一会，刚闭眼矇眬，电话铃却响了，心里不乐，又怕误事，起来接。原来是鄂风，天丹怪他打扰，声音不柔和。鄂风说：“你出去三天了，今晚回来吗？”天丹说：“你在哪里打的电话？在家门前，还是在门市部？”一个月前，鄂风辞去了电话间工作，由许志芳作主，到公司的门市部记账。鄂风就回答：“在家门前，你回来不回来？”天丹厉声说：“你是过几天好日子，就不安稳了？我在这里住着，随时准备有业务来，你以为是享清福、当闲人？楼下要作鬼由她去，看她泥潭里掀得起几尺浪。要我回来可以，天天守在家里，足不出户也办得到，那你就愁张脸去点硬币，天天咸菜就泡饭，再叫那骗金子的客把你当面团在手心里捏。你要这个吗，说句爽快话，我现在就来。”

那头就沉默了，天丹从镜子里照见自己偷笑的脸，一会又说：“你在家照顾好自己。放心，等空下一点，我马上回来。还有，明天晚上你在家不要走开，我买了一台全自动洗衣机，我哥哥同人一起送来。这东西好，放进衣服，扭了开关就不用管，省得拎来拎去，你舒服多了。记着，明晚你不要走开。”

挂了电话，天丹舒一口气，不由有点可怜自家男人，但又觉得丝毫没有对不起他。再要睡，已没有了睡意，索性坐起，翻一本心理学的书。天丹也是书家出身，自小就有个读书习惯。电话铃响了，这次是许志芳。他说有紧要事，他获悉，有一家美国公司的人在上海做生意，接触了中方几家公司，都没谈拢，现在他要去机场，打算去外地接洽。你立即去机场，拦住他。

天丹的眉梢挑起，想象中见了许志芳的凹窝眼里光彩熠熠，那边又说：“天丹啊，这次事关重大，一切安排由你决定，拦下来就是赢。”天丹心头一阵湿热，说，“你这般说，我还说什么呢。”问清那个西人会讲中国话。飞快下楼，招手向一辆紫红色轿车奔去，直驰机场。果然一番艰难。等到轿车开回宾馆，许志芳已经在门口候着了。天丹推开车门，朝他粲然一笑，他欣慰地点头。她的身后，钻出一个年轻的、脸刮得青青的美国人。

七

待到晚间九时多，天丹同许志芳才卸了一个重担，都觉得又累乏又快活。推开平台门，走到露天，月牙朦胧，星星躲得稀散，放出一片空旷深邃的天来，头发朝后扯开，才知道风大却不硬。

天丹和他的肩撞了一下，心头有异样感觉，有心要靠近，却走到栏杆边上，向下望去。底下乌蒙蒙一片，本来就不宽的马路成了几条羊肠，因为居高临下，见到的都是下面房子的屋脊，屋里的光亮一点看不清，行人也只见个黑头顶。倒是路灯有心，在半腰里洒出一朵朵迷茫的光辉，才把底下映得明明灭灭。许是刚才下过雨，到处都有水影，于是，这里那里飘浮着几个虹一样的彩圈。

天丹说："不上这里来，怎么想得出我们的街景是这样的，只想当然，后门一口井，前门三棵树，自行车挨家挨户，堵得人不好走路。天天见到，叫人以为就是如此，再不会别样。真奇怪，到这里一站，景象就是不一样。如果另有一人，站得还要高，先看我们这里，再看底下，不知道怎么一个景致。"

许志芳说："你的话是越来越有味了。前几年上学，也学古文，我在文学上无才华，也无大兴趣，独独李清照的一首诗叫我惊心，就是'至今思项羽，不肯过江东'，多么悲壮的感情。李清照是婉约派诗人，是纤弱的才女，却和英雄的心相通。每次我不如意了，就会记起这两句，忽然那才女就瘦瘦地立在一边。我身上止不住发抖。"

天丹抬头，恰见他两眼逼视过来，在夜色里仍见光亮，脸有些变形。她有些吃惊，便问："是不是现在不如意了?"许志芳不说话，只盯住她看，抬一只脚，轻轻踢跶地面。忽然说："现在不是说这话的时候。"忽啦一声，不知平台上掀开了什么东西，两人进了门，下楼梯，是宾馆一个商场，灯火通亮，夜里照常营业。天丹走过门前要过去，许志芳说："请进，女士。"她看看他，跟着进，来到首饰柜前，许志芳说："挑一件你喜爱的。"天丹说："我可没法买。"许志芳说："我付钱。"天丹就咯咯笑，说，"我同你什么关系，就舍得买这样贵重的。"许志芳说："你看什么关系?"天丹说："同事关系。"他说："买不得了?"她说："你看呢?"许志芳说："那好，我个人不掏钱，由我们公司出钱，应该奖励有贡献的人，也是你接待客商的需要，免得戴个假的心里发毛。"天丹叫道："这主意好，我要。"

两人伏在柜台上，挑了一条赤金小方链。天丹悉悉地捏在手里，不马上戴。许志芳说："我替你戴。"天丹同意，脱了原先的。她立到镜前，闭了眼，感觉中他的手沿着颈脖走，碰了皮肤，她一颤抖，一直导到体内深处去，以为还有万千感受，却听一声说，"好了。"天丹睁开眼，黄灿灿的一条环颈子挂着，光彩耀人，连肌肤也映得越发鲜嫩了。再看，许志芳早不在镜子里了，立在三步开外的地方，用冷静的目光欣赏她。

他们离开商场，一拐弯，就有曼曼的音乐飘来，绕着他们打转。再往前看，有一个月盘形的门，紫红丝绒掩了半边。许志芳住了脚步，天丹也立下，两人看看，似乎迷了路一样。恰这时，那一头走来一个女郎，衣裙飘拂，噔噔噔往月门里走，忽然站住了，叫道："哎哟，不是许总吗，多日不见了。"说着就大步地迎上来。天丹看那人眼神热烈，嘴巴也大，都施过艳妆，却一点不俗气，皮肤黝黑，偏再配一身黑衣，浑然一体，胸前一串珍珠项链，银光耀发，打扮出别一番韵味。许志芳说："韦小姐，听说你去了一趟深圳、香港，什么时候回来的，玩得痛快吗？"韦小姐琅声笑起，"哈哈，许志芳，你这个精明人，也有糊涂时候，我回来都近一个月了，你还当新闻。怪不得大家都说你变了。这次星期三聚会，你怎么不来？一次一个故事，你是不能赖的，大家都要听，实在新鲜有趣，又有意思。那天你不来，兴华公司的阿元替你说了，他说熊瞎子掰苞米，掰一个掉一个，一下子掉进一个大陷阱里，爬不出来，这下好了，只捧着一个苞米，不掉也不摘。大家都叫乏味，后来想想也不错。"

于是，三个人一起进舞厅。许志芳暗中对天丹说："这是一个有背景的人，各方面都兜得转，很有用哩。"找一个位子坐下，许志芳坐中间，天丹见韦小姐做一个手势，许志芳就拔一支烟给她点上，韦小姐轻盈喷一口，许志芳略欠身子同她讲话。天丹见两人谈得起劲，许志芳抖开两肩，洒脱地做着幅度不大的手势，韦小姐一对猩红的唇一会拉开一个大大的扁圆，一会嘟成一个低矮的喇叭，就像魔术师的一双手，她脸上的神妙全在嘴上，偶尔向天丹瞥一个傲慢的眼风。天丹不想多看，眼光转向别处，不防韦小姐凑上来，问，"你说他像什么？"天丹吃一惊，说，"这怎么说。"她说："拿一个动物作比喻，猫，还是狐狸，还是鹰？"天丹正为难，许志芳插上，都给你说全了，还要别人答什么。

一个狂热奔放的音乐响起，是迪斯科。韦小姐腰一弓，像装了弹簧一样蹦起，拉了许志芳，一眨眼已经到场子中央。起先大家都顾自己跳，一会就有变化，好像林子里百鸟都在鸣唱，自得其乐，突然就来了一只夜莺，一张嘴美妙绝伦，百鸟黯然失色。于是纷纷避让，空出一块地方，让这一对施展身手。天丹觉得韦小姐起先还见得到人形，剧烈地抖动手腿，到后来就成一团旋风，一团黑色的旋风，越转越紧，这风在夜幕垂落的海面上打旋，掀带着海波一起舞动，又浸漫了一个个岛屿，场子里的人都变成一些动和不动的岛屿。有人替她喝彩，一个喝起，旁的纷纷响应。天丹又想到打鸡蛋，一双筷子在碗底雨点一般点笃，疯了似的打转，蛋浆倾江荡海地起伏，待到音乐收住，天丹也觉得气急。

下一个曲子是优美舒缓的。许志芳从韦小姐身边走过来，向天丹做个邀请手势，说，“这是为你安排的。”天丹点头。她没走几步，就觉得身子在变轻，仿佛踩着柔软的云彩，云托住她引着她走。四旁的彩灯、乐队慢慢地隐去。她微微闭上眼。许志芳的舞步潇洒大方，又沉稳，带着她就像托着一个刚降世的婴儿，这时她情愿成为一个无邪无念的婴孩，被他引着，在纯净而又混沌的世界里飘荡。她的胯和他轻轻相贴，胸衣偶尔擦上，她没跳过几次舞，舞步不熟，可是此刻技术一点都不要紧，她只要随着他信步地走，就是最好的华尔兹。许志芳悄声说：“她说你能吸引男人。”天丹微笑，似明白似不明白。

离开舞场，他们走到天丹的房门前，站住了。天丹垂了头，看着许志芳的脚尖，突然心跳得厉害，身子发软，想找一句什么话，还没说出，却听得他说，“愿你做一个好梦。”她只得进屋，估摸他走开了，忙又踮脚出来，只看见他拐弯时的侧影。她呆立了许久，才进屋。

当夜，她又见到那个似梦非梦的境界，满屋都是齿轮形的光折，金星突然碎了，裂成许多小珠，落在她的颈上。她叫一声坐起，静静的不睡。

天丹的办公室在东头第一间，中间隔着打字间、资料室，才是许志芳的办公室。她觉得这是个漫长的距离，有山水阻隔，反过来一想，要是在一个屋里坐着，她还能保持表面的平静吗。她是喜欢装饰的，玻璃板擦得明明亮亮，上面放一个风景台历，玻璃下压一方绿绒，绿绒上放五张彩照，其实要紧的只是一张，在中央放着，平时常用纸、本遮着，待到人不在意了，或者写抄到一半，悄悄地移开纸簿，便宛然见到许志芳在海边的一副神态，他是近影，其他人站四边作陪衬。他上身裸着，左肩上搭一条白毛巾，才知道他脸削瘦，身上却筋肉强健，足以撼她魂魄。人们开始察觉，隔壁屋的打字员是一个女孩，走过来，当着众人面、慢慢移开本子，嘴里拉长腔说，“变戏法了。”大家哄笑。天丹脸红，但目光迎着众人，一点不畏缩。以后干脆不用纸遮，光明正大显露着。

这天上午，天丹在外办了一件事回到公司，发现空气不对，人们不说话，只用眼神交换，这眼神里有些许奥秘，在空气里纷纷扬扬，好像粉蝶使劲扇动它的翅膀。特别是见了天丹，目光更加意味深长。等到她找准了对象想问，那个含混两句，已然滑脱。天丹坐在办公桌前，没法平静下来。玻璃窗上有“剥”的一声，抬头看，是一只黑白羽的尖喙小鸟，冒冒然撞在玻璃上，又翻身飞开。心里叹一声，她猜出这气氛同许志芳有关，低下目光，恰和那张照片对个正着，他一双眼盯住她，直看到她心里去。便身子发软，轻云一般飘进海边的日子里去，碧蓝的颜色弥漫了这个梦幻的境界。这样想着，决心已定，刚要收腿站起，却发觉屋里的人同时瞥过目光，原来他们明在干各自的事，其实都在窥视。又坐回去，想怎么这般难，没有心病时抬腿就到的，现在却有无形的绳索缠绊。再看照片上的他，决心重起，没什么了不起，找他就是找他，任你们怎么猜疑。她天丹什么时候这般小脚蹒跚。

她站起，朝门外走，脚步有意放重。出了门拐弯，走过两间屋站住。敲门，没有声音，再拧门把推，不动。才折回身走开。有电话铃响，找的是她，打电话的是她的哥哥长脚。长脚问："你中午回家吃饭吗?"天丹说："你问这个干什么。"长脚就在电话里吸吐气，好像被人灌了一口烈酒，他说："上午上你们家，见鄂风情绪不好，一天没上班了，坐在家里生闷气，说不出个理由，似乎怨气是对着你的。"长脚说他性情孤僻，中学时就这样，多关心他些为好。天丹心里还存着不快活，没好气地说："你这份心操多了。"那头立刻嗯嗯啊啊说不清了。天丹仿佛见了他欠腰红脖子的模样。她只顾往下说："没有钱的时候这般难，有钱该好了吗，不，更是不对，这叫人怎么活。"

宣泄了一顿，似乎舒畅了许多。倒霉的是长脚，不知当了谁的替身。阳光慢慢在屋里涨漫，早有人拎碗盆走了。天丹忽然发觉长脚的话有些道理，就觉得对不起这个厚道的哥哥。下楼，骑上灵巧的女车，二十分钟到了家。上楼，跨进门，见鄂风坐在桌前，背朝外，歪扭着，一副苦的形状，听她进门，略动一动，没有答腔。天丹也不说话，进厨房，锅都是凉的，便问，"你吃饭了吗。"鄂风远远地叫："你看看米缸。"她打开盖，见底了。那边就说，“从来没有过的事。”天丹心里来气，想说却忍住了，走出来，温和地说：“这是我的不是了。来不及了，今天就上外边吃一顿，开开洋荤。”鄂风不显出多少兴趣，架不住天丹缠，一瘸一拐随她朝外走。

走出弄堂，朝西不远就有一家个体餐厅。店主正在假寐，忽见降下客人，喜出望外，一双眼睛立时像田螺头一般，忙拉椅端水，作殷勤之状。天丹看见菜单，脑里就浮出一把刀，刀的形状模糊，刃却是亮的。等到菜端上来，红烧划水已经有恶味，鱼香肉丝也咸得怕人。他们走出门，店主堆起笑，委婉动听地说，“欢迎下次再光临。”

一路走，鄂风就一路撒怨怒两气。天丹本想讨个好的，现在也觉无趣。叭一声，鄂风跌个马趴，两条细腿撇开，上身贴地，四肢乱划，哪里起得来。天丹忙搀起他，半边脸都青了，嘴角曳着一丝血，看着它慢慢肿起，委实狼狈。鄂风恨恨说：“都是你。”天丹以为还是指吃饭的事，也来火，等到他竖起拐杖，才明白原因。原来为防滑，拐杖的顶端钉有橡皮。以前天丹把橡皮买来，一年就要换一次。如今有一年半没换了，橡皮磨成一个斜坡，半边已经脱尽，露出青褐色的木皮，活像一头秃毛驴。怎么能不栽跟头。

天丹知道申辩无用。她去过那家商店，谁知商品已经脱销，厂家因为利润薄也不愿再生产。后来因为忙，她也没再到其他商店寻觅。再看鄂风的脸，半边都肿透亮了。两人回家，一路无话。

天丹在桌边坐一会，今天下午无事，甚觉无聊。从窗口望下去，就是一条弯曲狭窄的路，是上海地界第一条有名的路，无其数的人在上面拥挤推搡，又被亮晃晃的阳光照着，在楼上看得人都要出汗。天丹走出办公室，刚好见一个人从楼上走下来，那人见了天丹说：“你中午不在公司吧。”天丹说：“不在呀，你找过我？”那人说：“也没什么事。”天丹说：“没事？看你样子就不对，还瞒我？”那人就笑了，说，“会瞒你吗，逗逗你。你天丹有眼力。”于是两人到外边，找了一家露天的啤酒俱乐部说话。

天丹用啤酒润一润喉，说，“潘星，快说，发生什么事了。”潘星慢慢长长地喝，痛快地打一个嗝，说，“不急。滋味不错呀，喝了这个别的就不要喝，德国人真有本事，怪不得希特勒搞政变要上啤酒馆。”又舒舒服服喝一口。潘星脸皮白净，鬓角拉到耳朵根，他是公司的元老，和许志芳是朋友，本来是应该挑大梁的。但他有个毛病，凭着灵性办事是可以的，就是吃不得累，刚开始他可以把事情办得花团锦簇一般，接下来就不行了，要么在舞厅里泡掉了时间，要么在酒吧在女人里虚了身子。他对许志芳说：“我也知道办事业要吃得苦耐得累，唉，恐怕上帝造人的时候，用的材料就不一样。”许志芳笑笑，不规劝他，派事的时候自然有数。

潘星说：“事情出在你们拉的那笔美国人生意上，这超出了公司的经营范围。根子是许志芳，一心要干大事业。可是他的对头能让他成功吗，别看现在台上跳的是许志芳，可是人家比他有来头得多，他在明处，人家在暗处，他干的是公司事业，人家要干的是他。这就是问题的本质，你懂吗？我们这样的大公司，什么时候商和政分得开，分得开还能活下来？现在把柄让人抓到了。许志芳急着要通过关节，把经营范围扩大，人家就要设置障碍叫你搞不到。

今天上午居然在办公室里公开吵，看来许志芳也有点沉不住气了，他不是这样的人。”天丹急了，问，“那可怎么办?”潘星用掌心摩擦面颊，说，“什么都不要办，要是许志芳换了我，不用人家捅，自己就下来了，省了多少鲜血淋漓。不是我讲话吓人，流的血还看不见。至于你，许志芳公关用的是你，这方面的争斗你就派不上用场了，炮有炮路，马有马步。”说毕，盯住天丹脸看，不停冷笑，拿起酒杯有节奏地饮着。

天丹抬起头，虽然隔着伞，仍是亮，彩色的瓜皮条突然就旋转起来，在她的眼里映出一幅斑斓的图画。等她问清许志芳下午去了宾馆，起身就要走。潘星说：“现在不是用你的时候，还是在这里消停享受。”说着，一手搭住了她的腕。天丹坚决地推开，拔步走，耳边刮过一句话，还是一个旧派女人。

她来到宾馆，本要直奔客房，临时改变念头，打了一个电话进去。接电话的正是许志芳，他说：“谢谢你的关心，我活得很好。”天丹说：“你不知道我的心。”他说：“我知道，但请你此刻不要打扰。”天丹搁了话筒，茫然地朝外走。门口的侍者朝她友善地笑。一辆轿车贴她停下，又赌气地离去。她站在喷水池的一边，目光沿着大厦闪着银光的直壁往上爬，大厦以高傲的神色接待她，又施展出魔术师的手段，让一排排一个个相同的窗口弄得她眼花。她心底默念着他房间的层号，应该在这里，在那里，不，是那一间。几次犹豫以后，她肯定那一个窗口是属于他的。和别的没什么两样，只在紫色的窗帘旁有一条白的，像是绸。她忽然意识到，他刚才电话里的声音很沉重，他说我活得很好，为什么要提活，它的反义是什么。于是头脑里就有多种可怖的景象，一时心跳得慌，脚也无力了。是他把她从打针间里引出来，给她一个女人应该有的辉煌。她不能在这里等着，她能在这里袖手旁观吗。她对自己生气，生得那么厉害，就像对一个陌生的绝情的女人。

她又进去，脸失色得惊人，坐电梯的时候，边上一个老人朝她看了好一会。房门闭紧了，她抬手，停住了，好像听到了神奇的符咒，退后一步，有十秒钟的停顿，再不能退缩了，她怕自己的勇气就此消失，伸手，用力按电铃。

许志芳把门开一半，他的脸上有一种凝固的有份量的表情，说，“不是告诉你了。”她说，“我要来。”只听见门里边有一个声音，“好，让她进来嘛。”许志芳把门开到底。天丹一眼看到，韦小姐跷着二郎腿坐在椅子上，旗袍闪在一边，露出一截有光泽的腿来，手上拿一份文本，随意地打卷，她说：“天丹女士，你是不放心许先生啰，就把他系在你的裙带上吧。”天丹一句话也说不出来，仰靠在门框上，她突然觉得在别人的目光下，她是一个暴露无遗的丑陋的女人。

八

门市部是个热闹的地方，鄂风坐的是里间。里间有三张办公桌，打横的那张是他的。坐着看出去，外间客户来个不停，递烟沏茶，叽叽呱呱，再往外透过茶色玻璃，就见到马路上熙熙攘攘的人群和拉开的减价、展销的横幅。鄂风已经适应这里，偷闲给人刻了一方图章，就传开去，说他手上有本事，行家都称赞，于是大家都央求。喜欢的，自己藏着，不喜欢的给朋友给情人刻一枚，反正不要钱，鄂先生在这方面好说话得很。等到一天一个日本商人见了，说他要刻五千方，才知道也是一笔生意。

一个月前，公司来门市部领走第一批货，日本人说好，于是就有第二批生意。鄂风自己刻一部分，大部分给各个零星刻字社，他把住质量关。天丹回家，常带面包、袋装熟菜，不肯像过去那般烧饭。天丹的事忙一阵闲一阵，忙了必定住宾馆，三、五天都不回来。闲了就住家里，讲点外面的事给鄂风听，他不怎么爱听，她就无话了。后来，他提起别的话题，她也无甚用心。

今天鄂风的情绪不对，早晨挤公共汽车，被一个壮汉肋下捅一肘，闷住了讲不出话，眼前就有黑黑的一轮，裹着他朝一个深邃不测的地方滚去，直到下车着地，这感觉才慢慢消失。这一天就提不起精神，看看将到下班时候，长脚来了。长脚一副疲倦相，说搞一个产品，加了几天班，刚结束，出来转转。

鄂风就叫他找椅子坐。坐定了扯起近日的事，长脚说："天丹还回家来?"鄂风说："说也回来，这两天说有一桩急事，又住宾馆里去了。"长脚的眼亮了，说，"正好，我正愁没地方洗澡呢。"

长脚拉他一起去。于是上车，又换车，颠颠簸簸来到宾馆。客房的小姐告诉他，天丹和许副总经理飞到南边去了，说几天就回来。许的房间已退，天丹的房间存着东西，没退。长脚就说要进去找东西，推出鄂风说是天丹的丈夫。小姐迟疑一下，核实了身份，同意了。

鄂风点动着拐杖，戳在金黄色的羊毛地毯上，有些不安。他似乎闯进了妻子生活中的一个陌生领域，唯恐有什么不妥，但真踏进了，又什么都想看仔细。长脚说："多美的地毯，感觉就不一样，比差一点的旅馆的床铺都强。喂，要是你晚上不回去了，她睡床上，你睡床下，也有意思。”已经放热水了，薄纱般的水气飘逸起来。长脚说：“鄂风，你先洗吧。”鄂风一点不急，叫他洗。

鄂风在屋里缓缓走动，一件件物什依次向他展露出面目。浴室里传出哗哗的撩水声，夹着长脚舒服的哼哼。鄂风吐一口气，斜到沙发上去，旋开床头音乐，瘸腿随节拍点动，不意碰上了小柜，门无声地打开，里面蹲着一个青皮小箱。一首曲子没了，鄂风忽撑起，拖出箱子。箱子锁上了，他用小刀撬，越难撬他越来精神，砉然开了，跌出一叠信，散卧在地毯上。他捡起，先看皮囊，满脸诧异，抽出内里看，看一封抽一封，越看越快，脸上就青白了，突然叫起。

“怎么啦?”长脚用浴巾裹着湿漉漉的身子，跑出来。看没有异样才放心。鄂风说：“你过来。”长脚说：“就这个狼狈相。”鄂风说：“就这个相，过来。”长脚无奈地摇头，滴着水过来，接了塞过来的信，翻来覆去看，吃惊不小。

长脚拍着信说：“这事就怪了，从日期看，她的信一封接一封，许志芳的信却只有两封，两边都没有邮戳，莫不都是当面递交的，能见着面，还写长信干什么。”鄂风冷笑说：“你问我，我问谁去。”长脚说：“那句话也费解，‘我忽然明白，要是哪一天不追求，不希望了，那就是死了。我是不愿死的人，我想你也是’。”鄂风说：“大概我算一个愿死的人。你看这里，那一夜啊那一夜。意思确凿无疑。”

鄂风回到家里，晓得大哥出事了。这是一个无风的夜晚，树叶似上了粘胶一般不动，猫厮咬着滚上叶面，才使它摇摆。如果大哥不出事，或者大哥出事的结局不是这样，那么鄂风就可能干得果断、漂亮，不至于这般哭笑不得。大哥就像一面古铜镜，在斑迹的绿锈中他照出了自己的嘴脸。

他走进底楼，扣金不在家，大哥在被窝躺着，一盏绿幽幽的小灯使他气色不明。床头放着一个海碗，盛着百合，已经凉了，鄂风要端开，大哥忙拦住，说，“是扣金要我吃的，说我呛了水，百合最能清肺。”鄂风说：“那你怎么不吃呀。”大哥说：“你忘了，我是从小最怕尝这苦味的。”停一停，愧恨地说：“兄弟，这条路难走啊。”

大哥是热心人给送回来的。吃了午饭，他就出门了，戴顶旧帽遮着脸，眼睛只看地底下。换了两次车，到了江边。这江段在农村，没人注意。大哥看着江面上粼粼银光，两行泪缓缓淌下。他琢磨过许久，觉得这手段可靠，痛苦不大。脚走进水里，好凉呀，退回来。忽然想起还没挂哑铃，他会一点水，不挂哑铃难办。于是打开硬皮包，用绳拴好，一边垂一个，再往水里走，又觉凉，不肯继续走。来往磨蹭，就恨自己。想出一个法子，挑了一个地势高的地方，用哑铃击昏，自然倒下。没想到举起就不敢击了，用黑锈的铁砣轻轻碰脑袋。忽然听到叫声，就看见人沿着金黄的麦垅跑过来，他慌了，擎着哑铃不知怎么办。眼看来人就要到跟前了，他松了哑铃，插蜡烛一般直直掉进江里。这地方是淤泥滩，等救起来，膝盖底下都是黑的。

鄂风说：“你不应该。”底下就无言了，他觉得壁上的绿灯在摇曳，他也在这摇曳中变轻、变细，成一缕轻烟，而后又变成他原身，颠半个屁股在椅子上。大哥的手凉，好冰人，像鱼，莫非江里走一遭就如此。

大哥说："兄弟，我都对你说。扣金摸清天丹在哪家公司上班，恰巧公司里有一个她过去的熟人，透出许志芳有经济问题，生活也不干净。扣金眼睛都绿了。她对我说，'你们都是一根藤上的，哪里跑。'你们在楼上压了她多少年，她要翻身了。她一天一封匿名信，到处寄，要是哪一天没写，就没法安生。忽然就发现了我，横眉骂，'我一个妇道人还冲锋陷阵，你一个活男人连弹药都不运？'逼着我写，我不写，她什么招都使。"

外边门响，就有扣金雄壮的脚步。大哥忙耸腰，端海碗在手里，划动勺，作一副努力吃百合的模样。

隔天中午，大家都在办公桌上吃饭，鄂风摸出一小瓶竹叶青，说，"谁喝酒。"大家都摇头。鄂风握一个拳捶桌。就有一个女人对别人说，一个人喝闷酒可不好。走出来，端着饭盒说，我来陪君子。茶缸里倒清茶叶，就倒酒，一个瓶子立时见底。鄂风嘴里塞一筷子菜，含混喊干杯。女人笑，用嘴抿一抿，继而说："你可不能这样喝呀。"就去夺杯。鄂风推开她。女人便想，这样的男人，要没有一个女人疼着，真可怜了，说，"鄂先生，你酒量不行，还是喝水吧。"鄂风说："这就是水。"他仰脖一大口，便觉得有一股火往喉咙里去，流到哪里，哪里烧起，先烧着嗓门，再灼着胃壁，又点燃丹田，在这里汇拢，滚成团，又缕成线，向四体呼呼烧去，他便以为天地里都这般灼烈。

外间里在放音乐，鄂风撑起，喊道，"放响些，我要跳舞。"屋里的人都笑，有人弯了腰，有人喊，"快放，放迪斯科。"鄂风闭上眼，觉得身上每一块骨头都随着激烈的节奏颠簸，这狂热的曲子正是他生命分子的躁动。天花板在旋转。他弃了拐杖，朝前跨步，姿势就像一个第一次独步的婴儿。水磨地使出全部力气，支撑他安全地走出七步，接而友善地弄弯他的双腿，像一个慈爱的母亲依次抱住他的膝、腰、双肩、头颅。

人们笑、跳，喘不过气。鄂风颤巍巍竖起半个身子，喊道：“把石章拿来，日本人的拿来，你们要刻也拿来。都刻一个‘龟’，延年益寿的龟。”音乐太闹，不知有几个人听清他的话。

那女人就叫：“不能作弄残疾人。”关了录音机，走过来，跪下一条腿，她平伸出两臂。一个厚实的前胸，臂伸到他腋下，胀了脸，缓缓立起。四周的人都息了声，定睛看。她大声说：“把小面包开来，送他回家。”

九

窄天里灰蒙蒙的，不亮。树一阵摇，就有善感的叶子早早地降下。长脚已经陪他多时了。鄂风的情绪好了些，慢慢喝着水，爬起，踱到窗口，去看鹅黄色的鸟，塞一根菜皮进去，那鸟居然怕，连连退。他说：“我这样人家，其实最不该养鸟。”

长脚说：“事情发展到这一步，闹，怕不是办法，大家都要冷静。”鄂风说：“是我心窄。说穿了，算得什么，还是市面上走的人，就被这口气噎死？从第一天开始，就应该想到。女娲造了人，都用一样的泥，凭什么这个的身子触了那个，就不能再触另一个。”眼里已含着泪水，不肯掉下。长脚叹气，说，“但是就凭那些信，也不能肯定有那事了。”鄂风说：“相信不相信是你的事，对于我来说，有没有都一样了。”

就这时，楼梯上有步子，轻快又带急躁，两个人都住了嘴，静静地等。步子还差几格，陡然停住了，然后又负着重物一般一格一格上。门开了，天丹无声地走进。长脚说：“妹妹，你回来了，一路辛劳了。”天丹摇摇头。长脚说：“我们都在等，不知你们哪一天到。”天丹说：“哥哥，你回去休息吧，这里有我。”长脚说：“我不累。”天丹说：“你回去吧，不要让嫂子一人带孩子。”长脚站起，摇摇头，走了。

天丹左右踢脚，两只皮鞋都踢飞到墙边，她的脚掌触上发凉的地板，舒畅许多。她在屋里走了两个来回，想不起要干什么，她从冰箱里拿出一瓶水，找不到吸管，直接往喉咙里倒，呛得连连咳嗽。她朝窄天的尽头明亮起来的地方看去。今天在飞机上被告知，天气情况不好，云层过厚。她不由捏紧许志芳的手，觉得飞机突然颤栗起来，她盯住机舷外一个光点，似乎正是奔那个光点去，到那里爆炸了，她也无憾。

天丹另拿一瓶水给鄂风，在对面坐下，说，“我都知道了。任你怎么想，我不申辩，申辩也没有用，世界上多少事是说得清的，越说越不清楚。现在只有你我两个人，你要怎么办只管说。”鄂风苦笑一声，“我能要怎样，只觉得大哥可怜，既要自戕，就要六根断尽，彻底，果断，免得给人留笑柄。”天丹说：“其实他是太迂走了极端，我想你不会这样。”鄂风说：“这你说对了，尽可以放心。”

天丹站起，转过身，又从椅背后翻转回来，攫住他的目光，说，“今天我什么都不隐瞒，目前许志芳的形势非常不好，以为占了上风，却又给人倒过来，抓住经营范围问题，又查别的，说他挪用公款，打算立专案调查。”鄂风接上说：“还有我那位嫂子，接连写人民来信来攻击你们。”天丹脸失了色，说，“真的？里外一齐合力，都要置他于死地。”

鄂风心头扑扑跳，左脚抖得厉害，怎么也踩不实地，于是脸上就有古怪的表情，像笑。天丹说："你高兴了，你如愿了，是吗，他垮台了，你就可以平平安安回到电话间里去。我可以量着一个个屁股戳针，是吗，你说呀，不要不说。"鄂风说："你弄错了，我不高兴，也不难受，这是他的事情，与我无关。"

"好呀，好呀，"天丹咬着牙，"我是白说了，我是不该对你说这些。"背过脸，后背在抽动，说，"与你无关，与我有关。"

鄂风石塑一般坐着，半天憋出一句话，"什么时候垮台了，不要忘记通知我。金链条我买不起，铁链条还送得起。"

天丹立时凤眼瞪起，说，"你这瘸腿的太恶毒，这般伤人，说句天地良心话，你负我，还是我负你。牛鞭子不行，还有什么，马鞭子、驴鞭子、狗鞭子？你开出药方来。莫非你又厉害了？怎么说我现在还是你的女人，你是我的男人。来，来。"一纵身，翻上床，仰天躺着，叉开手腿，胸脯便水一般起伏，又浸湿腹部，嘴微微启了小半。

鄂风一步一步挨近，腿更显得僵硬，犹如绑了石膏。他看见黑色的一轮从远远的地方滚来，发出惊天动地却只有他一人能听见的声响。拐杖不知什么时候已掉了，他勉强站稳了。在床边，他目不转睛地盯住她的脸看，忽然觉得陌生了，陌生得就似马路上见到的任何一个人，转而又熟悉了，显得非常年轻，就同那年长脚领着她第一次登门时一样。他只敢轻轻吸气，恐怕惊动了企盼中的她。当时他见过她的第一个印象是：这是一朵艳美的牡丹。他仍然静静地看，心中就有诗一般的语言引着他的躯体在飘渺的境地里荡漾，多久多久没有这样的感觉了。

天丹见一直没有动静，心中生厌，嘴角一撇。就在这个极小的动作中，鄂风觉到一种残酷的破坏，一种刻毒的蔑视，他一跃，压上她的身子，曲过两条臂，用一双钳一般的手卡住她的脖子。她被压实了，又毫无准备，根本没什么有力的反抗。因此他可以从容地观察他的指环间的颈子是多么光洁滑腻，可以感觉到它是怎样的收缩、呻吟、绝望，可以饶有兴趣地做着人的承受能力的试验。他发现她的身子在延长，要比他的长出许多，她的柔韧、富有弹性的躯体也在慢慢退潮。她的脸和脸上的五官落向原来的位置，一种神气却悄悄地离去。

鄂风轻轻地从她的身上爬下来，手脚都谨慎，生怕压痛她别的地方。他坐到她刚才坐的椅子上，点着一支烟，烟气萦绕把他裹住。西边的天宇收敛光芒了，似有一点血落在画境线的下端。天丹的身子动了一动，喉咙里有卡卡的声音。他点上又一支烟。卡卡的声音更响了，她慢慢地抬头，落下，翻半个身，两只手撑在身后，颤颤地起来。脚着地好许多了，她对着镜理齐头发，摩动双颊，走到墙边，套进皮鞋。看着鄂风，没有一点表情，就像没有风浪的港湾，随后走下楼梯。

弄堂里没有多少人，是吃晚饭的时候。天丹轻轻向外走，她觉得身子的许多地方都累乏，可是又有新的力量不断生出来。这条弄堂走过多少遍呀，原来广阔的世界给人这般严厉的限制，她感到非常惊奇。到处都停自行车，要不断绕着弯走。一绕就绕到老树根前。

老树一副败相，遭雷击的焦黑尚没褪尽，带着鳞伤在暮色中肃默哀立。折的地方露出一个硕大的洞，留着生命汁水涌出过的痕迹，踮脚，看得见里边黑白驳杂的条横，她禁不住打冷战。

天丹蓦地折回身去，脚上生出许多劲，撞翻了几辆自行车，也不扶起。径直进了自家后门，不上楼梯，直奔底楼。门关住了，她捏拳通通敲，喊道："开门，开门！你们开门。是我，听清了没有。"她听见大哥惊慌的声音，听见扣金汹汹地斥责大哥。她说："让我进来，什么坏事都由我惹起，与别人无关，要整要关就我一人。听清楚没有。"门里边没有一点声息。她已经不觉得手疼，突然腿一弯，跪下了，头抵在门上慢慢下滑，泪水涌出。

十

不久，许志芳被司法机关立案审查，大家都以为他要倒霉。天丹更是心神不宁，望住玻璃板下的照片，呆呆地出了神，也不避人。大家自然议论，说什么的都有，但有一点看法一致，比刚来时的风采神色差多了。两个月后，对许志芳的审查结束，没有进一步的处理。

天丹便如得了天大的喜讯一般，急急地去找他，心里想着什么样的东西都要为他牺牲。不料哪里都找不到许志芳，却在他的住处碰上韦小姐。韦小姐刚要离开，重新进屋，对她说："他走了，到南方的一个城市去了，我给联系的，不来了。"天丹一句话也说不出，实在不敢相信这是真的，临走时他居然没和她照面。韦小姐看出了她的心思，说，"女人常常多情，可是这个世界并不时时都需要感情。谁叫我们是女人，所以要学习。"说着，伸出臂，亲切地摸一下她的脸颊。

天丹也接着离开了公司。里弄卫生站原本不想重新接收她，但因为打针人手实在少，再想天丹的技术人品都不错，就同意她回来。

天丹围着兜布，在厨房里好一阵忙，她已许久不烧饭菜了，重新操起，虽有些生疏，但还能对付。做毕，喊鄂风吃，连喊好多声没有反应，走进屋看，他正歪斜着身子，聚神刻一枚方章，旁边一页白叶，落了几个印，鲜红的，笨拙古朴，辨认一会，是一个“龟”字。她不说，自己吃完，往外走。

绕一个弯，猛抬头，已到伤树前。细细看，树身亮了许多，洞口里几寸的地方竟有一丛绿，贴近了看，是新芽。她着实吃惊，现在是什么季节啊。一声喇叭响，一辆轿车在弄堂口刹住，它把满街的声响都引进来，在窄弄里回旋。

女皇号游轮

一

文瑞在岸上远远看游轮不觉得特别大，然而，当他走进游轮时，确确实实被它的庞大和豪华惊呆了。还没踏上游轮，在栈道上，一路上都有穿着漂亮制服的男服务生殷勤引导着他们，不时有模特一般的女服务生轻风一样从身边飘过。走进游轮，他眼前一亮，就像走入一座辉煌、精致的宫殿，到处都悬挂着七彩的灯饰，满眼都是金碧辉煌的装潢。一层的前半部是个庞大的乐池，再多的人都能装下。现在演奏的是爵士音乐，几个黑人，有老有小，穿着五花八门的衣服，背着大大小小的乐器，他们一会哈着腰，一会直起身，声音高的时候耳膜都发颤，不过，文瑞不讨厌这种浓烈、悠扬的音乐。

一层的后半部是散座式的酒吧。他们放了行李，女友小芬就急急地拉着他跑下来，坐进酒吧。小芬和他好了一年多了，这个苗条的女孩没有多少心眼，就是遇事有点大惊小怪。文瑞觉得和她在一起最大好处是不累，身子不累，心也不累。

比方说，她的妈妈知道她找了个大她十五岁的男人，不免有些絮叨，她就嘟着嘴，怪声怪气说："又怎么啦?"如果妈妈不闭嘴，她就说：“我走了，再不进这个家门。”妈妈就会脸发白，喉咙口的话就会打道回府。

不过，小芬有时会对他说：“我们什么时候去办那证？我妈问我呢。”

文瑞就像懒散的中学生遇上老师提问，慢吞吞说：“急什么？我三十九岁都不急，你二十四岁急什么？”

二十四岁的小芬果然就不急了。文瑞觉得一点都不累，很好。

“你看，是美国总统呀！”小芬指着墙上的照片，惊叫起来。文瑞瞥她一眼，别大惊小怪。酒吧的四周都挂着照片，最醒目一张就是前任的美国总统，其他照片大概都是国际明星和各国政要吧。这时，黑人们下台了，上来一个略显富态的中年人，西装革履，是船长吧。文瑞的英语水平一般，只听个大概，船长说：“女士们，先生们，欢迎各位来到光荣的世界顶级的女皇号游轮，在这里，大家将得到至高无上的尊贵的服务！愿大家度过美好的永载记忆中的五天。”

船长下去了，上来一个金发女郎，弹起了曲子，小芬在他耳边说：“李斯特的，第六号匈牙利狂想曲，我最喜欢的。”大池里顿时成了一个欢乐的海洋，大部分游客都来了，随着美妙的琴声，人群熙熙攘攘，在乐池中，在酒吧里，在回廊间游动。许多手拿托盘的侍者出现了，送上了一杯一杯晶晶发亮的香槟，同时推出七八辆原木做的车子，满载着新鲜的水果、蛋糕、巧克力。每个人都举着酒杯在微笑，都在幸福地说：“Excuse me.（借光）”

文瑞没有坐太久，站起来离开了。小芬还在研究几个南美女人离奇的服饰，回头看文瑞不在了，连忙追上来。文瑞站住了，对她说：“我头痛，想回房间休息，你在这玩。”

第二天一清早，文瑞就起床了，他披了外衣，不惊动小芬，来到甲板上，没有几个人。这次他是带小芬出来度假的，想把平时积攒的疲劳、烦恼都消除掉。海上微微发亮，露出鱼肚一样的白光。四野全是茫茫的海水，发出深沉的似要掀动宇宙的声响。他凝视着，昨天的海还是天蓝的，此刻全变了，变成黑蓝色的，像是大块大块的墨玉在涌动。几只海鸥尾随着船在前行，一会窜上高空，一会贴近水面。他盯着一只海鸥看，忽然觉得自己变成了它。他像箭一样插下去，想叼住一条黑鳍的小鱼，却一无所获。一个海浪掀起，打湿了胸前的白色羽毛，他站在甲板上都打了寒噤。文瑞想，海底下是什么呢，不会这么喧嚣、激荡吧。很深很深的海底，据说是非常安静，一切都是慢节奏。那么海上和海底，哪个才是真实的大海呢？

“啊，你在这里啊！”小芬叫着跑上甲板。海风把她的长发吹成棕榈树的叶子，文瑞拉过她，把她的长发捋平了，用有力的手臂箍紧了她的双肩。

二

他们在船上度过一天了。船长没有说错，这绝对是世界上顶级的豪华游轮。船上什么都有，舞会、赌场、音乐会、电影院、游戏室、脱口秀专场、鸡尾酒会，只有你想不到的，没有船上不具备的。文瑞已经很喜欢游轮的气氛了，和小芬在一起。他的体内有很奇怪的感觉，好像一朵花要开放。他总觉得要发生什么，直到第二天早餐，他才发觉直觉没有骗他。

小芬告诉他，早餐不在二层的餐厅，而在五层的空中餐厅，他们坐电梯上去，餐厅也很大，四壁都是晶亮的玻璃，四面八方都是汹涌的大海。此时大海又变颜色了，从墨蓝变回了天蓝，还带一点奇异的绿色，美妙而富有刺激。

大家依着秩序取蔬果和食物，显得彬彬有礼。文瑞微笑着，他的目光像蒲公英的种子，在餐厅里随意地温和地飘浮，突然凝滞了，变成了一块尖锐的石头，一枝飞镖，紧紧盯住了一个目标。那是离他五米远的一个中年男人，中间还隔着一个南美男人和两个墨西哥的女人。文瑞蓦地想起一个人，和他十分像。面前的人挺拔的个子，穿一件铁灰色的风衣，两个肩膀有点上扛，举止高雅，又带点神秘。站着似一棵树，轻轻一跨就是一大步。他记忆深处的人就是这样的。

此刻那人侧面对着他，只给了背影。文瑞假装去夹生菜，绕到那人的前面，看见的是一张陌生的面孔，和他记忆中的人有许多不同，鼻梁比他高，眼窝比他深，嘴唇比他薄，当文瑞开始失望时，却有了新发现，他眼里的光亮没有变，还是那么犀利、果决。

一个名字像一道青烟，从心底升起。这名字像一个丑陋的恐龙蛋，他听见里面响起啄壳的声音："尤崇"，文瑞浑身震颤了，恐龙蛋啄破了，一头奇形怪状的恐龙钻出来，瞬间就可能风长。他不敢相信自己的眼睛，抓盘子的手颤动起来，盘里的果蔬培根滑下地去。一个侍者上来端住他的盘子，说，"先生，要我帮助吗?"他回过神来，说，"不用。"

小芬找好了靠窗的位子，挥手招呼他了。

他在窗边坐下，目光还在搜寻，他看见那人在另一侧靠窗的桌子旁坐下了，背对着他，他的对面有一个穿黑衣服的女人，她年龄似乎比穿铁灰色风衣的人要大，她神色阴沉，嘴这里像鸟的喙。她在说着什么，而那人似乎没有回答。黑衣女人一边盯着那人，一边抬眼往四处搜寻。

窗外的海在涌动，文瑞感到有点头晕。真的是他？他的眼前闪过恍恍惚惚的情景，十年前，他顶着雪花，登上一幢漆黑的高楼，就是为了找这个人吗？他看见那人站起来了，他没有吃多少东西。文瑞也急忙站起来，穿铁灰色风衣的人向门外走去，他也快步跟上，文瑞没想清楚自己要干什么。

刹那间，一个黑色的身影挡在他面前，噗，一杯红色果汁泼在了他的胸前。啊，excuse me，黑衣女人手握一只空杯子，出现在他面前。文瑞想绕开她，可是她再一次挡住他，说，“啊，非常抱歉，我愿意赔你的衣服，这是上好的料子，还是上好的做工，我一眼就能看出。”她伸出手，紧紧拽住他的衣服。

文瑞向门口看去，穿铁灰色风衣的人不见了。他低下头，从黑衣女人的眼里看见了一丝嘲弄的诡笑。

接下来的四个小时，文瑞都没有再看见那人。船上有无数的人，各种肤色，各种服饰打扮，各种颜色的头发和眼睛，令人眼花缭乱，穿铁灰色风衣的人上哪去了，他住在哪个房间？一个可怕的幽灵真的出现了？是他的错觉，还是真是其人呢？文瑞在游轮上漫无目的地乱走。尤崇，曾经是中国股市的大鲸，股民提起他，就像俄国人提到沙皇，法国人说到拿破仑。那些年他在市场上翻身作云，覆手作雨，几次疯狂的炒作，据说都和他有关。文瑞也曾经是炒股的狂热分子，可他只是一条小鱼，虽然他最多时有二百万资金，但也是千万条小鱼中的一条。而尤崇是真正的巨鳄。他带着嫉恨和崇拜的目光仰视尤崇，而尤崇根本不认识他。

虽然他有两次偶然的机会靠近了尤崇，但他却浑然不察，反而对文瑞造成了惨烈的伤害，改变了他一生的命运。

后来，尤崇突然消失了，据说逃到海外了，像一座冰山突然消融，阳光平静地照着大洋，仿佛这里从来没有一座庞大的狰狞的冰山。又听到了传闻，警方已经在通缉他了。再后来，文瑞到海外来参加电影节活动，在华人报纸上看到一则新闻：尤崇死了！

标题是：昔日股市的大鳄死于离奇车祸

可能性低于十万分之一的车祸

文瑞一把从朋友手中夺过报纸。新闻说，在费城的闹市区，尤崇驾驶一辆豪华奔驰，遇上了红灯，好好地停在了路口。在与他垂直的路上，一辆犹如半节火车的集装箱车轰隆隆开过，就这一刻，停得好好的奔驰突然起动，冲了上去，被集装箱车碾得粉碎。文章接着分析了几种可能，有可能他忽然脑溢血，车子失控；另一种可能是，有人在他车上做了手脚。

文瑞感到一种泄仇的畅快：啊，你也得这么个可悲可怜的下场。可是没有多久，却感到一种痛彻的哀伤。他感觉是自己坐在奔驰车里，车子忽然不听使唤，集装箱车犹如巨石一般碾过来，顷刻间他粉身碎骨，感受到从来没有过的痛苦，比葬身火海还要难受。他听见了自己躯体和颅骨碎裂的声音。怎么会有这离奇的感觉，因为都是股市上的过客，兔死狐悲吗？

有意思的是，三年之后，文瑞又看到一篇报道，纽约发生一次枪击，经查，死者是五十岁的华人男子，曾经是中国股市赫赫有名的尤崇。

文瑞只能摇头，一个人怎么可能有声有色地死两次。而且死了两次之后，又在女皇号游轮上出现。一个幽灵再现了？魔鬼撒旦重降人世。也有一种可能，他不是尤崇，是自己在幻觉中创造了尤崇。即使有这种可能，他也不应该放弃努力，尽力逼近真相。

“你怎么啦？亲爱的，你的脸好忧郁。不过你忧郁的时候更有味。”

小芬把他从酒吧的椅子上拉起来，拉进了赌场。他们玩一种穿越的游戏，移动一个镊子，从两根铁丝中间穿过去，如果顺利通过，就可以钳住一个赤发的小鬼，获得一百美元。看着没问题了，可总要碰上铁丝。他们玩了十次，失败了十次。

小芬还想玩十一次，文瑞把她拉到边上，说，“我想清楚了，很可能穿风衣的男人从此不出房间了，由那个黑衣女子替他外出活动，当然她现在肯定不穿黑衣服。”

小芬满脸的诧异，“我们不是说好，把一切烦恼都丢开，彻彻底底玩么？”

他说：“可是，我遇到了一点事。”

“重要吗？”

“很重要，对我来说。”

小芬不作声了。他想：这女孩好，不累。

他们开始满船寻找，他们从中间仓位开始寻，一直往下寻到六层仓、七层仓、八层仓，再返回来，寻到三等仓、二等仓、头等仓。搜索结束了，他们一无所获，不免有点沮丧。小芬看着他，不作声。他在她脸颊轻轻一吻，“走，我们去听音乐。”

在走下梯子的一刹那，他眼睛忽然一亮，一件玫瑰红的衣服飘过，文瑞紧走两步，天哪，就是上午穿黑衣服的女人，现在她穿了一件玫瑰红又嵌着绿丝的连身衣服。

“快，就是她，紧紧盯住，看清楚她上哪个房间。”他让小芬跟上去，自己也跟着，离得比较远。

迎面不时有人走来，小芬侧身让过，看离远了，紧走几步，但又不能靠得太近。她盯住那件玫瑰色的衣服，就像雷达在茫茫的黑夜中，锁定了船上的一面旗。她不知道这女人是谁，也不清楚穿铁灰色风衣的人和文瑞是什么关系，这些都在文瑞脑瓜里，她不想知道，只是帮他做件事而已。

玫瑰红女人时而快走，时而停下，往后张望。小芬也及时收住脚步。上面是二等仓，那女人不乘电梯，径直走上楼梯。小芬也通通地上楼梯，到了楼梯口，她一抬头，穿玫瑰衣的女人兀地站在面前。

“你要干什么？你跟踪我！”那女人伸出手，直指着她，眼里透出森森的冷风。

小芬有点心虚，“没有，没有，我没有跟踪你。”

“你以为我不知道？”女人冷笑，“那你走。”

小芬就从她身边绕过，往一个方向走，她走得很慢，还想看清女人进哪个房间。穿玫瑰红衣服的女人突然加快了脚步，她是朝另一个方向。小芬也一个急转身，跟上去。

女人突然转身，像一头母狼扑上来，张舞着留有长指甲的两手，朝她脸上身上乱抓，喊道，“你是间谍，是特务！凭什么跟踪我？警察，快喊警察来！”

那女人的劲很大，小芬招架不住了，脸上被剜了一下，她想起文瑞说的，要把动静闹大。她吸一口气，也大声喊，“我没有跟踪你，你为什么诬陷我？”

有人围过来了。两个亚裔女人打架，是船上稀有的节目。一扇扇房门打开了，一个个脑袋纷纷探出。穿铁灰色风衣的男人也出现了，他走出房门，伸手想拉开两个女人，却又缩回了，似乎没想好该怎么做。

文瑞上楼了，不紧不慢走到穿风衣的男人身旁，对着他的耳朵说了一句话。文瑞清晰地看到他身子猛地一颤，只有几秒钟，恢复平静了。

足够了，文瑞断定他就是尤崇。

他们回到自己的房间，文瑞清洗了小芬的伤口，贴上了止痛膏。他不停地亲她鲜嫩的双唇，说，“对不起，苦了你。你完成得太出色了。”

小芬挣开他，说，“我不懂，你对他说了什么话？”

文瑞说：“一句话，天上就会掉馅饼！”

三

早晨，文瑞打开房门，愣住了。七米之外，穿铁灰色风衣的男人直直站着，像是等了段时间。文瑞略一迟疑，走过去。那男人说：“你不是要找我吗？”

不等文瑞回答，他转身就走，步子很大，有点飘忽。文瑞紧紧跟上，来到大厅的酒吧。

两人在一张圆桌旁坐下。那男人从侍者手中接过一杯酒，浅饮一口说，“我以为这个世界上再不会有人记得我、打扰我了，可惜我错了。”他的声音有点沙哑，挺别致。

文瑞耸了耸肩膀，没有说话。

那男人又喝了一口，说，“当一个人傲视群雄、自以为不可一世的时候，恰恰是他最愚蠢的时候。不过，当他销声匿迹、在死水中沉浮的时候，那些愚蠢的念头就会在心中重新聚集起来。”

他抬起傲慢的目光，扫过墙上挂着的一溜政要和明星的照片，他似乎不是在对文瑞说话，沙哑的声音带着诗的韵味。

文瑞还是不说话，似乎在等待一个时机。

那男人把目光从虚空中收回，说， “告诉我，你找我干什么?”

文瑞平静地说：“尤先生，你不想知道，我是怎么晓得那句口头禅的?”

那男人在椅子上调整了姿势，显然对点破他的身份很是不爽。他把右手放桌上，五指张开，“说吧。”

接下的一刻钟，文瑞进入了十年前的时光。他记得自己是开一辆雅马哈摩托车到广场的。几幢大楼，肩挨着肩矗立着，沉默无声。绝大多数的窗口都黑了。他嘴里默念着一个地址：国贸大厦D座17楼C区1703室。晚上8点55分。这是从一个秘密渠道得来的消息，十分珍贵，不能告诉任何人。股市上一些顶级的巨头将进行秘密聚会。他花两万元买了这条信息。那时候，他是一枝蜡烛，已经被欲望的火焰燃得通体透明，他怀着巨大的野心，一心想攀爬上财富的顶峰。那时他还没有尝到大失败，还是生机勃勃，沮丧、绝望都是后来的事。那时候他认为股市是实现他欲望的最佳战场，他生命的每一分钟、每一秒，甚至梦中都在想炒股、发财。可是他也知道，他没有背景，不认识兴风作浪的大鳄，所以他不惜代价要去寻找。

他在大楼间转了几圈，都没有发现D座，黑夜中很少有人，偶然遇见一个，他悄悄说了地址，那人头都不抬，说，“不知道。”他脸上湿了，凉凉的，下雨了，可能是雪，他在路灯的橘黄色光环里看见了打着旋的花絮。又见两人，都蒙着脑袋在走，他懒得再问。他依稀找到了A，也找到了C，在估摸着是D的大门进去。文瑞上了电梯，门一合他就去按电钮，电梯一直往上，停了，他走出门一看，一点灯光都没有，电梯下去了，眼前漆黑一团，什么都看不见。他摸索着往前走，见鬼，巨鲸们是在黑暗中开会的？他走着走着，哐，撞在一扇玻璃门上，鼻子发酸发疼。

头上的灯亮了，一个老头出现在面前，头顶光光的，反射着灯亮，“你来干什么？”

“有人在这开会吗？”

老头冷笑，“开会，在这里开会，鬼在这里开会，蝙蝠在这开会。”

现在转了一大圈，他弄明白了，这里不是D座，而是F座。他又摸索着下楼，走到外边，雪花更欢了，漫天飞舞。现在他找到D座了，确确实实的D座。也上到十七楼了，C区是一个单独的区域，有一扇坚固的玻璃门，幸运的是门开着，还没有人把守。文瑞蹑手蹑脚走进去，里面的装饰很有气派，他摸到一间中型的会议室，从玻璃窗看进去，坐了六七个，果然都是大鳄，有个叫浙东王翔的，他曾经远远见过一面，还有个叫外滩杨大师的他也看见过，有几个没见过。居中坐着一个举止优雅、干练的人，被人呼作老大，他想就是尤崇。

文瑞的心怦怦跳着，他第一次和这拨大鳄靠得这么近，两万块花得值！他多么渴望成为他们中的一员，他当然知道，无论是资金，还是人脉、资历他都差得太远。他和他们中间隔着一层玻璃，这就是明证。他听见他们在议论，谈了对大盘的看法，有个人说，“天上哪能掉馅饼。”却见尤崇厉声说：“天上就能掉馅饼！”

他的声音沙沙的，特别好听。文瑞的心一下子豁然开通了，天上掉馅饼，这就是股市的精髓啊。股市道理千千万万，实质就是这一条。文瑞的眼睛湿了，我要找的就是这样有胆有识的大鳄啊。他向门摸去，他要立即进去，递上自己的投名状。

有一道光漏出，文瑞刚伸出手摸到门沿，一双有力的手就紧紧捏住他的肩膀，一个威严的压低的声音说：“你是谁，谁让你来的？”

“我是来找大鳄的，放开我，你把我抓痛了。”

那双手不但不放松，反而捏得更紧了，另有一人也从黑暗中窜出来，铁钳一样钳住了他的双手，往上一抬，他的脑袋就低下了，就像那年的走资派一样坐上了土飞机，径直往外推。

他呜哩哇啦叫，却有一块布，强行塞进他嘴里，肯定很脏，什么怪味都有。一人说，不能惊动了老板。

文瑞被押下电梯，押出大楼，往前一推，扑倒了自己的摩托车。一个声音恶狠狠地说：“再来，就不会这么客气了！”

他爬起来，拉扯掉嘴里的布，委屈的情绪还堵在胸间。他扶起了车子，泪水涌了出来。他骑上车走了，地上湿了，漫天雪花裹着他。

“你就为这个追踪我？”尤崇不客气地问。

“还需要其他理由吗？”文瑞毫不示弱地说。

尤崇冷笑一声，“太妙的理由。”

他回敬道：“不过，如果不是在这时邂逅，我已经把你放入了大脑中遗忘的角落。”

他吞了一口酒，“好，我满足你。不过，不全是为你，也为我自己。”

他沙沙的声音响起来了，还是好听。文瑞聚精会神地听，仿佛他已经不置身在豪华的游轮上了，也不在浩瀚的大海上，而是随着他在地下匍匐。他好像跟尤崇一起，藏在大货车的缝隙中，在中亚沙漠中走了几天，饥渴难捱，到了卡哨，军人上前检查，警犬的爪子趴着车厢狂叫，司机及时递上一叠钞票，才得以通过。一把全美最顶尖的整容刀在他脸上切割、缝补、挪移，一星期后取下纱布，镜子前出现的是一张连他也惊讶的脸。他藏匿在加拿大森林中，冬天大雪封山，几个月不见一个人影，夜里白熊在屋子后吼叫，吓得他胆战心寒。长期独居，他已经不会和人谈话了。现在他说得结结巴巴却又滔滔不绝，在文瑞眼前描绘出一幅幅惊骇的、无与伦比的画面。文瑞甚至产生一种混乱的感觉，他仿佛不是跟着他一路逃匿，而是变成了一只虫子，溜进了他嘴里，进入狭窄的喉管，又通过布满血丝的食道，两旁的肺泡像旧式风箱一样抽动，接着，落入五味混杂的胃，在里面不停地挤压、翻滚，后来又哗哗地流入下水。

文瑞必须逃开他的思路，才能把自己从混乱情绪中拔出来。

“讨厌了是吗？恶心了是吗？告诉你，十年了，我是第一次和人谈起，也是第一次对自己提起。”

两个男人都落下目光，研究似的看着手中的酒杯。

一个结实的男人走过来，穿着花条子衬衫，T恤塞在裤腰里，像是中美洲的人，他几乎是挨着尤崇走过，到吧台取了一杯酒走回去了。尤崇眼里露出了狐疑，他不动声色地注视着那个中美洲人。文瑞也觉得蹊跷，这人完全可以等侍从送上酒的，为什么自己跑来取呢？他发现尤崇朝另一端看，隔着四张桌子，坐着一个年轻的中国人，拿着一张报在看，报纸挡住了他半张脸。中美洲人绕了个圈走回去，没有坐到中国人坐的圆桌上，可是他们似乎进行了眼神交流。

尤崇不安起来，不时向四周张望，脸上神色也变得急躁，他突然站起来，说我们走。尤崇快步走出了酒吧。文瑞急忙赶上。他的步子大而飘忽，文瑞要努力才能跟上。他们快速穿过回廊，走下楼梯，尤崇一头往下走，他也跟着往下走。不知下了多少层，转弯加转弯，忽然大片白色的蒸气涌上来，定睛看，眼前出现了两长溜大大小小的机器，发出惊天动地的声响，震得耳膜嗡嗡响，已经到船底的工作仓了。文瑞一时有点惊诧，看到这里的喧嚣、闷塞、油腻，谁能想象出上面的豪华奢靡呢？

他更不明白的是，尤崇跑这里来干什么，难道那个中美洲人和年轻的中国人和他有关吗？

尤崇一言不发，脸上神情显得严峻而复杂，好一会说，“我要加快了。”

二十分钟后，他们离开了底仓，坐在开阔的甲板上。阳光像调皮的孩子，在海面上不时地跳跃，而海也喊叫着，把金色的孩子抛得一下比一下高。文瑞眯了眼睛，他发现尤崇也眯了眼睛。那个中国人和中美洲人都没有出现。

那个女人重新穿了一袭黑衣，坐得离他们不远，像是一头黑色的苍鹰，雄赳赳地担任了警戒。小芬坐在她对面，像是受了她的监视，有点可怜。

文瑞提到报纸上的两则消息，他说，“真是不可思议。”

尤崇眼里露出少见的忧伤，“开车那个是我的助手，我不在车上。他代替我见了上帝。”他垂下目光，一会说，“第二则连我都不知道怎么回事，强按在我的头上。”

文瑞陪着笑了一下。

尤崇的神情好了起来，“你记得海龙股份吗，就是新世纪第一个夏天炒的？那是最热的一个夏天，每天都是火辣辣的大太阳。”

“记得，怎么会不记得？”文瑞的心跳起来，越跳越猛。

尤崇掏出一副太阳眼镜，架到鼻梁上。“我们看中海龙，绝不是偶然的。我先后到这家公司去了五次，对它的掌门人、高管、股本结构、主营状况、机构持股比例，一切的一切，都了解得清清楚楚。但我还是要说，调研只是一般的工作，而想象力才是伟大创造的源泉！我要编出一个奇妙的故事。

“怎么，你不相信？你要明白，我出身草民，父亲是一个中学教员，没有任何背景，当下，资源都被把持了，要成功只有自我奋斗，还要找对地方。股市的腐败主要在一级市场，而那个可怜的二级市场，是惟一留给我辈的地方。你当然知道，那是个杀人不见血的屠场，是专割韭菜的地方，十个人来炒股，八个都是输。但我没有别的路，官二代富二代有别的路，我没有别的路！”

尤崇只顾自己讲，没有发现文瑞的脸忽然涨红，又从红变成了紫。他没有注意，又吞了一口酒，放低了声音，变得细腻动听。他说："我们编的故事妙极了，石墨烯，一种将改变世界的新材料，一门国际尖端的科学，我们的海龙就研究这个的。我们并不着急，慢慢地吸货，每天只涨两分三分，隔个三五天，还要往下打个一角两角。等我们吸得差不多了，我们的故事就开讲了，它是一支悦耳动听的曲子。散户们很快都听见了，他们也打听到是我尤崇在做庄，都买进来了。我下令拉升，一下拉了二元，却又收住了。

"股民看果真有戏，抢得更欢了。我们稳住脚步，又是每天走小阳线。我们的曲子是一支田园牧歌，青草、小溪、微风、乳牛、远山，多么宁静、和谐、赏心悦目。外面太阳火辣辣的，天气这么热，我们让散户们坐在空调里，喝着冰水，每天看着自个账上的资金上涨，今天赚五千，明天赢一万，还有比这更幸福的吗？足足走了三个月，股价翻了两倍。眼线跑回来向我报告，小商小贩全来了，卖了铺子，抱着他们十多年赚的钱，进来买海龙了。以前他们跑单帮，赚点钱多不容易，中午捞不到吃饭的时间，后脚跟跑出了老茧，现在敲敲键盘就能发财，原来世界上有这样的美事！以前怎么不知道？尤崇的口头禅太对了，天上就是能掉馅饼！只要买海龙股份，就能稳步做富翁，他们美得乐滋滋的。

"你猜猜我此刻是什么心情？"

文瑞心里似被利刃划了一下，出血了，嘴里发出啊啊啊的声响。

"你不知道吧。"尤崇把太阳眼镜摘下了，文瑞从他的眸子里看见了灿烂的太阳和飞溅的海水。"我们都看过动物世界，大批的斑马过河的时候，你发现潜伏在水底的鳄鱼吗？它的心底是惊喜，是狂欢，可是它伏在水里，像石头一样，一动都不动。还没到摊牌的时间，我们继续拉升。直到这时，我们才发出了标志性的信号。”

“我知道，你们标志性的信号我都知道。”这次文瑞抢着回答，“是9999，三个9999。”

“看来你并不陌生。”他发出一阵冷笑，“这个并不容易做，往往会被其他的成交冲掉，但我们抓住空隙，对倒也要做出来。这是给四面八方竖的旗帜，等于说，这是我们的场子！”

“你们又拉升了百分之八十……”文瑞呻吟似的说。

“哈，你都记得？接下来就是气势如虹的拉升，一连出现三个涨停，股份又翻了一倍。这时所有持有海龙的股民全疯了，不但不肯抛，还往里加仓，最后一颗子弹都打光了。我知道到时机了，一声令下，上百个账户一起行动，排山倒海地出，不顾一切地出，股民懵掉了，绝大部分不可能有任何反应。田园牧歌没有了，潜伏的大鳄突然跃起来了，张开血盆大口，用它的钢牙死死咬住了一头斑马，任它怎么挣扎，绝不松口。”

“可怜的斑马。”文瑞死死盯着他的眼睛，忽然发出哭泣似的声音。

他眼里亮出挑衅的光芒，“你是嘲笑我吗？”

文瑞说：“我最好的朋友李芒就是这么毁灭的，他融资两百万，全买了海龙，三天下来，本金都输光了。他把老婆和三岁的儿子送回了老家，跑回来，跑到证券公司的顶楼，迎着初升的太阳跳下来了。”

尤崇重新戴上墨镜，站了起来，往甲板边上走去。黑衣女人也站了起来，跟在他后面。文瑞看他走到船舷边，探头往下看，站了一会，走回来了。黑衣女人也重新走回来坐下。

他的声音有些低沉，“对于你的好朋友，我表示歉意。夜深人静的时候，我也会自问，我可以不这么做吗？答案十分悲观，没有，我没有别的路，只有互相杀戮，别的路都不属于我。你大概也听说过，在最初的日子里，我也遭到可耻的失败，也想过死，是被朋友拉住的。谁都不能幸免。”

文瑞斜着眼说：“你不想听听我的故事吗？”

“你的故事？你也有故事？”尤崇口气中有一丝不安。

文瑞冷冷地说，他也是那次事件的受难者，他输掉了所有的资产，谈了六年的女朋友分手了。一颗血旺旺的心浸进了冰水。

那天中午，他和女友在一家小餐馆见面，他脸上绝望的神情说明了一切。女友用力把他脸推开，又用双手捂紧了耳朵，喊起来，“不要讲！你什么都不用讲，我不要听！你讲得够多了，我已经听你讲过无数次了！你陷在这个绞肉机里出不来了，是你讲的绞肉机，不是你讲我还不知道呢。你明知是绞肉机，还要往里进。你想让别人变成肉，你来收获，没门！就是绞你这块肉的，不可救药了！”

喊完，她冲出餐馆，一口饭都没吃。

当晚他打开了她租的房间，她已经离开了，带走了所有的衣物，而他送给她的都留下了，一根白金项链，一只翡翠手镯。在纸上写一行字：如果你还要进绞肉机，这两样兴许可以换几个钱。

尤崇慌了，他看见文瑞的两手握成拳，眼里露出杀气，他慌忙站起，带倒了椅子，“你是要找我复仇的？”

文瑞逼近一步，他的手抬起来，十指成两个虎口状，似乎真要扑上去，扼住那根白皙的喉结滑动的颈子，然而，只是十五秒钟，文瑞的手垂下了，眼里的杀气也消失了，他笑起来，越笑声音越响亮。

“你笑什么。”尤祟不明白，甚至有点恼怒。

他止住笑，“你不会知道，是你，让我变成了一个彻底的无产者，一无所有，我才会从绝境中诞生。不然我将毁在赌场中，我将终生不得获救。就是这次可耻的失败，让我反省，我已经沦落到多么可怕的地步。我悔过自新，回到原来的生活中，一切重新开始，我写出了优秀的作品，成为今天享誉中国的剧作家。我还要为此感谢你呢。”最后那句话带着明显的嘲讽。

尤祟坐回去，长吐一口气，用沙沙的声音说：“你是属于将来的人，而我已经是不存在的人了，你朋友的路也许是我的终端。”

停了一会，他的呼吸变得粗重起来，“明天我要复活，重新来一次。你不想亲眼看看吗？”

重新来一次，文瑞不敢相信自己的耳朵，什么意思，再炒一个海龙股份，再做一条咬住斑马的鳄鱼？他还是一个在逃犯啊。他抬头看，他脸颊上两条肌肉在神经质地抽动，眼里又有恶狠狠的火光发亮。

尤祟挑衅似的说：“你害怕了，不敢看了？当了伟大的剧作家，不食人间烟火了？”

文瑞有点懵，连着问，“你是什么意思，什么意思嘛？”

他不直接回答他，说，“你是了不起的剧作家，一点不错，但你照样是这个角斗市场的失败者，你没法掩盖这个事实。你不敢再回来了，你的胆吓破了，再没有勇气了。我告诉你，这个市场输出去的，其他任何地方都赚不回来！就是钱赚回来了，精神也没法赚回来。”

文瑞一口气噎不下去了，他说到了他的痛处，他是真的不敢回来了。然而，他有窥视尤崇的渴望，也有不甘失败的隐隐野心，在今天之前，他一点没有意识到。他需要刺激。

我当然要亲眼目睹，没什么了不起。

尤崇向他伸出右手，穿过了桌面。文瑞用力握住，摇了摇。

明天下午船停巴哈马，在那里过夜。就这个夜里，有人接应我。

有个中国人走上甲板了，就是那天用报纸遮住半个脸的。他似乎不经意地回过头，把目光投向他们。

尤崇松开手，走下甲板。黑衣女人紧跟上。

四

文瑞睁了眼睛躺在床上，无法入睡。舱外，海水拍打着船舷，进行着无休无止的纠缠。他回想起尤崇说过的话，压抑得太久了，生命已经枯萎了，再不宣泄就要死了。他说的，就是白蛇传里的白娘子，过段时间也一定要露一次原形的。现在他空剩一副躯壳了，活着和死了有什么区别？他是情愿毁灭了也要露一次本相的。

文瑞不断地想，他要复活，会是一次什么样的复活呢？难道又要掀起恶浪，多少生灵重陷悲哀？

床边有悉悉声响，一双手摸到了他脸上。是小芬，她摸索着爬上了他的床，挨着他躺下，把身子贴紧他，“你答应我好吗？”他觉得她在发抖。

他伸出手，摸她的头发，亲吻她的嘴唇。

“离开那个怪人，不要和他在一起，好吗？”她被他吻着，声音含含糊糊。

他的心底有些发软，说：“不要紧的。”随即用舌头分开她的双唇，去找她细长柔软的舌头。

他以前的女人是个冰美人，适合远远地观赏。她不辞而别，给了他致命的一击。他曾经满世界找她，到欧洲找，到美国到澳大利亚找，都不见踪影。自从认识了小芬，他就停止了寻找。小芬不一样，她没有一点冰的感觉，她是一个可以贴在胸口的女人。

“不要紧的，就这一次，我要亲眼看他怎么干，不会陷进去的。”他找到了她的舌头，把自己的舌头和它绞在一起。

“我怕那个女人，阴森森的，像吸血鬼。”她的声音还是含糊。

他到她身上去了，一边说，“不要怕她，有我呢。”一边奋力进入她的身体。小芬像是疼着了，叫一声。文瑞放慢了，放温和了。她发出娇滴滴的呻吟。一轮圆月从万顷碧波中升起了，皎洁的月光照进窗户，照在她娇嗔万态的脸上。

船是下午停靠码头的，文瑞领着小芬，紧跟在尤祟的身后，黑衣女人在他身体的另一侧。下船的人很多，排了长队。上来几个巴哈马的警察，都是肤色黝黑，身材魁梧，他们开始检查下船人的身份。他们很快下船了，码头上到处是人，都在寻找合适的工具。

尤崇站在一边，悠悠的。文瑞看见那个曾拿报纸遮脸的中国人，他也在人群中，一晃不见了。接站的人来了，是一个四十来岁的中国男人，他领着他们绕过人群，来到一块空地，停着一辆大型的吉普车。

那中国人坐在副驾位子上，他神色冷峻，骨骼粗大，脸上油光发亮，一看就是个精干强悍的角色。他对尤崇很恭敬，尤崇叫他李甲。

吉普车从城市中穿过，街道很窄，两旁都是旅客和做小生意的人，但车子开得一点不慢。出了城，沿着海边跑了一段，再一拐，到一座别墅前停下。他们走了进去，在芭蕉树下坐下。这里离海很近，虽然阳光强烈，却不觉得太热。李甲显然对这一带非常熟悉，唤了两个当地人，端来许多热带水果。尤崇把李甲叫到一边，两人独自说了不少话。文瑞不过去，他知道这一定和他的复活有关。

他们开车去了一家饭店，端上的是香蕉饭和烤肉烤鱼，鱼肉都很新鲜，做得美味可口。尤崇吃了不少烤金枪鱼，还喝了酒，文瑞也喝了点酒，当两个人碰杯的时候，他用沙沙的声音说："你可是我今晚邀请的惟一的客人。"

他们开车回去了，尤崇让李甲放点音乐，李甲放的是杰克逊的歌，吉普在狂放的音乐声中一路奔驰。

回到别墅，尤崇就请文瑞和他一起上楼，文瑞刚踏上楼梯，小芬跟了上来。尤崇冷冷地说："小姐，这不是你去的地方。"小芬一脸不高兴。文瑞只得劝她，"你在楼下等我，听音乐看电影都可以。我很快就下来。"

小芬只得走回去，看一眼黑衣女人，离她远远的坐下。

李甲打开二楼正屋的门，这是一间宽敞的屋子，正面对着大海。屋里放着两张长桌，每张桌上都有三台电脑。已经有两个年轻的亚裔女子坐在桌前。李甲说："都是按你吩咐的做了。"

尤崇满意地点头，他走到窗前，推开窗子，浩瀚的大海就在眼前，太阳划过了大半个天空，正缓缓浸入海水中，海的上方就有了红色的云霞，先是浅红的，接着是大红的，再一会变成猩红的了，倏而一变，成了七彩的了。那片云霞盖住了西边的天空，越升越高，显得十分轻盈，忽然散开来，向四周飞去，仿佛是无数只美丽的凤凰在天际飞翔。

文瑞看见尤崇的眼里有一种奇异的光亮，真不错，他赞叹了一声，呼吸变得深长起来。他垂下脑袋，双手在胸前合上，好一会不动。文瑞怀疑他是在祷告。

等太阳全部浸入海中，天空收敛起最后一道霞光时，尤崇的脑袋也抬起来了。打开电脑，他沙沙的声音具有一种威慑的力量。

两个亚裔女子把六个电脑全打开了。时间一分一秒地过去，这里和中国大陆的白天黑夜是颠倒的。终于，屏幕上跳出了红绿两色的数字，六个电脑都在同一个页面上。此刻文瑞才知道，尤崇这次盯住的是天罡集团。

买进一千手，尤崇发出了第一道命令，女操作员立刻执行了，响起嘀嘀答答的键盘敲击声。

尤崇坐在一张宽大的皮条椅子中，李甲递给他一枝古巴雪茄，又给他点上。他吸了一口，吐出一个接一个的蓝色烟圈。买进一千手，再买进五百手！屋子里再次响起键盘声。

文瑞坐在一旁，看这个架势他就知道，尤崇已经打好底仓了，今天是决战时刻。

价格线竖起来了，直线上升了。六个屏幕都是统一的画面，文瑞知道，在万里之外的中国，在几千万只打开的屏幕上，日K线都是这根直挺挺的红线！这是集结号，是旗帜。那些嗅觉比狗还灵的炒家肯定第一时间嗅到了。文瑞眼前出现了一幅幅的图画，无数双手，颤巍巍的有老年斑的手，强壮有力的手，如葱管一般纤细的手，全都抖动起来了，脑子里在飞转，这是哪路神仙？来者不善啊，这么猛的势头，看来今天非涨停不可，很可能后面还有许多连板！文瑞见过太多了，以前自己就是这么干的。

他的脑海中，无数双手开始敲击键盘了，五分钟之后，买盘蜂拥而至，756手，买进，1465手，买进……2129手，红单买进，三分钟之内就涨了八角。文瑞的心在怦怦跳，难道海龙一幕就要在我的眼皮底下重新上演？幽灵出现了，变成了撒旦，他真要复活了？

文瑞回头看尤崇，他已经坐不住了，他双臂撑在椅子扶手上，臀部早已离开了椅面，鼻孔也张开了，像是决斗场上的公牛。他吸掉了一支雪茄，李甲再给他点上一支。他站起来了，扔开了椅子，一边继续发布指令，一边在屋子里来回走。他眼睛里的光彩和他的肢体语言，组合起来就像是一支交响乐，时而热烈，时而欢快，时而舒缓，时而如狂风骤雨。

忽然，他停住了，像是中了枪弹，身子往后靠去，靠在墙上。文瑞忙上前，见他脸色苍白，额上滴出了大颗的虚汗。李甲也上前，往楼下喊了几声。黑衣女人“通通”跑上楼梯，手里拿一个瓶子。大家听她指挥，把尤崇扶到椅子上，黑衣女人从瓶子里倒出几片药，放进了他嘴里，又用手在他的胸口不住地抚摸。一会，他脸上慢慢有了血色，缓过来了。

他朝文瑞一笑，“尊敬的客人，不好意思，让你看见我的狼狈相了。我心脏不好，不过，耶稣被钉在十字架上，也是十分狼狈的。在神的面前，我们都微不足道。”

文瑞也一笑，说，“这很正常。”

“是啊，很正常。可是，我为什么一定要复活，这正常吗？”他摇了摇头，“我千百次想过金盆洗手，再不涉足了。可是我千百零一次，听见了冤家的脚步。”

“冤家？有意思，谁是冤家？”文瑞问。

“这个冤家一直在寻找我，追踪我。他的脚步，就是死神的脚步。这个冤家就是我心中的魔鬼。不是他们死，就是我死。”

尤崇嘎然而止，不说话了。文瑞把目光从他脸上移开，也不说话。

屏幕上的红线不升了，绿盘也出来了，走平了，略略下行。成交量也减少了。“怎么做？”李甲的脑袋凑到他面前。

他闭上了眼睛，像是没有听见。屋里静静的，只有电脑发出嘶嘶声。李甲再问一声，他依然不答。李甲不再问了，屋里仍是安静。

文瑞不知他要玩什么，这么等，有些无聊，也觉出了倦意，闭了眼睛。就这时，听到一个沙沙的如瓶子迸裂一般的声音喊出：“买进 9999 手！”

文瑞连忙看屏幕，果然没一会，就跳出 9999 的红数字。

沙的声音又说：“再买进 9999 手！”

屏幕上又跳出这数字了。一股血涌上文瑞的脑门，当年，他也是看见这诡异的数字，知道是尤崇的标志，才发了疯往里冲的。当时他只想着发横财，像是打了十针鸡血，毫无风险意识。今天人们还会这样吗？

尤崇又发出指令，可是已经有红盘进来，混在一起，没有做出来。重新来过，屏幕上终于又出现了 9999。

尤崇又祭出他的杀招了！天下的炒家都懂他的标识。可是他们能相信吗，这是十年前的大鳄。他已经隐身十年了，还能重出江湖？

文瑞紧盯着盘子，大概只是三分钟，大量的买盘涌进来了。他们相信了，狼烟升起了，各路诸侯纷纷起兵了。恶狼闻到了血腥味，饥饿的毒蛇看见了青蛙。文瑞知道，汹涌的买盘中一定有广州中信证券文昌路营业部、上海的海通证券福州路营业部、杭州方正证券的春华路营业部、北京西南证券的西单营业部等等，这些恶名远扬的游资一定会活跃其中。他看见了草野上虎狼搏斗的身影，听见了冷兵器撞击的声响。忽而他又听见了悠长的哀哭声，看见了大厦楼顶纵身一跃的人形。

人啊人，你们从来是年复一年、日复一日地重复可怜的悲剧。文瑞感慨不已，幽灵的复活，在所难免了。

尤崇已经不看屏幕了，一副胜券在握的神态。李甲对他说："一切都在我们的计划之中。收盘前半个小时，或者到明天，我们就可以顺顺当当出货了。"

他冷冷一笑，走到一边，推开窗子，把淡蓝色的烟圈吐进黑夜中。然后走下楼梯，大声喊黑衣女人，"拿酒来！"

黑衣女人说："你不能喝了，刚才已经不好了。"

他大笑说："不就是死吗？我已经复活了，死不了了！"

他不等别人拿酒，自己从架子上拿下酒瓶，说，“这是法国50年的拉菲酒。”他给自己倒了一大杯，又喊，“奏乐！施特劳斯的蓝色多瑙河。”

李甲早做了准备，来了五个当地人，拿着大大小小的乐器，虽说水平够呛，但还是把施特劳斯奏起来了。尤崇架起了黑衣女人，在客厅里飞旋起来，从一个角落穿到另一个角落，没想到他的舞步这么矫健轻盈。

他用眼神向文瑞示意，文瑞懂了，拉上了小芬，也旋开了。女人和女人在一起，即使小芬这样温柔的，也充满了好胜心，她在文瑞耳边说：“拿出精神来，比过他们！”于是，客厅里就有两对翩翩起舞的人，一对是黑色的老鹰，一对是粉色的小鸟。不过，讲实话，就是小芬比黑衣女人好上许多，文瑞和尤崇相比，舞技还是差了一大截。

施特劳斯演奏了两次，李斯特奏了一次，忽然二楼有人喊，“不好了！”音乐一时没有停止，那声音变得撕心裂肺，是李甲。

尤崇扔下黑衣女人，跑上楼梯。音乐停了。

小芬拽紧了文瑞，“出什么事了？”他没有回答，走上楼，看见尤崇跌坐在椅子里，他面前的屏幕上，股价掉头向下，好似高台跳水，绿茵茵的卖盘蜂拥而出，仿佛一望无际的青草，眼前全是绿的。

他拉过一台电脑，仔细查看，在9999之后的第七分钟有大卖单出来，就是说，尤崇的标识起了七分钟的作用。这之后，在尤崇醉心于施特劳斯的时候，大批的卖单像大堤决口一样涌出，二十三分钟成交了百分之四十二。股价几近跌停，从最高价到最低价，振幅达百分之十九。李甲不放心，上楼来看，一看盘面，眼珠都要跳出来。

尤崇喘着粗气，脸色十分难看。黑衣女人早拿了药瓶，在旁边候着了。然而他的心脏还是争气，在关键时刻挺住了。尤崇忽然一把抓住了文瑞的手腕，他的手非常有劲，他眼里蒙着困惑、迷茫、痛苦的神色，“为什么他们提前出货，为什么我这一套不灵了?”

文瑞嘀咕了一声，“我怎么知道?”

心里说：幽灵没有复活。

尤崇的颈子像折断一样垂下去。

五

第二天上午，他们一起返回了游船。大批游客已经上船了，汽笛发出嘹亮的鸣叫。他们通过了海关检查，走进客仓走廊，尤崇走在前头，文瑞跟在他身后。小芬兜里的水果掉出来，她去捡，落在了后面。这时，前方出现了那个用报纸遮脸的中国人，边上有几个当地警察，正迎着他们走来。尤崇突然转身，动作迅捷异常，一下从文瑞身旁跑过，疾步往后跑去。文瑞还没有反应过来，那中国人和一个警察就越过他，追了上去。

文瑞呆住了，他看见黑衣女人迎上来，奋力一挡，她和那个中国人一起跌倒在地。那警察掏出枪，连连喊叫着。李甲也从腰里掏出一把枪，不知道他是怎么把枪带上船的。他出手快，一枪打倒了警察，那个中国人要爬起来，也被李甲打倒了。

后面的警察看不对，全掏出枪了。一个身材魁梧的给了文瑞重重一拳，他倒下了。他看不见尤崇了，却看见了小芬。她向他哭喊着，想跑过来。文瑞的脸被警察跪住了，他拼命喊：“别过来，趴下！”

李甲又开枪了，警察开始还击，把他打倒了。小芬还站住走廊上，脸上有着梦幻一般的神情。黑衣女人把她往前一推，枪再一次响了，小芬倒下了。

文瑞体内突然产生一股强大的力量，猛地把警察掀翻了，他发疯似的跑过去，从地下抱起了小芬，她的腹部在流血，眼睛无力地睁着。他的心要碎了，脑袋重重地向她弯下。

他脑袋上又挨了一下，他倒了。有人把他双手扳到背后，戴上冰凉的手铐。

三天后，文瑞来到码头，他被释放了。女皇号游轮停泊在那里，像一座巨大的山脉，现在船上没有一个游客，它在栖息。警察查清楚了，文瑞只是一个旁观者，和这次恶性事件没有直接联系。

他的思绪始终在混乱中，那是真实的，还是梦幻？那个幽灵真的出现过吗，我和他的复活有什么关系？为什么我要卷进去？一切都像海水中的倒影，又似天上的浮云。只有一个感觉是真切而痛苦的，他失去了可爱的小芬，他再也没有这个叫人不累的女孩了。想到这个，他无比地自责，心撕裂一般痛。

便当店门口有免费的报纸，有一张吸引了他。他拿了起来，向海边走去。报上有一张照片，拍的是那天他和尤崇在甲板上，尤崇拍得很大，他只成一个陪衬。

后面的文字说尤崇死了，坠海失踪了，没有生还的可能。文瑞记起了，他已经死过两次了，还准备死 N 次？

他走到海边，把报纸撕成一条一条，抛进了海里。阳光强烈，他的眼睛眯起来了。大海坦开一望无垠的胸脯，在起伏，在叹息。一群海鸥在飞翔，它们一会扎入水面，一会振翎高飞，始终围绕着女皇号，不飞离。

他盯住一只海鸥，心想：如果它是我，那小芬是哪一只呢？

2017 年 12 月 27 日写于

美国　康州　东温莎

书 痴

一

今天一睁开眼睛，我就开始紧张了，虽说到公司去联谊也不是头一回，甚至可以说轻车熟路了，但我还是不敢大意。对方是赫赫有名的天龙集团，实力在省里排进前五名，倾销养生保健品，又搞电脑开发，这几年像原子轰击中子一样爆发起来，总经理出门是蓬斯600。这是我一个小办事员可以马虎的吗？我们书法家协会从主席赵天石开始，加上天才书法家朱少风，底下几个副主席、常务理事，衮衮诸公全都出动，唯恐拉下一个，好像滔滔洪水来了，慌着爬上诺亚方舟一样。不过话说回来，谁敢小觑一个财大气粗的新兴集团，商品时代谁敢大意？

一个上午我都在忙，备下上等的宫廷宣纸、斗笔，带上协会的那个金星大徽砚，到时他们几个都要挥毫留墨宝。又急着骑车上文具店，拿回一个预定的大红证书，这证书足有一本画报那么大，做得极为精致，外用绸缎蒙面，聘书两个大字是用22K金镀的，四个角也用22K镀金的格条镶好。里面的芯子早由朱少风写就，一笔洒脱超逸的行书，聘请集团公司董事长为书法家协会的顾问。我精心安好芯子，再用红绸裹扎。接着，我又从摄影协会借来一台罗莱克斯相机，安上胶卷，到时我会像猴子一样登高钻下，左角度、右角度，大特写、广角镜，嚓嚓嚓嚓，拍一连串的照，挑精彩的布置在橱窗里，就是我们协会深入生活的佐证。

到这时我忙一个段落，也到吃中午饭的时候了，我随意填了肚子，就在藤椅上小眯，一时醒来已经两点半了。再想想，也没什么落下了，就这时电话铃一阵骤响，我接了听。打电话的是文联人事科科长蒋水莲。

“小孙，你在忙什么?”

“忙今晚的事呀，现在差不多了。”

“托你的没有忘记吧? 赶快去看我家的呆子，这阵不知他在干什么，不要他稀里糊涂，错过了点。”她的口气十分急切，“我在省里开会，会议很重要，没法走开，拜托你了。”

哎呀，我差点忘了去叫谭一池，连忙说：“蒋科长，你托的我哪敢忘记，一直记在心里，时间还早，我这就去。你放心吧，今晚我一定照顾好潭先生。”

“小孙，他脑血管有点毛病，千万不要大意。”

她还不放心，又在电话里对我再三叮嘱。我连声应诺，挂了电话。蒋水莲是文联的一大能人，三年前要不是她力排反对意见，一手包办，我还进不了文联，得不了现在这个美差。我是知恩图报的人，只要是她的事，我没有一件不尽心。蒋水莲年轻时是一个美人，不少男人见了她，两脚就迈不开步子，黏黏糊糊，就像蝇子落在粘蝇纸上。就是现在四十七了，还是风韵犹存。可是她却没有某方面的艺术专长，留在文联可能就因为她的脸蛋，做人事工作也是理所当然。据说天才书法家朱少风年轻时同她很有一段故事，然而，很多故事不是最后才有致命的破绽，反而是开始就有破绽的，倒成了一段姻缘。这就是文联事情的奇妙。结果，蒋水莲并没有嫁给风流倜傥的朱少风，而是把青春献给了谭一池。这谭一池的形容就比朱少风差一大截了，瘦高的个，走路弓着腰，一双眼睛不大，在太阳下眯着，到暗地中却透亮。如果一堆人凑着头讲哪个人升官，是因为找了哪座靠山，讲哪个男人和哪个女人的行为反常，准保有私情，他在边上居然不听，弄得讲话的人都有些愤愤，简直是不食人间烟火。当然他在文联也可算一个有脸面的人物，就是有点“那个”，这里的意思很难确切表达，比方说，他不知道写字和做人有时是一回事，有时不是一回事。他不知道写字不仅要练内功，还要练外功，外功就包括官场、商界。内功再好，外功不行，还是火候不到。简单地讲，就是他脑筋不活，还得一个“三痴”的雅号。蒋水莲虽然不乏遗憾、抱怨，但日子还是马马虎虎过下来。一晃二十多年，到了公元一千九百九十多年，事情就有新变化。

变化来自朱少风，一样的写字，他突然就红起来，紫起来。市里召开英才表彰大会，临到结束，他微笑着走上台，天堂透亮，两个小姐随他身后，展开一幅八尺大宣纸，上面写着斗大的墨字：“大鹏展翅”。说来有趣，祝的是别人，第一展翅的倒是他自己，他办展览，省市领导都出席了开幕式。大小官员一时以藏他的字为荣。商人也瞄上他了。他家门口停着各种牌子的轿车，可以举办一个小型的车展。报纸、电视也憋足了劲，举起金喇叭，展开介绍他的接力赛。他的字有价了，而且逐年升高，甚至超过了赵天石。与此同时，他买了别墅，衣食住行起了翻天覆地的变化，几个腰缠千万贯的画商走进他的家，也是自叹有所不如。蒋水莲眼看这番火爆情境，心中自有难言的滋味，然而自己做出的事不能教别人认账。真正让她着急的，是自家的丈夫。谭一池至今仍是布衣一个，他还是骑一辆破自行车上班，在家中不是写字，就是啃字帖，商人大官一个不认识，好像身在桃花源中一般。因为儿子上大学用钱狠，蒋水莲已经三年没买新衣裳了，而她嫁给潭一池时是怎么一个美人啊，就是现在也还叫某些人钦慕。怎么办呢，能捱则捱吧。可是，眼前这件事却捱不过了。

蒋水莲结婚时候住的是文联宿舍，二十多年过去了，他们从单室套换进了二室套，两间屋子，一南一北，一大一小，没有客厅。日子虽然也能过，然而那幢房子已经老化，朝北的一面外墙，有两条通贯上下的裂口，大处可以塞进一个篮球。维修过两次了，但对于两大裂口，谁也没有办法弥合，里面的住家哪个不提心吊胆？于是有各种照顾文化人的政策，听说已经在造一个住宅区了，相当漂亮，有草坪，有荧光路灯。他们两口子自然有份。但是不花钱住新房子的日子已经过去，按他们情况，付五万元，就能住进三室一厅的大套，无疑是件好事，在今天五万元早不是一个大数。然而对谭一池来说，就是一道迈不过的槛了。蒋水莲不把我当外人，说，“他的字什么时候变过钱？平时只靠几个死工资，老实说吧，把牙缝中的也省出来，还凑不到一半。”

那些日子，她的脸上堆着愁容，美丽的眼睛中闪着一种哀其不争的失落。她知道，朱少风的字不可能比谭一池的字好，金石家赵天石有过评判，为什么一个能吹上天，一个却无声无息？人，归根结底，还是人本身。她找了朱少风，请他给谭一池引一条路。这里的细节我不知道，但有人说得有鼻子有眼。虽然是昔日恋人的丈夫，虽说同行是冤家，但朱少风还是一口应允了。传话的人有很多柔情的描述，我只当言情小说，听过一笑了之。

而今天，就是朱少风第一次领谭一池参加活动，蒋水莲对我反复叮嘱，我怎么能掉以轻心？我当下就出门，直奔院后去。就见一幢暗红色的房子，早已破旧，一眼就见两道裂缝，似两条经年的枯藤从顶上一直悬到底下。我走进楼，楼道里堆了许多人家弃之不用、扔掉又舍不得的旧家具破车子。上到最高一层，我认准第二个门，敲几下，不见动静，再敲，还是没动静，坏了，要是谭先生不在家，到晚上也不回来，我怎么向蒋科长交差呢？再转念，不急，有可能他沉醉了听不见，就敲得更重了。好一会，听见沓沓的脚步声，我悬起的心才放下来。

门开了，一颗谢了顶的脑瓜出现在面前。我吃了一惊，不过是四月，天还凉，他却只穿一件背心，两条光膀子从被汗迹渍黄的背心中伸出来，好像是水仙块根长出的两根白芽。手中抓着一枝长锋羊毫笔。

“谭先生，你这个样子不冷吗？”

“冷？不冷。我身上还乎乎往外冒热气了。”说着他还伸出手让我摸，果然他手热烘烘的，比我的还热。他得意地朝我笑，我也回笑。不过，一个大男人光了膀子写字，总让人觉得异样。

我跟他走进去，面前一条过道，两间屋子，一间是夫妻俩的卧室，一间是儿子的卧室，现在儿子上大学了，他的写字板就搁在儿子的屋里，地上全摊着写过字的纸，有报纸、毛边纸，也有宣纸。桌上、椅子上、地上还摊开一本本字帖和书，让人没法插脚。好像是到了一个地形复杂的地方。再看屋里摆饰，一个大橱，一个梳妆台，都已经旧了，冰箱是单门的，稍微像样一些的，就是一只 18 寸的彩电了。我心中嘀咕，怪不得蒋科长要唠叨，她这般要强的女人怎么受得了这个？

谭一池往四周看，显然想找一个地方让我坐，他看中一把藤靠椅，可是椅子上没少堆书、字帖，他手忙脚乱去理，一本厚字帖嘭地掉下地，他嘴里叫一声，像是掉在脚面上。我笑着挡住他，说，“谭先生，你只顾忙自己的，我站着就可以了。”

他收收拢拢，把字帖、纸抱在怀中，周围一看，放在儿子床上，说，“对不住你了，你稍等一会。”我坐下，说，“还有时间，你只顾忙你的。”

他就走到一边去。我看他闭了眼，像和尚打坐，又像是一只老猫在阳光下养神，不过一刻功夫睁开眼了，不看纸，却看对着的一面墙。那墙原本是白的，但可能是顶层漏雨，墙遭了多次雨水，倒有斜的竖的曲的直的色彩不同的雨痕。谭一池的眼神先是散的，好像是天女散花，散在那墙上，并没有一定的目标，慢慢的，就不对了，它凝滞了，聚起来，越聚越小，却也亮起来，最后成了针尖似的两个光点。仿佛穿透了墙，到另一个地方去了。这时他拿笔去蘸墨了。

我也站了起来，不知不觉走近。只听他嘴里嗨嗨地发声，倒不像握的只是二两重的笔，而是一把鲁智深的禅杖。那笔一会直，一会斜，一会立，一会伏，奇崛活突，好似鲁智深喝醉了酒，抢进山庙，面对众多打他的和尚，施展开拳脚。一时，纸上就泼了无数的墨。别看我在书法协会混了三年，只不过看个热闹，识什么好坏。耳边听说朱少风是天才书法家，碰到外人问我当下谁最厉害，我就假咳一声，说现在是朱少风的天下了。此时，我只觉得纸上如下了一场狂风骤雨，看一会，也没看出多少名堂。心中暗想，蒋科长等着你的字变钱了，好去买房子，不知你还会辜负她？再看一时，另有东西引起我的注意。就是他蒙着汗衫的后背，先是右肩这里有一块圆圆的隆起，如有鹅蛋大，忽然他手往前伸出，那鹅蛋就滴溜溜往下滚，滚过背部，一路踪迹，差不多到腰眼上，只见他腰一掀，鹅蛋就如受了另外一击，回头复往上来，却到了左肩。谭一池正写在兴致里，长锋笔在纸上急疾飞舞，身子也随之仰合，嘴里嗨嗨地叫得更欢了。那鹅蛋在狭长的背上来回打旋，好像是把一颗弹子放进长方的木格盘中，尽心地颠晃木格，让弹子左冲右突，恣意飞旋。等它刚到边沿，没来得及翻过木棂，却又掉转方向，往另一边奔去。

我正看得着迷，只听他一声长出气，收笔了，那鹅蛋就回到右肩胛，忽地消失了。那泛汗渍的衣衫上平坦坦的，一点痕迹都没有，我都不敢相信自己的眼睛，刚才见的是幻觉，还是彼时有，此时无？

谭一池搁了笔，退后看他写的字，左移三步，又右移六步，叹一口气，摇头，说，“还是没写出，罢，罢。”

我赶紧接着说：“算了，今天不用写了，待会就要上公司联谊，你还要当场留墨宝，现在省着点劲吧。”

“上公司去？待会就去？”他像没醒透一样。

“你忘了，蒋科长千叮嘱万叮嘱的。这次是个超级大公司，朱少风牵的线，一般的角想去都没有他的份。朱先生领蒋科长的情，同意你去，这可是个机会，不能掉以轻心。”

他这时全醒了，说，“有，有这回事。”

我见他外衣在床上，忙拿了递给他，说，“快穿起，不要着凉了。”他点头接了，一件件往身上穿。我有心替他做些事，拿起笔搁上的笔，一支长锋，一杆斗笔，一支狼毫，说，“你歇歇，我代劳了。”说着三步并作两步，已经到水池边上，拧开水龙头，哗哗哗冲洗起来。

“哎!”他失声惊叫。我吓一跳，慌回头，只见他一条臂套进袖子，另一条臂还在外边，拽着一件衣服急步踏来，那神态就像是从刀斧手下救人一样。我略一迟疑，已被他抢到手中，说，“不能冷水冲，它们要伤身子的，我已经听见惨叫了。”

我哭笑不得，我这里一开水龙头，他那边笔的惨叫声都听见了，难道是走火入魔了？谭一池取出一只蛋形水盂，有半尺多长，二寸多高，用暖瓶倒进热水，只把水龙头拧开一点，徐徐往盂里放冷水，伸进二根手指，试了几次，说，“天凉了，要用温水，现在差不多了。”这才把三支笔放进，轻轻漂动，又用指头分开笔锋，小心洗濯。我想起他刚才还光着两条膀子，摇头，无话可说。这样换了两次水，都是放热水，兑冷水，用手指试。到第三次，笔锋就在一盂清水中漂拂了。他两眼微闭，嘴一张一合，喉咙里哟哟有声，脸上显出一副惬意的神色。我猜他又生感觉了，便问他怎样。

他把眼张开，说，“我只觉得自己的身子漂在清水里，温温的，好舒服。”

我看看他，相信说的不是假话。

他洗净了笔，在笔架上悬挂好，忽然说，“啊呀，饿了，我还没吃饭呢。”我看墙上钟已经 3 点 20 分了，就有点弄不清了，问，“你没有吃的是什么饭?”

他侧着头想，一边扳着手指说：“你看噢，我早晨 6 点吃了一个包子，就读帖了，到 8 点 20 分，喝了碗豆浆，吃了两个烧饼，开始写字，10 点吃了两块饼干，一直到现在，再没有东西下肚，你说少的是哪一顿饭?”

"那当然是午饭了，10点钟两块饼干不能算饭。不过，我告诉你，今晚的联谊活动，有一顿美餐等着你，要是能熬就熬一熬，不过两个小时了。"

他摇摇头说："怕熬不过，刚才写字不觉得，现在一停下来，胃子里就打鼓，好像有一只手要从喉咙里伸出来抢东西吃。我每次写了字都饿得慌。"

听他这么说，我也不强求，由着他进厨房，一会听到水开声，我踱步进去。一口锅在煤气灶上蹲着，锅下窜出蓝色的火焰，谭一池撕开了一筒卷面，慌慌张张往里下。我叫起来："少下点，垫垫饥，晚上再吃好的。"

他听我喊，忙收手，一筒面已经有一小半入锅了，他搔搔脑袋，颇有点懊恼，说，"一饿心就慌，一慌就不择路，把你的话抛脑后了。"一时面条就熟了，他盛起，满满一大碗，放了葱和辣酱，就站在地当央，用筷子夹了，直往嘴里塞，一下子腮帮都鼓起来。可以把他的嘴想象成一个挖土机的抓斗，沉下去，狠狠抓一把，立时就满了，移开去，两个抓齿放开，忽的全空了，再去抓一斗。他的嘴也是这样，一下鼓满，一下空了，满嘴的食物全顺着下面的通道走了。我看他的颈子细细的，喉结一上一下似个滑轮，真不敢相信他吃这么快。

就这么五六下，一大碗面就消失了。我惋惜地说："看你这么吃，等一会就吃亏了。"他说："有什么办法，光顾眼前了。"

我说："看你生活也太潦草，你这么狠写字，不要太对不起自己。"

他还用筷赶着碗里残存的两根面条，赶进嘴里了才说："我这是好的呢，比起先贤来，不知好到哪里去，有吃，有穿，有住，还生活安定。唐颜真卿被叛军斩首，明黄道周为了前朝，在东华门捐躯。比起他们，还能说环境不好？再写不出都是自己的病，怪谁都不行。就说我的老师吧，我比他也好出许多。”

我冷笑一声，“那你就不要搬新房子了，就住这里算了，也省得水莲大姐为钱操心，老说你白费了纸墨。”

提钱就戳到他的痛处，他直吸虚气，像是牙痛，好一会说：“刚才我说环境可以，只是我一个人的想法，当然不能代表水莲。不过要能把房子换一换，当然是好的。”

我看他尴尬，不再逼问，想起他刚才说的，不由说：“你的老师是谁，从没听你提起，能说给我听吗？”

他说：“可以，你想听，我就说。”说罢放了碗，沓沓走到前面屋里去，我也跟了过去。他让我还坐藤椅。自己就在床上坐了，放低脑瓜，一个毛发稀疏的头皮尽显我眼前。他用五根指一下一下在上面抓，就像农民在荒滩上犁地。我耐着性子等。隔了好一会，他抬头问：“不知别人是怎么迷上写字的？比方赵天石，比方朱少风。”

我说：“你顾别人干什么，就顾自己吧。”

他说：“好，我就顾自己。”他说大概是他五岁吧，前一年，他的父亲就病逝了，只有娘抚养他，有一亩多薄田，自己种，伯父也帮着种。那年深秋，河滩边的苇子在风中呜呜响着，捕鱼的人静守在水边，钓起了二尺许的大青混，入夜了，村子中弥漫着浓郁的酒气，有人在村头拉二胡。谭一池的说话声有些沙，却好听，和着苇子声二胡声，一起从历史的深幽处飘出来。忽然听说，大伯家收留了一个和尚，是赶路的，走到村头庙里就病倒了。孩子们发一声喊跑着去看，他跟了去。从人缝里，他看见一个光圆的脑袋，却跟剪了茬的韭菜似的，生出半寸的头发，下面是一张腊黄的脸，闭着眼睛，下巴上长一颗赤豆大的红痣。他从来没见过和尚，十分好奇，耳边听人说醒了，醒了，只见和尚一双眼慢慢睁开。

两天后，他一人玩，走到大伯的房后，却见和尚的后背，蹲地下，手牵动身子很怪异地动。转到面前，见地下铺着一层黄沙，有一张床那么大，和尚悬了臂在沙子上划动，只见他嘴里嗨嗨有声，伸进沙中只是他一根指头，可是呼应的却是身子的各个部位。他的腿屈着，却快速地横向移动，仿佛一只雄壮的公螃蟹，他脸上的病容不见了，却两眼射光，鼻孔怒张，好像一条进攻格杀的蜈蚣。和尚把沙写满了，用宽大的袖子拂平，重新写。这么三四次，如同没见他在跟前一样。他看着看着，突然生出一种奇异的感觉，那些飞舞的线条多么神妙啊，像什么，天上的闪电，河中的流水，山上的怪石，一点一折都牵着他的心，他忍不住也伸出一根指，在沙子上乱划起来。和尚先不在意，后来停了看他。他老实不客气地推和尚，“你往那边去一点。”和尚果真让了一点，看了一会哈哈笑，说，“有意思，有意思。”

他还想写，却听见娘喊，是召他回去吃饭，他一溜烟走了。从此他痴想开了，他从来没见过这么有意思的东西，那些点折撇捺，如雨水一般滴进他的心底，或者说，他心中本来就藏着这些，现在被和尚一引，跑出来了。他又去了。和尚也乐意教他，说，“你先不乱来，从端正的开始，从原古的开始，把这些都吃进肚中了，你就能由着自己了。”小儿都记心里了，从头慢慢来。不过，他更喜欢的是看和尚写字，他蹲在边上，有时平躺下来，看沙子，更看写字的人。和尚的头发长得更长了，一寸多了。写得兴起，脱了衣衫，腆着一个溜光滚圆的肚子。小儿静静躺着，头脑中好像看见天宇中神仙在比法宝，又像到一个莽荒的林子中，无其数的猛兽天龙腾跃飞翔，神思恍恍不知所至。和尚对他说："我给你起一个学名，叫一池。"他说："一痴?"和尚笑着说："不对，你发错声了，是一池。"他跟着念几遍："一池，一池……"

日子一天天过去，和尚却变得怪起来，下雨了，他却从屋檐下窜出去，在野地中狂奔，突然抱住一棵大树。夜间他两眼灼灼发亮，对一池说，他离得近了，快要抓到魂了。

娘早发现小儿异常。族里的长辈说："你要管好儿子，孤儿寡母撑住门户不易，不要让他跟和尚学野了。这个和尚不是个本份和尚，八成是被赶出庙门的。"娘把和尚请进家中，把一块大圆铁板放在炉子上，在铁板上烙薄饼。娘烙的薄饼太香了，屋外远远的就能闻到，又极有咬劲，吃得和尚连连赞叹。还端上了红枣稀饭。到和尚打饱嗝的时候，娘斜坐一边说："我的儿跟你学写了是吗?"和尚答："是啊。"她问："这个管饭吃吗?"和尚垂了头说："不管。"她又问："管生子养妻吗?"和尚面带愧色说："不管。"娘说："我们不学了。"一池哪肯答应，他知道娘心疼他，一屁股坐地下，干嚎起来。娘掩了脸进里屋，夜里油灯下他发现娘的眼睛哭肿了。

潭一池跟和尚学字更加起劲了，他已经能在沙子上写小磨盘一般的大字了。然而和尚却越发怪了，祠堂的外墙上、山庙的内墙上都有他的墨迹。往往是他疯疯颠颠，两眼张了不见人，来到墙前，大喝一声，执了笔上下窜跳，墙上就有狂悖、依稀的墨迹。私塾先生都无法辨认，犹如天书一般。私塾先生找了族里的长辈，长辈拧着三茎胡须说，这野和尚太没有规矩了，再不管不行了。和尚的头发长长了，他在路上走，长发披落下来，遮掩了耳朵，不知道的人已经看不出他是和尚了。一池却有些担心，他见老师一天比一天瘦，一天比一天黑，唯独两只眼睛越发亮了，好像一盏灯在一天天燃烧、消耗。他要老师好好休息，和尚只是笑笑。他缠住娘烙薄饼给和尚吃，和尚吃了，仍然黑瘦下去。一天，一池到和尚住处，推门进去，不敢相信自己的眼睛。对面一堵墙已用石灰水刷白。和尚把他的头伸向墨台，长长的头发浸润了墨汁，蓦地昂起头，墨汁顺着脑袋往下滴，他不等再滴，一声长啸，直奔对面墙去，只见他来回运转颈子，长发就如笔锋一般尽情挥洒，只写到墨汁枯干辨不清为止，再伸过脑袋浸，重新窜到墙上去。几次下来，一面白墙已经涂满。和尚也气衰力尽，脸上墨痕条条，倒下地，如死了一般。

族里的长辈再容不得和尚了，当夜召集人把他痛打一顿，赶出村子。第二天有人在村头的河里发现了他的死尸，大概是半夜失足掉进去的。一池的娘和伯父瞒着一池，把和尚埋在野地里。一池找了去，在荒地摸索半天，终于找到了坟茔，他长跪不起，直到浑身冰冷，仿佛自己也掉进了河水中。

说到这里谭一池停住了，两眼光光的，两手移到膝上，形容十分端正。我听入了神，这时才活动身子，说，“简直不可想象，你的老师原来是个和尚，又是这么一个异人。”

他说：“其实书法史上，也有人用头发作书，不过近代很少听说了。”我说：“罢，罢。也不管他了，就说今晚的事，现在时间还早，等一会你到点了下来，不，到时我再打电话叫你。”

他说：“不用打电话。你在楼下叫一声就可以了。”

我答应了下楼，过一会就到点了。文联的车开出来，公司也派了两辆轿车来接，一辆红旗，一辆豪华皇冠。去的人都到院子里等了。就见朱少风从楼中走出来，他中等个子，白净脸皮，嘴巴上下不见一根胡子，颇有一副女相，老话说，男人女相不同寻常，果然有道理。他的目光朝大家一扫，是那种知道自己身价、又想表示点谦逊的目光，问我："去的人都来了?"

我忙说："差不多都来了，不过七八个。"他抬腕看表，说，"过十分钟就走，没来的催一下，再晚就不等了。"就有人拉开红旗车的门，请他坐。他先跨进一条腿，低头，另一条腿离地弹起，人就进去了，身手还矫健。这朱少风做事从来就是漂亮，他不光自己写画，还有一大批门生，提起他像提起祖宗。有时候门生在外边溜场子，撞上了，先是不服气，互相较劲，一个牛气十足地说："你不打听我的老师是谁?"另一个说："管你是谁，还能比我的老师狠?"接下来两位摊底，原来老师都是朱少风。两个无限悔恨，握了手说："真是的，学生和学生不认识，朱先生的林子大着呢。"朱少风原来只是写字，不知哪一天开始也作画了。这就应了一句老话：好字不如赖画。一幅好字掉地下，不一定有人捡。一副赖画扔地下，就有人拿起，叫道："这是一幅画呢。"朱少风作画，可能早就有经济上的超前眼光。现在人们都知道他是书画双绝，画名还要在书名之上。据说一次朱少风的几个得意门生请他喝酒，他酒酣胸胆开张，有门生问他字画成功的秘诀。他脱口而出："一靠贪官，二靠奸商。"听者大惊失色。等他酒醒，再有人请他解释这两句话，他勃然变色："我什么时候说过这话？你们不要头晕!"门生哪敢多嘴，只是心里明白。

站着的人开始上车，身份低的自己有数，上我们自家的车。

赵天石也来了，这老头瘦瘦的，像一只皱皮橄榄，眉毛浓黑，待人却和气，他的金石堪称当代一绝，在书界享有盛誉。他听人安排，进了皇冠。我看谭一池还没下来，忙跑到院子边，大声叫喊。听他隐隐应了。一会他出现在院中，弓着背沓沓走来，脚下有一条清灰扬起。我等他上了车，大声对司机说："开车。"

二

天龙公司的人早在大酒家恭候了。门口站一个亮丽妩媚的小姐，一位年轻的先生。朱少风下车，他们快步上前，小姐嗲嗲地说："朱先生，可把您盼来了，董事长早等着了。"说着伸出纤纤玉手，朱少风握住了，摇了两下，大概说了一句幽默话，只见秘书小姐半掩着嘴，笑个不停。就由年轻先生前面带路，一行人上楼，来到二楼包间，就见里面走出一个人，面若银盘，透出亮亮的光泽。秘书小姐介绍说："这是我们的曹董事长。"那人抱拳拱手，"感谢大家光临，幸会，幸会！"声音洪亮，我耳朵里嗡嗡的。回头看，我们来的人脸上都似被春风拂过一般。

进到里边，是一个中型的厅，布置得富丽堂皇，两边屏风是红木的，上面有丰腴的古代的仕女画，是用彩色的贝壳嵌出的。四周放着十来张红木太师椅，等朱少风、赵天石和董事长坐定了，我们才坐下。就有三四个小姐上来倒茶，都穿着红红绿绿的古代衣饰。董事长说："书法是我国源远流长的艺术，所以，我今天特地关照，一定要古风十足。"朱少风接着说："董事长领我们登高雅之堂，今天我们唯你马首是瞻了。"董事长马上说："哪里，哪里，朱先生、赵先生都是饮誉海内外的大师，请都请不到，今日难得一会，曹某三生有幸呢。”于是大家都晃脑袋，欠屁股，谦虚一番。

董事长说：“请用茶，这是我让人特地从峨眉山采办来的雨前茶。”就听一片掀盖子，吹茶叶之声。我也饮一口，果然清冽甜润，散发一股异香。

朱少风问董事长：“可以开始?”董事长扬一扬手，秘书小姐开了录音机，年轻先生早有一台摄像机在手中。我也连忙站起，从包中掏出照相机，占据有利地势。董事长便点头说：“可以。”朱少风再问赵天石。赵也点头。朱少风亮一下嗓子，站起，说，“今天我们在天龙大酒店，举办一件具有时代意义的大事，省书法家协会聘请天龙集团曹董事长为我们协会的顾问。董事长不仅是企业界的新巨头，而且书法上也有深厚精湛的功力，连我们专业人员都吃惊。这件事本身就说明，我们古老而独特的书法艺术已经在神州大地蔚然成风……”就听噼噼啪啪的掌声，我连忙按快门，闪光灯亮成一片。

接下来赵天石站起来了，接了那个画报般大的证书，他个子小，证书居然把上身遮去一半。他把证书交给董事长就要坐回去，朱少风抢上一步拉住他说：“你们俩留个历史性的镜头。”赵天石重新走过去，双手拿了证书的一边，董事长就拿另一边，两人一起往上伸手，像擎了一块红色的石板。我已经换了角度，抓紧按快门，心中暗自得意，做这么大还真出效果。

我回过头，见一屋子人都笑容可掬，唯独谭一池一个，歪着半秃的头，睁着一对迷惑不解的眼睛，像是到了稀奇国中，看了稀奇事一样。我不由心中嘀咕，他是不知秦汉、无论魏晋的人，蒋科长再三叮嘱我小心，可不能让他惹出事端来。

仪式基本结束，摆开两桌，董事长请赵天石、朱少风坐里边一桌。我领着谭一池朝外边一桌走，却听见赵天石喊，他拍着边上一张椅子，招呼谭一池坐过去。原来赵天石是一个爱才的人，他倒不在乎谭一池痴癫，还有几分喜欢。谭一池就径直朝那边走，我一把没拉住，不知怎么办好。本来就怕他不合时宜，坐主桌不是更容易招事吗？他却一屁股坐下了。赵天石又对我说："还有位子，小孙，你也坐这里来吧。"

我是一个跑腿的小干事，敢坐主桌吗。不过，我在边上，照应他要方便些，正在犹豫，朱少风也发话了："小孙，赵主席让你坐，你就坐。"我这才挨着谭一池坐下。秘书小姐也坐我们一桌，在朱少风边上坐下了。一时大盘小碟往上上，山珍海味，生猛海鲜，飞禽走兽，我早就眼花缭乱了。有几个着古装的小姐侍候，每一盘菜都做成精美图案，或龙，或凤，或万紫千红，或芙蓉出水，让你眼睛先享用。才由小姐分菜，分成一份份，每人一个小盘。我低了头吃，嘴中早就不辨滋味了。

我发现朱少风吃得很少，每个小盘子放他面前，他只夹两三筷，就搁下筷子不动了。董事长也注意到了，问，"不知道今天的菜是否合朱先生味口？"

朱少风浅浅一笑，说，"合味口。今天菜做得相当精美。有话说一饮一啄总关情。吃饭和感情有缘。正因为精美了，才不敢多吃，怕坏了滋味。要是胡乱填塞，那不是牛饮吗，还对不起这顿美宴。"

董事长已经不知该怎么喝彩了，秘书小姐接上说："朱先生真是旷世奇才，在吃上面还有这么精绝的理论，真让我们长了见识。"

我听这么说，不好意思了，暗暗放慢吃的速度。只听边上有呼哧呼哧声，转头看，谭一池正吃得起劲，他似乎觉得筷子不够用了，干脆握一把大银勺，大口大口往嘴中填塞，还发出兴奋的响声。不过我看出他有些艰难，随着嘴巴咀嚼，他太阳穴凸起两根蓝筋，蜿蜒蠕动，好像大蚯蚓一般。我不由记起那一大碗面条，他是在 3 点 35 分吃的，现在刚到 6 点，不过两个小时多一些，他又要撑下这顿美食，不遭罪吗？要是他当时听我的话，忍一忍饿，现在倒大有用武之地。然而，尽管蓝筋突起，他还是握紧银勺努力“作战”。

我忍不住在桌下拉他的衣衫，悄声说：“吃慢些，要是吃不下，就少吃些。”他正在对付一小碗鱼翅羹，听了我话放下碗，说，“不吃不得扔下？扔下不就浪费了？是食物都不能浪费。”我知道他又犯痴了，琢磨怎么说好。正这时服务小姐来了，以为他不吃了，玉手一伸，把小碗收走。他眼光恰巧回过来，看见了，叫起来：“哎，我没吃完呢，你没看见碗中还有吗？”服务小姐脸一红，连忙道歉，把碗送回去。一桌的人都听见了，笑了起来。谭一池却不理会，专心舀了送进嘴，勺在碗底刮出咣咣的响声。

朱少风说：“我刚才讲牛饮，谭兄今天可算一个。”

谭一池听罢，昂起一个半秃的脑袋，嘴巴鼓起来，下巴底下也鼓起来，晶晶发亮，像一个要鸣叫的青蛙。我怕他说出不合体的话，正在着急，却不料他泄下去了，说，“不错，我这模样是像牛饮。小时候我放过牛，潜移默化，已经跟它学了，牛饮还不见得有我慌忙。”

一桌子人又笑起来，秘书小姐笑弯了腰，说，“谭先生真有意思。”

朱少风冷笑一声，“他有意思的还多着呢，小姐你不知道，谭先生有一个绰号，叫‘三次’。”

秘书小姐勾起兴趣，“三痴？谭先生的大名中有一字，怎么变成三了呢？”

“一而再，再而三，可以说一就是三。不过，这个可是有典故的，应该读成三‘次’。‘次’是去声。”

“奇了，绰号有叫三次的？而且还有典故。”秘书小姐看看谭一池，美目流盼，回到朱少风脸上，要他讲。

我心中叫道：坏了，三次的典故，书协的人隐隐约约都听说过，可是不登大雅之堂的。大概是在谭一池同蒋水莲结婚七八年时候，小孩也五岁了。一池一心迷写字，倒把床上的事耽误了。而蒋水莲要求突然强烈起来，像是临上山的蚕吃叶那么疯狂，而他却心不在焉，她恨起来就摔东西。谭一池没办法，只好应付，可总是潦草。一天，蒋水莲躺倒在下边，他上去，刚要开始，想起什么，说，“等一等。”他下来了，走到书桌旁，伸两根指头，并在一起，蘸了水，在桌上涂写。她恨恨地说：“你干什么，你！”他自言自语说：“结构可以这么搭。”手中仍是不停。她说：“你是成心折磨我。”他知道不好，走了回来，连连道歉，重新趴她身上去。不过十来下，水莲从下面看他，总觉得他眼睛迷离，精神不集中，便用两条臂把他腰勒紧了。只听他叫：“哎呀，必得这么写。”扳开她的手臂，耸身下地，又往桌边走，还似刚才蘸了水涂写。蒋水莲不声不响爬起，走到他背后，拧住他一点皮肉，就往床边拖。他痛得哟哟叫，乖乖跟着走。这次时间长多了，水莲闭着眼睛享受，云里雾里，犹如仙人一般，恍然觉得身上空了，睁开眼看，床上只剩她一人了。谭一池早在桌边比划了。她叹一口气说："一不过二，二不过三，你已经三次了，你这个三痴啊！"

也不知走的什么渠道，卧室里小故事传出来了，书协里晓得的人不下一半。可是当着谭一池的面谁开得出口？这里，董事长搓着两掌，说，"我也想听典故。酒席上是听故事的最好地方。"他和秘书小姐都巴巴地看着朱少风。

朱少风脸上就有诡秘莫测的神色，一笑，说，"看我煞有介事，其实空空如也。哪来典故，我随便说句戏话。"

一时，董事长、秘书小姐都面露失望。赵天石拿起酒盅，也不约人，独自饮一口，说，"不管三痴还是三次，总比一点也不痴好。这年头，你遇见精明的人容易，想遇见一个痴的人还不容易呢。"

董事长击掌道："赵主席这话有意思，还含着哲理，为赵主席的话干杯！"

于是大家举杯，相碰，一饮而尽。

酒宴散了，大家又喝了一会茶，就到另一个厅，已经摆开两张书桌，文房四宝侍候。大酒店的总经理也来了，一脸殷勤，说，"看大书家运笔，万分荣幸。"

陪着的人都讲恭维话。轮到动手了，大家谦让起来，董事长推朱少风，朱少风推赵天石，赵天石说让我酝酿一下。几个副主席都说不敢现丑。朱少风微微一笑，说，"总要有人打头阵，我献丑了。"说罢上前，挑了一枝朵云轩的长颈鹿。我早把金星大微砚拿出来，倒入上好的墨汁，又兑进水，研磨一会，退到一边。朱少风用笔蘸饱墨，凝目一刻，似在养气。一时眼开，挥毫运作起来。四周的人屏住呼吸，二十来双眼睛都随着他的手转。

我仿佛觉得有一阵不可名状的风吹过，身子飘飘然不知去处，又夹带雨丝，似有似无。雨还没湿透地面，朱少风已经收笔了。写的是张继的绝句——《枫桥夜泊》。众人一迭叫好声，董事长说："蛟龙藏首而见尾，藏尾而见首，若隐若现，真是仙笔啊。"总经理说："我算是明白大书家怎么写字的了。"

大家再推赵天石，他不推辞了，写的是章草，韩愈的绝句《寒食》。众人又是一阵叫绝，董事长也是识一点的，说，"赵主席力透纸背，这般深厚功力，当今找不出第二个。"

于是大家放松了，几个副主席都挥毫。董事长也写了一幅，是王维的《相思子》。朱少风带头拍手，说，"董事长果然非凡，这手行书有董其昌的秀丽，又有赵孟頫的丰美，实在可贵。不愧是我们的顾问。"众人随了他，赞美一番。

谭一池在催促下，抓了一枝大白云。只见他后背略歪，一笔下去，身子都颤。我转到前边，看他眼中，目光时而恍惚，时而惊骇，时而奔突，仿佛不是在写字，而是在搏浪，在攀登，在探幽。一屋人看着，又相互看，表情微妙。谭一池越写越投入，口中又嗨嗨有声，一只手去解衣扣。我的心提起来，怕他又要脱出两条净裸的膀子来，这个场合就不雅了。幸好他解了扣子即作罢，一路写下去，书完搁笔。

大家显然都有些震动，却都不发一言。唯独赵天石走近了，一手拧着下巴上的胡须，反复看。屋里空气就有些闷。看墨迹渐干，董事长叫人把字幅依次挂起，作第二轮欣赏。还是从朱少风的字开始，董事长带头，大家争着赞美。正在兴头上，忽听见一个声音冒出来："没魂！"

我大吃一惊，忙寻着声音看，是谭一池。他弓着身子，脑袋前冲，眼里透出明明灭灭的光芒。屋里的人个个大惊失色，一时不知怎么才好。“没魂。”他又说一遍，神态就像小学生上课回答问题。我慌忙拉他衣襟，心里叫：坏了，坏了。这个祸闯大了。他是痴狠了，不知道外面世界。蒋科长千叮咛万嘱咐，就是防这个。还是没防住！我对不起她啊。

还是秘书小姐机灵，早就站起，挡住谭一池，用甜蜜的声音说：“各位大师已经留下珍贵墨迹，现在请去洗桑拿浴，再上歌厅，今晚好好放松。”董事长接着说：“对，对，后面还有精彩节目。”

“请慢。”朱少风开口了，他脸色苍白，脸上肌肉抽动，我看着心中害怕，他什么时候受过这般屈辱？他镇静下来，冷笑一声说：“谭先生胸中很有点墨的样子，我今天倒愿意听听高见。”

“那好。”这个呆子真说了，“原来你的字有些功底，还不俗气，有灵性。可这两年越写越浮，还飘，像鬼画弧。”

不好，越说越重了。我使劲扯他的衣襟。朱少风脸色更难看了，叫住我：“你不要扯他！”我只得松手。他又说：“你索性都评一下，让大家长见识。”说着站起来，手指着赵天石的字幅。

谭一池说：“这幅字骨子不错，但也有急功心，在赵天石的作品中，只能属下品。”

我偷看赵天石，他也有些不自在。朱少风再往下指，谭一池也痴得认真，都讲一番感想。被讲的人便如有芒刺在背一般。就到董事长的字了，朱少风跳过，就到谭一池的字了。

朱少风冷笑一声：“谭先生对自己的字怎么评判？”

他再看一遍自己的字，说，“我用了心，但还没有抓到魂，没有抓到……不过，快了。”

朱少风一甩手，转过脸，朝门外走去。众人面面相觑，一时无声。董事长想起来了，追了出去，秘书小姐也跟上。

谭一池却似无事人一样。我叹一口气："今天啊，全让你搞糟了。"赵天石站起，对我说："小孙，你们去洗桑拿。我要回家了，叫司机开车。"

三

第二天，蒋水莲把我叫到她的办公室里，关了门，一双丹凤眼里满是怨气，"我是怎么关照你的，哎，还是出事！"我分辩说："我一直跟住谭先生，一步都不敢离，可是……"

她一跺脚，"还说什么呢！这个呆子发了昏，有魂没魂，是你说的吗，就你知道，别人都看不出？这个社会，能卖钱就是狠，能出大名就是魂。朱少风什么时候这么丢过脸？我只好找他道歉，是我请他带谭一池去的。人家宰相肚里能撑船，说，'算了，狗咬吕洞宾。不和他计较。'话是这么说，可是还有下一次吗，没有了，不会再有了。"她两眼里突然充满了液体，滚滚的，不掉下来。

我连忙拿过暖水瓶，倒进她的杯子，递给她。她接了喝一口，缓一缓，接着说："他却像没事人一样，还是趴在那里看他的帖子。还嫌我说多了，说，'要是我脑子里装着钱，就不会写字了。'哼，他倒讲风凉话了。我说，'好啊，我们不讲钱，不讲！住新房子要付五万元，你说，我们不付能住进去吗？儿子读大学，一个学期的学费三千，四年是多少？我嫁给了你，不指望你的字卖钱，我指望哪一个去？你还好意思说，脑子里装钱就不会写字？'他半句话都答不上来。"

从蒋科长的屋里出来，我路过赵天石的办公室。门半开着，他端坐在书桌前，好像在看报。我已经走过，却听见他喊声。我走回去问："赵主席是叫我吗？"他点点头说："你进来，把门关上。"我照他吩咐的做，坐他对面。

赵天石沉静一会，浓眉毛一掀，问，"你对昨天的事怎么看？"

我顿时有点紧张，这个考试有点棘手。清清嗓子，说，"这个么，谭一池太过分了，当着这么多人的面，而且不少是外人，讲这样的话。他不但讲朱少风，还讲您赵主席，这太没道理了……"

他看着我，脸上明明灭灭，像是天上的云一会遮了太阳，一会散去。看我说得差不多，他叹息一声："他说的是真话。"

我一愣，没想到他会这么说。

"痴人讲真话，聪明人在讲假话。"他感慨地摇头，"现在聪明人太多了，可是离书法艺术却是远了。我也早有感觉，然而我比谭一池聪明，所以这层纸还是他捅破。"

我听他的话似懂非懂的，就说，"这次他得罪了这么多人，以后就不好办了。"

赵天石两道目光向我扫来，正色道："如果现在我一点事都做不了，还当书协主席干什么？"激奋之情溢于言表。一会，他平复些，说，"谭一池的居住条件不好，影响他写字。我有一个画家朋友，出国去了，他在半山园上有一座小房子，托我照看，我以前也去住过，傍着清凉山，十分幽静。现在我不住，空着。让谭一池去住一段时间，好静心写字。等新房子造起了再搬。我已经同后勤主任说了，小孙，你同他把房子打扫了。"

我答应了要走，他又叫住我，说，"这件事不要对人声张。"

还关照我找蒋水莲，要几幅谭一池不当紧的字来，他试着去找买主，也不对外声张。

第二天，我就同后勤主任收拾了房子。三天后，谭一池搬了进去。蒋水莲对这点改善不以为然，但知道是赵天石的意思，就没有多说。

悠悠忽忽半年过去了，一天我心中忽想，也不知道谭一池在半山园住得如何，正好换了公费医疗卡要送给他。下班后，骑了车直奔半山园。

青凉山在城的西边。到了山脚下，是一条青古铺就的路，年代已久，石板裂的不少，缝中长出草来，已有些发黄。我抬头望去，山上的树叶有青有黄有红，几只不知名的鸟啁啾着，把细细的枝条蹬得如秋千一般，满目的秋色十分宜人。我推着车往山上走，绕了几个弯，就到一座青砖砌的小房子前，腥红的夕阳光斜来，正抹在鹅黄色的门上。我停了车，就去敲门，敲两下，没有动静，以为又是他痴迷听不见，不由敲重了。

门吱扭开了，却是一个姑娘，伸出手，做一个往下压的姿势，悄声说："先生睡着了，不要惊动他。"

我不由打量她，她很年轻，不过十八九岁，眼睛纯净明亮，两边脸颊红扑扑的，身子形体也好。

"你是……"

她说："我是谭先生的堂侄女，替他做点事。"

"哦，我还没见过你呢。谭先生睡有多久了？"我怕她不相信，掏出了工作证。她凑过头看了，说，"真和我叔一个单位的。他睡下不到半个小时。"让我进屋，她在前头引路，穿过廊子，路过卧室门，悄悄地走到前边的园子中。园子不小，有五十多平米，前边开一个栅门，是通山上的。园中种着些小葱和菜蔬。姑娘搬出一把椅，让我坐。

我坐下说："你是什么时候到谭先生这里来的?"

"有三个多月了。我到城里后在一家餐馆做事，时常来看叔，他已经搬到这来写字了，我看他只顾写字，不会做饭，有一顿没一顿的，心里不好受。婶婶忙，难以照应，我在餐馆做着也不舒心，索性辞了不做，到这来给叔做饭。叔也喜欢，现在他过日子好多了，该吃饭的时候就吃饭。"

我看她天真活泼，便说，"你在这做，谭先生给你工资吗?"

她点头说："给呀。可我不要，我在这里一点不累，山上好玩儿的多，看叔写字也有意思。就当我餐馆不想做了，来休假。但叔一定要给，他说替我存着，等我回家时一起给我。"

"你在这里能习惯?"

她声音甜润："能习惯，叔吃饭不讲究，你做什么他吃什么，都由我变花样。不过……"她伸一根指，点着自己的唇角，好像在想怎么说清楚，"有时他上山去，突然下雨了，我记起他没带伞，连忙给他送去。他远远见了我，并不来接伞，却高喊一声，往山顶上奔跑。我在后面追，他又奔又跳，跑的路线也歪歪斜斜，身子臂膀乱抖，好像在跳舞蹈。由着雨水浇。"

我顿时想起和尚的故事，大概是一脉相承的。我看出姑娘有些担忧，便安慰说："你不用害怕，这没什么，我猜他在体会自然之气，好融进书法中去。"姑娘点了点头，似乎有些明白。

就听到屋里发出说话声，"秋香，你在同谁说话?"

姑娘说："是你单位的一个同志，刚来一会。"说着她走到卧室门口。就见门开，谭一池走出来，手中系着衣服扣，"原来是小孙，好久没见了，挺想你的。”

我说：“一直想来看你，就是琐事太多，走不开，一拖就到了今天。”

他到园子里，又朝菜地中的路走去，说，“你年纪轻轻的，来一趟也不费事，今天来了不要走，就在这里吃饭。”

我说：“不了，一直没来，就是想看看，有什么事要我帮着做。”

“哎，过去你到我家，我招待不了你。现在有我侄女在，放心，有你好吃的。”他转过头问姑娘：“秋香，今晚我们用什么招待客人啊?”

姑娘说：“就烙小饼吧，用小葱、鸡蛋裹着吃。”

谭一池顿时如小孩一般欢喜，右手张开了不动，左手使劲去搓它的掌，说，“太好了，小孙，你好好尝尝，我敢说，你在别的地方绝对吃不上这么好的薄饼。是我们家乡一绝。我就记得小时候妈烙的饼好，后来就没吃上过。秋香来了，我又吃上了。”到木架上拿了一把大剪刀，弯了腰，到地里剪葱。

姑娘说：“我去和面了。”说着进了屋。

我也下到葱地里，看着他剪，一会就剪一大捧。我说：“够了吧。”他掂掂份量说：“不剪了，是够了。”我接在手里，送进厨房。姑娘脱了外衣，挽着袖，正在和面，见我拿葱进来，说，“怎么能麻烦客人？你快歇着。”我说：“没事，没事。动动手快活。”我站边上，看她身子一曲一伸，非常好看。

她停下，弯起一根小指，把额前掉下的一缕头发勾上去，说，“前面山上景致特好，你同叔去走走，我这里一会就好了。”我就不好意思再站着看她，走到前边，谭一池已经执一本古帖在手中，见我来开了前栅门，我们一起走了出去。

有一条小路通山顶，大概是新近踩出来的，草伏下了又翘起。两边不时生出一些荆条，扯住人的衣襟。树上跳下一只松鼠，在我们前面跳跳蹦蹦，一点不怕人。我想，在这里过日子真是惬意得很，不由回头看，谭一池落后我五、六步，一边走路，一边还看古帖。我停下等他，说，“你老是写啊看的，就那么些方块字，不觉得寂寞吗?”

他搔搔半秃的脑瓜，想了想说：“哪里会寂寞？不会。你看那么些都是字，点横竖撇折，好像都一样，都是方块字，可是我的眼睛里，却见了古代一个一个人。颜真卿是一个耿直的老头，身高足有一米八，四方脸，银须在胸前飘荡。王羲之要轻灵得多，有飘逸仙气，我总觉得他的脸像梅兰芳。怀素和尚脸瘦削，整天在芭蕉叶上挥洒，他不忌食，最喜欢吃的是野兔肉。杨凝式就是一个古怪的人，他上街，邻里唤他，从来听不见。他们这些人天天到半山园来同我周游，品字论书，我怎么会觉得寂寞?”

我定定看他，他很认真，一点不像说戏话。我们又往前走。他边走边说：“我也是坏，先是虚心听他们讲，后来就要插嘴，再后来就道一声歉，对不起，冒犯了。不过，有一些绝品，你什么时候都要顶礼膜拜的。”

我一声感叹：“到你这个境地，神仙也要怕的。”

看看到半山腰，太阳落下去了，山间飘逸着一股青紫气，月亮已经出来，山路倒也明亮。他说：“山顶有一座亭子，一块大青石板，非常好的地方。”我们还想登，却听得身后有人叫，声音近了，原来是姑娘。她快步到我们跟前，说，“又来了你们单位的一个同志，年纪大的，在屋子里等。我就上来找你们了。”

谭一池和我相互看看，说，“下去看。”我们就按原路回来，还没走到，就见一个人站园门外等，远看过去个头很小，我已经认出是赵天石。两边遇上，谭一池说：“今天好日子，客人一个接一个，都在这里吃薄饼。”姑娘说管够。

就到屋里坐，赵天石说：“我刚才看，你园子里有西红柿、黄瓜了，我那次来没见着。”谭一池说：“都是秋香来了弄的。”赵天石听了，又问一遍姑娘的名字。我这才知道，赵天石到这里走动比我多。

赵天石从包中掏出二盒药来，说，“一个朋友从川西来，带了一些冬虫夏草，这药还是很管事的，你拿些吃。”谭一池不肯收，赵天石说：“治病的事有什么推托的。”谭一池这才收下。

赵天石又从包中取出一沓人民币，都是一百元的。递过去说：“有三幅字，我替你卖掉了。这里是五千元，你数一数。你还有五幅字在我这里。”谭一池摇摇头，无话。赵天石把钱放他手上，他也不数，就手放在一边。赵天石说：“你现在搬新房子，急用钱，先把事情对付过去。”他再摇头，“让我怎么说……”

我忽然想起一件事来。一天，我同赵主席一起去看一个展览。忽然人群中钻出一个画商，拉住他，“赵主席，是不是搞错了，我让伙计来拿字，怎么拿的不是你的字，倒是另外一个人的字，不是狸猫换太子么？”赵天石说：“我捎给你的信你没看？不要有眼无珠，你不看看这字是什么气！以为现在名声不大，你不收，将来想收都没有。”画商卟瞪卟瞪翻眼睛，哪肯相信。当时我就不解，怎么是狸猫换太子。现在看，莫非赵天石给画商的就是谭一池的字？

就见外边有烟火，窗子一角都映红了。我走了出去，赵天石、谭一池也走出屋子。就见园子一角有一个灶，是用青砖搭起的，上面放了一块圆的扁平的大铁板，姑娘蹲着往炉膛里塞柴草，火焰一蹿一蹿，欢快地舔着铁板底，又把光芒泼在姑娘好看的前胸上。我说："这炉子烧柴草。"姑娘说："是哩。"谭一池在一边说："烙薄饼非要用柴草，用煤气、煤球都没有这么香。"

姑娘就在炉前，十个指细长长的，灵巧地动作，揉面擀面，擀出一个小面盆那般大的饼来。棒一掀，薄饼就跳上铁板，少时，翻一个身，就金黄色了。她一边擀饼，一边管炉上掀翻，还要顾灶下挑火，三头并进，不慌不忙。我们看了，不停赞美。

听得有人敲门，姑娘要去，我抢在前，说，"我去开。"门开了，来的是蒋水莲，手中拎一个大布包。她惊奇地说："你也在这里?"我说："赵主席也在呢。"她说："真的？今天热闹了。"我们进屋，蒋科长说："赵主席，你真关心一池。"赵天石说："老朋友了，来看看。"

蒋水莲把包打开，对谭一池说："下去天就要冷了，我把你的毛衣、呢子大衣找出来，早晚冷了，你要穿上。"谭一池接了衣服，就从一边拿了钱交给她。蒋水莲接了，疑惑地看看我们，谭一池说："赵兄替我卖了三张字。"蒋水莲忙对赵天石说："你帮一池不止一次了，我们心里不知怎么感激。"数过钱，说，"五千元，三幅字，不算少了。"

赵天石说："一池的字不能用钱来估，但现在也只能用钱来估。"

蒋水莲说："真亏了你帮助，我又筹划了一些，总算五万元有着落了。等搬进了新房子，赵主席，小孙，我第一个就请你们做客。"

赵天石说："这是少不了的。"我也答应下来。

她又说："你们今天都在这里吃晚饭。不知有没有菜呢？"就下厨房里去看。姑娘在外边听见了，说，"婶婶，有青鱼，有四鲜肉丸，有新鲜菜蔬，都有了。"

蒋水莲走到园中对姑娘说："你要精心做，让赵主席、小孙都吃好。"姑娘欢快地答应了。蒋水莲就要走。赵天石说："你也在这里吃啊。"她说："不了，我特地来送衣服。我老爹这几天不舒服，我打电话对他说今晚过去。不能让他等。"

我们留不住。谭一池说："随她了，我们自己吃。"蒋水莲走了。姑娘早烙好饼，接着炒菜做汤，一时饼菜飘香。姑娘灭了炉子里的火。我也动手，准备摆碗碟。赵天石却走到外边，抬头看天空，空中无云，一轮皎美的圆月已经摇出，月中的图案也清晰，仿佛是嫦娥，是玉免，还有一棵老桂树。四周的树木、屋子、山岭都沐浴在一片纯洁、宁静的月光之中。赵天石叫一声："啊，今天是十五吧，日子都过忘了。一池，你可有酒？"谭一池答："有两瓶，一个朋友送来的，是好酒。"赵天石说："好。今天我们就乘月光，到山上去吃饼喝酒。上面是好地方。我在这里住时，常常登山去。"

我觉得这想法太妙了，连忙附议。姑娘也说有意思。于是我们收拾起来，把饼和菜放进两个笼格中，捂好了，让它不凉。带上充电灯。赵天石说："把笔墨也带了。"我会意了，就从谭一池的笔架上挑了几支笔，拿了墨和毡垫、镇纸，还挟了一卷宣纸。山并不高，走不到二十分钟已经到顶了。只觉眼前一片空旷，望出去东面灯火璀璨，那是城市。近处树影憧憧，幽幽忽忽。我和姑娘把笼格拿进亭子，正要摆开。赵天石说："天朗气清，就放到外面来吧。”谭一池也说：“对，外面痛快。”

我就走出来，只见一块大青石，足有三米长，二米多宽，平平整整，月光潺潺从石上流过。我和姑娘摆开碗筷、酒盅。却没有椅子，姑娘要下山拿。赵天石说不用了。我灵机一动，拿起毡垫，对折了，放地上，让他们两个坐。赵天石说：“我们坐了，你们坐什么?”我说：“我们年轻，蹲着就行了，干脆坐地上。”姑娘也说没关系。他们两个就坐了，靠得很近，肩挨着肩。我打开充电灯。赵天石说：“月光很好，看得清。”我便灭了灯，果然清楚。

先吃饼，还是温热的，裹着小葱和鸡蛋。我咬一口，喷香，还特别耐嚼。赵天石喝彩道：“这城里没有比这饼再好吃的了。不过，姑娘，你可破了我们一个规矩。”姑娘有些惶惑，“赵伯伯，什么规矩?”赵天石说：“我和一池聚会，有酒总是先喝酒，今天给你打破了。”说罢大笑。谭一池也作证，“天石兄一点没说错。”

两张薄饼下肚，才饮酒。赵天石是海量，谭一池的酒量也可以，而我和姑娘只是湿湿嘴。赵天石说：“这里喝酒好，比在宾馆里自在多了。”谭一池说：“自在就喝个够。”又把他一盅斟满。赵天石夺过瓶子，也给他斟满，“你也放开。”两个碰杯，一饮而尽。

我抬眼，亭子树木都被月光洗得鲜亮，看地下，我们的影子摇曳不定，恍如在水中一般。赵天石说：“姑娘叫秋香?”谭一池接口说：“是呀。”赵天石说：“这名字熟，按姑娘的气质，也不应叫这名字。”谭一池说：“她也嫌不好呢。”姑娘说：“在家老人给起的，到了城里也觉得不好，想改，但文化不高，想不出好名字。”我插嘴说：“赵主席专攻训诂，年轻时研究过新文学，学问深着呢，你快请赵主席给你想一个。”姑娘忙说：“求赵主席给我想一个好名字。”

赵天石放下筷子，凝目静思，说，“秋字还是不错，也是我们今天的情境，格调不低，只是……”仰头去看空中，忽说，“就用一个‘伊’字吧。单人旁加个尹。秋伊。”姑娘说：“这意思是……”赵天石微笑说：“伊就是她。《诗经》中就有‘伊人’一说，五四后的文学中用的很多，专指女性，鲁迅也这么用，这意思就是，秋天中的她。”

姑娘新奇地说：“秋天中的她？”我抢着说：“这好。有出典，还富有象征。”姑娘嘴里念几声：“秋伊，秋伊。我叫秋伊了，谢赵伯伯。”

饮一会，赵天石说：“一池，现在你的字，气很足。”谭一池微笑说：“可能是养气养的吧。”赵天石说：“应了一句古话，吾养吾浩然之气。到一定程度，什么技法都不存在了，只是凭性情写字，不过借线条、点划而已。”谭一池欣然说：“先贤都是这样，颜鲁公的《祭侄稿》，山谷道人的《李白忆旧游诗卷》，什么时候我看都醉。他们吐心中真气，存一点假都不行，如有功名念头必死无疑。”赵天石叹一声：“你说的是，可现在满世间都是功名利禄，这般做的还有几个？”谭一池似没听见，接着说，“字高不等于人品高，如王铎、张瑞图就是。但字至高者必是人品高。”赵天石说：“这个道理也是对的。”

我旁边听着不甚明了，姑娘似乎也如此，我就对她说：“我们到边上走走。”她应声而起。他们只顾论道，也不理会。我和姑娘就走到边上，沿着护栏绕圈。我说：“你在他家习惯吗？”她说："习惯。"我说："平时谭先生写字，读帖，就跟痴人一样，你一个人不闷吗？"她说："不闷，他写字，我在一边看他神色看他姿势，也挺有意思。要是真闷了，就到城里找伙伴玩，或者上山来看鸟。"我点头。圆月越升越高，却比刚才小了许多，恍恍然，觉得自己也在向空中升去。就听到树丛中一阵扑扑响，姑娘似有些怕，不由挨近我，我就跨出一步，挡在她的前面。是什么，是狗，是狐狸？我们拿不准。我从地上找了一块石头，扔过去，就听噗的一声，飞起一只大鸟，扇动两叶长长的翅膀，一下一下向高空划去，像是追着月亮去了。虚惊一场，我们相互看一眼，笑了。

我们转回来，听见谭一池叫："秋香，秋香。"姑娘走过去，说，"叔，你怎么忘了，我不是叫秋伊么？"谭一池说："对，对。我喝酒昏了头，你是秋伊。秋伊，把碗碟收了，我和天石兄要写字。"我也过去，几个人一起动手，大青石上空出一方地来。我铺好毡垫，放上宣纸，这才发觉有风，用镇纸压了，还不够，姑娘用手压住纸的下角。我打开了充电灯。

赵天石握了一支长锋羊毫，略思一下，就下笔。只听纸上有声，一会赵天石放了笔，写的是王维的律诗："明月松间照，青泉石上流……"谭一池看了，说，"看你的字，再浮的人都会稳下来，你是把《石门铭》吃透了。"

我把纸换了。谭一池却走到一边，微屈双腿，对着林子，好似在调理呼吸。我们都静静等他。就这时，突起一股风，把毡垫上的宣纸"索索"吹跑了。再看天空，不知什么地方飘来一片灰云。我忙跑了去，捡了宣纸重新放好。而风却不见停，树林里簌簌发响，身上也觉出寒。谭一池在那边高声说："是秋声！"只见他疾步走来，抓了笔，浸进墨中，提起就要书。风又起，我一下没按住，纸飞起，扑在他的身上。我忙揭下，说，“风大了，还写？”他答道：“写。”我重新放好，姑娘也来帮忙，我们两人四手按住了，看纸上已经沾上墨点，我想换一张，还没来得及，他已经扑上纸来，只见笔锋如龙蛇奔走，一时间，已经洒了半片纸。我却认不出写了什么。他嘴中又嗨嗨发声。我两手按纸，看他笔已到灯晕外，却腾不出手来移灯，正着急，赵天石已把充电灯提在手中，一边移，一边高声颂读：“欧阳子方夜读书，闻有声自西南来者，悚然而听之，曰：异哉！初淅沥以萧飒，忽奔腾而砰湃，如波涛夜惊，风雨骤至……好，好！”

我们一连换了三、四张纸。谭一池写到后面，摇首顿足，不能自持。终了，扔了笔，长出一口气，一屁股坐地上。赵天石细看，高声说：“一池，你让我开眼了。历代草圣都是纵行联贯，但是你横向也联贯起来，你把古人的竖行之间的距离取消了。这个创造好！张旭、怀素的‘法’被一千多年后的谭一池打破了。破得好。我看到的是什么，是一园的花草树木？是漫天的狂风暴雨？是神鬼仙佛的变化？告诉我，你是怎么想的。”谭一池说：“我也不清楚，只是心中觉得要这么写。”赵天石点头不说话。

看夜色已深，我们收拾起东西。风小下来，那片灰云也已飘开，小月迢迢。到了山下屋里，赵天石显出乏意。谭一池说：“你们今晚不用回家，就在我这里歇。”赵天石问我：“你回家吗？”我说：“我还是回家睡，您就在谭先生这里住下，这里没电话，我骑车到您家，告诉一声，就说今晚您不回来了。”谭先生说：“也好。”赵天石不勉强我，说，“一池，今夜我们还可以论道。”秋伊听了，赶紧去搭床铺被。

我骑车出来，顺坡一阵放车，等路缓些了回头看，屋子隐在山坳里，看不见。

四

斗转星移，一晃又是半年过去了，谭一池的字突然爆热起来。来势之猛是谁也想不到的。赵天石替谭一池卖出去的几幅字，落在字画商手中，没有人当紧。一天日本来了一个书法代表团，团长是一个七十多岁的老人，书艺博大精深，团中都是一些不凡之徒。无意中见到了谭一池的字，团长双目就似被磁石吸住了，拧着银须的手不住抖动，呼吸一阵紧一阵平，足有二十分钟，才开口："精魂还是在华夏啊。"他第二天就要离开回国，当天一定要拜会谭一池。于是由人陪着赶到半山园。谭一池正在看帖，衣衫不整出来，老人见了，毕恭毕敬鞠一个躬，写了四个大字："当代草圣。"无独有偶，不出几日，中央有一个领导人，也是精通书艺的，从京城写一封信给文联，请转给谭一池，说他钻研书法五十年，也是极难见到这般高品，说谭一池的草书出神入化，足可称当今书坛的巅峰。日后有机会，一定当面领教。

一时间，各种赞美之词、研究文章频频见诸媒体。而且谭一池竟是由日本学者发现，带有几分传奇色彩，更利于小报记者做文章。那股势头比当时朱少风的还要猛，还要经久不息，然而谭一池仍是那样，写字读帖，似乎并不明白自己身上发生了什么。最兴奋的当然是蒋水莲，两眼中流动着幸福的光亮，"我五十岁才做名人的夫人，太晚了，太晚了！唉，可惜了这么些年。一池早应该出大名了……我终于还是做上了。"就有人传话，文联知内情的人听了都感慨。

一天，蒋水莲打电话来，要我去她办公室。我不敢拖延，立时赶到。她让我坐下，把门关了，说，“小孙，有件事要你帮忙。”我说：“蒋科长，你的事还用讲帮忙？吩咐就是了。”她说：“这就好。其实也不是什么事，你知道现在谭先生不一样了，他已经出名了，可不是一般的名，出大名了！也是朱少风的关系，有一家五星级的宾馆请他去住，食宿不收一分钱，时间不限。也无须用他的字抵价。人家只要他的名声，某年某月，谭一池先生住过，就可以了。这样的事还不好？有第一件找上门，日后就会有第二件、第三件……可是谭先生竟然不愿意去！你是知道谭先生痴相的，他这么一来，不是让朱先生也脸上难看了？谭先生倒是挺相信你的。这样，你同我一起到半山园去，说什么今天也要把他这堡垒攻下来，攻下后，宜快不宜迟，今晚就搬去。就这个事，你说，你有必胜的信心吗？”我心里掂一下，看她眼光针一般刺向我，便说，“试试吧。”她说：“不是试试的问题。”我说：“一定努力。”这才放过我。

我们出门打车，十多分钟后就在半山园的屋子里了。蒋水莲走近秋伊，笑吟吟地说：“姑娘，麻烦你一件事，出了山，苜蓿路路口有一个人在卖水蜜桃，十分好，刚才我没来得及买。你走着去，就在那里买。别处的都不要。买三斤，小孙和我们一起吃。”说着掏出一张十元。姑娘接了出门。等她走了，蒋水莲说：“一池，我说的你细想了吧，不要太拘泥，我把小孙也请来了，他也主张你去宾馆住。”说罢眼光瞥我，我忙说：“是呀，蒋科长说的对，五星级的条件不知有多好呢。”

谭一池的目光从字帖上移开，没抬起。蒋水莲接着说：“五星级是国际上最高级别，外面寒冬，里面温暖得同春天一样，外面炎夏，里面还是春天。吃的用的都是世上最高级的，舒服得同皇帝一样。你没住过，正好可以开眼。”谭一池说：“秋伊照顾我，已经习惯了。”蒋水莲笑起来，“你呀，开口就离不开侄女。自家侄女当然不错，可五星级宾馆的小姐个个如同天仙一般，温柔可亲，绝对有礼貌。由她们照顾你，会有一点不周到？”谭一池说：“我知道好，就怕不习惯。”蒋水莲拍一下掌，“我明白了，你是怕离开清凉山的自然环境。告诉你，五星级里也有花房草坪，你照样呼吸新鲜空气。如果你实在想这里，让老总派车，来清凉山走走，不是一样效果？你呀，不要老脑筋，说不定住上了，突然有意想不到的收获。”谭一池还是没有同意。我也上马，顺着蒋水莲的意思往下说，两人轮番，但也没起作用。蒋水莲急了，“你不知道，老总邀请，免费住五星级是一种规格，书法家中有谁受过这礼遇？除了朱少风，你是第二个，赵天石还没享受呢。一池啊，不要糊涂！”

正说着，秋伊回来了，捧了一包桃子。蒋水莲当即收口，说，“秋伊，你洗一洗，我们吃桃子。”秋伊洗过拿上，蒋水莲挑一只最大的给谭一池，他迟疑一下接了。随后递给我，再递给秋伊，我们大家一起吃。桃子很甜，水分也多，我吃着舒服，心中还有些不自在。秋伊是一个机敏的姑娘，也看出了，用眼光瞥我，又去看谭一池，恰好谭一池也抬眼，两人的目光触上，秋伊已在眼光中带了询问。而这一幕恰好让蒋水莲看见，她眉心一皱，三口两口吃了桃子，擦了手，对秋伊招手，“你来一下，我们到后屋去。”秋伊应了，跟着她出去。

我意识到为了什么，不去理，坐下，和谭一池有一搭没一搭地瞎说。依稀听见后面说话，先是蒋水莲的声音响了，轻下去，后来秋伊的声音响，也轻下去，又有幽幽燕燕的声音传来，是谁饮泣？我觉得可能听错了。好一阵过去，两个人复回屋内。我见秋伊的眼睛有些红，莫非她真是哭了？蒋水莲不说话，只用眼睛看秋伊。秋伊就说："叔，我要走了，不能照顾你了，我要去做自己的事情。"她的声音含着情感，很动人。谭一池没有思想准备，站起，直直看着她，"你走，走哪里去？"秋伊说："婶婶给我找了一份好工作，我不能在你身边了。"蒋水莲接上，"秋伊长得好，人也聪明，前程很大，我们不能光为自己，耽误了孩子。"谭一池的脸上就有沮丧，有自责，交织在一起，闭上眼，突然像老了十岁。好一会才问："你什么时候走？"秋伊张了张嘴，没有声音。蒋水莲说："那是一个好工作，人家还答应送她去培训，当然越快越好。"秋伊默默走出去，进后屋。

这里，蒋水莲说："一池，你不要不听话，包括秋伊，大家都希望你好。"谭一池慢慢把眼睁开，说，"由你了，我去，就去。"蒋水莲笑出来，"这就对了，你本是一个从善如流的人嘛。"

秋伊出现在门口，手中提一只旅行包，不进来，说，"叔，我已经收拾了。"蒋水莲上前拉住她手，拉进门来，"姑娘，你不用急成这样。今天我们先把谭先生送进宾馆。晚上你还在这里住，愿住几日都可以，不过，那地方可是包吃包住的，你离开时锁上门就行。"谭一池开口了，"秋伊，你来快一年了，这些日子，你照顾我很仔细，很好。你走，叔没有东西送你，就送两幅字吧。"蒋水莲在一边说："秋伊姑娘喜欢什么，我做婶婶的心里清楚，由我来办。你理了东西，我们抓紧走。"秋伊说："我不要别的，就要叔叔的字。"谭一池就要她上纸研墨，蒋水莲脸色有些难看，不好再说。

谭一池提笔蘸饱墨，书了两首绝句，一首是李白的“朝辞白帝彩云间”，另一首是李清照的“生当做人杰”。仔细盖了两戳印，一戳圆，一戳方，用毛边纸吸干。递给秋伊。秋伊说：“谢谢叔叔。”眼里好似含着泪，回过头去。谭一池自顾洗笔，不看她。半个小时后，就有一辆白色的轿车驰来，把谭一池、蒋水莲接走。

有些人的名声炒过一阵，也就销声匿迹了。另有一些人，不见得如何炒，名声却是一天胜似一天，如日中天一般。谭一池就是后一种。过了炎夏，书协得了消息，将由中国书协和美术馆主办，对外友协和日本的一家书社协办，给谭一池举办个人书展，在我们省内这是破天荒第一次。赵天石接了通知很高兴，说，“也就一池够这规格。”我忙赶到蒋水莲那里，给她报信，“蒋科长，大喜事哩，我这就去宾馆，给谭先生贺喜。”

她用陌生的目光看我，“你以为他还住在宾馆里?”我诧异地说：“他不住那里了，宾馆说话不算话?”她冷笑一声，“人家守信用，鬼出在他身上。”我问：“怎么谭先生出鬼了?”她说：“奇奇怪怪的毛病，一会说打扰的人多，一会嫌床软，一会怨窗封得太死，左右不对，这么好的五星条件，他就跟坐牢笼一样，你说是不是出鬼?”我无话可说，只是心中乱想。她说：“本来宾馆方面准备我们至少住三四个月，谁想到住五天就回来了。”我说：“说不定谭先生真的不适应。我看过一份资料，国外有研究，有人就是不适应空调房间。也好，谭先生喜欢半山园，就让他在那里住。马上下班了，蒋科长，我同你一起去山上看他。”她说：“你要去就先去，新房子已经分下来了，我正安排人装修，晚一会过来。”

我骑了车子，赶到半山园，见了谭一池。他不在看帖，也没有写字，只在屋檐下站着，两眼茫然地望着山上。我说：“你怎么站在这里？”他说：“这些天有些头晕，胸闷，出来透透气。”我想起他有脑血管病，便说，“你要多保重。大家都希望你身体好。”接着就说了中国书协要办他的个人书展。他一时兴奋，伸出左掌，右手使劲在上搓，不一会却有些黯然，说，“不知为什么，这段时间写的都不好，没有感觉。”我安慰他说：“可能是你长期读写，太疲劳了，人有一个生物钟，过了这段时间就好了。”他说：“可能是，但不全是。”

我们进屋，谭一池请我坐。他走到书桌边，从笔架上拿下一枝长锋，在手心中反复端详，说，“这支笔我是那年去笔厂，请人特制的，我用它得心应手。昨天坏了，随了我多年，唉，同人一样，也老了，死在疆场。”说着声音有些幽咽。我也受感染，心想，到他这田地，用过的物什都有生命的了。他放下笔，走了出去，我也跟出去。他从墙边拿了一把铁锹，走到园子的一角，一掀一掀挖土。我不解地问：“你挖泥干什么？”他说：“笔同人一样，都是和土地联在一起。我要筑一个笔冢。”我说：“我来吧。”他挖了一阵交给我，我在他的指导下，掘出一个二尺见方、二尺半深的土坑。他又走进屋，拉开抽屉，我看，好家伙，不少啊，都是用坏的笔。他又拿出一只紫檀木的匣子，把笔都放进去，才用坏的长锋放在最上面，刚好放平，合了盖。用一块红绸包了，两手捧着，走到土坑前，脸上肃默，松腰，跪下一条腿，身子折下去，头下垂，差不多挨到地面，才把木匣放到坑底。太阳已经坠下，一道腥红的余晖漏出，刚好抹在园子栅栏上。四周的松树柏树伫立着，枝叶都不晃。山上没有一点鸟鸣。一种很古的感情从我心底生出，仿佛见了古战场的景象。“大漠孤烟直，长河落日圆。”谭一池好似成了征战的主帅，亲自在掩埋爱将的尸体。

我们回到屋里，蒋水莲回来了，我要走，她不让我走，要我陪谭一池，自己下厨做饭。秋伊走了，做饭的事只得落在她身上。等到天全黑下来，蒋水莲把饭菜端上来，清蒸鲫鱼、红烧肘子、五香肉丝，外加一素一汤。我给谭一池盛饭，他看一眼说：“太多了。”我说：“你一碗都不吃吗？”他说：“近来吃什么都不香，要是秋伊在就好了。”

我不敢说，看看蒋水莲，她也看看我。一时动筷，蒋水莲边吃边说：“新房子非常不错，两间朝南，太阳一直能照到下午五点，我掐着表看的。窗外就能见到湖水，一池，你同我一起去看看呀。”一池说，好，空了一定去。她又请我去看。这时，谭一池放下碗筷说：“吃不下了。”我心里明白，站起说：“谭先生，你等着，我出山，上街去找，有买薄饼的，一定给你买些来。”蒋水莲喊我：“小孙，都什么时候了，将就吃了，明天再说。”我已经到屋外，“没关系，我去去就来。”

我一路急骑，出山路，到了街上。饭铺倒不少，门口张灯结彩，都是吃酒菜的，哪里有卖饼的。我骑了足有十条街，才见一家卖饼，却是一种厚厚的，上面撒了不少芝麻。我不管了，称了一斤。再骑回半山园。请谭一池吃。他咬一口，嚼着，再咬一口，放下，“一点不韧，还发水，差远了。”我也拿起吃，说，“是差很多。”蒋水莲说：“你不要嫌不好，小孙骑上那么多路，一家一家店铺找，头上都冒汗了。”谭一池也伸过头看我，说，

“哎哟，对不起。”我说：“没事，我年轻嘛。”谭一池不再吃饼，走到书桌边上坐下，不作声。

蒋水莲走到门外，转身向我招手。我知道有事，走出去。她说：“我们到后边说话。”我便同她一起进后屋，她把门虚掩上，说，“小孙，你看他的状态，有几天没写字了，我真担心书展能否办得好。唉，不成名的时候眼巴巴盼他成名，没想到成了名，我还是提心吊胆。”我说：“蒋科长，你不要太心焦，谭先生是太累了，需要休整，由着他，不过三五天就能调整过来。到那时他又是生龙活虎，书展一定会大获成功。”她说：“话是这么说，我心里总是不安。”我劝慰了一会，走出屋来，前屋中不见谭先生，正要寻他，忽听蒋水莲喊：“火，火！园子中有火。”

我连忙跑出去，火在园子中央烧，火光中映出一个人影，就是谭一池。我跑过去，见他依然是一条腿跪的姿势，膝盖下压了一大摞纸，都是他写过字的宣纸。他拿起一张看一下，摇摇头，往火中添，再拿一张看，再摇头。每添进一张，就腾起一团耀眼的火焰。到后来他都不看了，径直往火中添。我还没醒过神来，就听蒋水莲喊道：“小孙，拉住他，拉住他！他疯了。”我忙拉住他添纸的手，他一下甩开。他的劲从来没有这么大，我拉不住。蒋水莲一边喊我，一边也上来拦他。就见谭一池回头，低低地说：“我遇见我的老师了，他要我烧掉。”我竦然，后背顿时掠过一阵寒意。我松了手，蒋水莲也失力了。谭一池一张一张往火中添。那火仿佛是一只颜色鲜艳的火鸟，它翻飞卷滚，一会缩小，小到只有寸许之高，好似立时就要被暗色吞噬一样。一会变大，在园子中忽忽地扇动有力的翅膀，它用喙啄，用爪抓，奋力地撕开围住它的黑暗。谭一池已经站起，在一边，静静看它变化。耳边忽闻轻轻的呜咽声，那是蒋水莲。

我走近潭一池，说，“你今天犯什么病了?”他说：“我也不明白，这些天好像换了一副眼光，以前写的字我越看越厌，要是不烧掉，一定写不出新的来。”我疑疑惑惑看他，只见他两眼中慢慢逼出亮来，旁边的那堆火在暗下去。

第二天上班，我走进赵天石的办公室，蒋水莲已经在屋里了。她带着哭腔说：“当天晚上他就烧，没有裱过的都烧了，第二天一早起来，又像疯子一样，把裱好的也搜出来，烧个精光。我哭叫都拦不住，赵主席，你看这怎么好?”赵天石沉吟着说：“一个书家要到一个全新的境界，必然要否定以前的作品，有人可能做得比较极端，历史上有过先例。”蒋水莲说：“赵主席啊，你不是不知道，一池没出名前，字也卖出了，现在价更高了，一张一张烧，是多少张红色的人民币往火里扔啊?”赵天石笑了，“小蒋啊，你不要太心痛，这里的关系是很微妙的。就说钱吧，物以稀为贵，一个书法家作品再好，如果多得满世界都是，势必掉价，可能就是一千二千元一张。如果他作品少，又都是绝品，价格肯定上去，就可能一万一张，几万一张，总账是一样的。”蒋水莲用手绢抹了眼睛，说，“是这样的吗?”不是很相信，我在边上插话，“赵主席是大行家，他说的不会错。”她这才有些相信。

赵天石说：“别人的我没把握，一池的事我敢说。现在让他休息好，一股气缓过来。书展还有时间，你不是说儿子回来了，你们两个陪他散散心。”蒋水莲点头说：“主席说的对，先让他放松了，缓过神来。”

接着是两天休息，星期一上班，蒋水莲心情显得非常好。我提了水瓶要去打水，她拉住我说："昨天我们一家三口出游了，先是到公园，稍一转悠，就去看新房子，正在装修，一池也叫好。我拉他到窗边，望出去就是水，远眺也见到山，我知足了，再好的我也不要。我对他说，'一池，都是你的字换来的钱，要不我们还付不起呢。'他说，'是我写字得来的钱吗？'我已经告诉他多次了，他总是不很相信。也是他细心，忽然对儿子说：'我们去给你妈买一件新衣服。'我立时就流泪了，当街就趴在他的肩头，这个呆子，他还想得起来，我三年没买新衣服啊。儿子欢呼了，两个架着我，就到商店去。"说到这里，她从包里拿出一件衣服，一抖。

我定神看，是一件紫红色的时装，像是重磅丝绸的，她比量一下，到她的膝盖下一点。我说："蒋科长，你穿起来，一定好。"她进里间穿了，刚走出，我连忙叫好，她天生是美人胚子，新衣服该收的收，该飘的飘，把她留存的风韵全显出来了。

"还是一池看中的，他一眼就认定这件好，我穿了果然不差。"

"蒋科长，你就穿上呗，放包里干什么？"

她还是换下，说，"我想好了，等我们搬进新房子，请赵主席和你来做客，就那一天穿。"

又过几天，她对我说，"房子装修得差不多了，很快就可以搬进去。"又说谭一池的精神也恢复了许多。

没多久我出了一趟差，两天后回来，因为急着盖一个章，下火车直接去了文联。见赵天石站在院门口，一辆小车从大院开出，停在他身前。他刚好看见我，急急向我招手。我小跑过去，发现他脸色十分难看。他不多说，坐进车，让我也进去，车子就开了。我心中估摸一会，忐忑不安地问："出什么事了?"他脸上罩着一团黑气，还是不回答。我不敢再问。车子开得很快，转了两个弯，我看出是向半山园方向。这时赵天石开口，"谭一池死了。"仿佛有一把匕首一下划开我的心窝，一股寒风灌进，"这，这怎么会呢?""他清早起来，正写着字，突然脑溢血，送进医院就没救过来。"我的心一阵一阵发寒，"有这样的事?"他说："这是他烧掉后写的第一幅字。"我的身子情不自禁缩起来，唉声叹气。这么看，出师未捷身先死，还确有其事。

我们叩门，开门的是蒋水莲，她一见了赵主席，两行泪水就哗地流下了。赵天石握住她的手，重重地摇。我的舌头在嘴巴里发硬，说话都不成句。她的儿子也从大学赶回来了，在边上不住地安慰母亲，替她拭泪。儿子长得像娘不像爹，看上去很聪明。

蒋水莲坐下了说："昨天清早，我睡得迷迷糊糊，听他摸起来，我说了一句，'还早着。'他说，'今天好了。'听动静他像上园子去了，好一会才回来，我猜他是在写字。这时我睡意少了，就听他在前屋发出怪声音，接着就听一声重响，还带倒了椅子。我觉得不对，大声喊他，没有回音。我连忙从被窝里爬出来，到前屋，他已经倒在地上了……"她又是流泪，指着书桌前那块地方。

我凝视着那地面，仿佛见了活生生的谭一池，他奋笔挥毫，眼中充溢着令人感动的光芒，他的背上生出一个鹅蛋，在内容空无的后背上运转。正此时，生命突然中断。我见他握了笔，缓缓倒地。倒在地上的好似是谭一池，又好似是他的老师，那个以发为笔的和尚。我知道自己很伤感了。

蒋水莲还在哭，"明天新房子就装修好了，是用你的字换钱买的……你怎么就撇下我们走了？你走了，我们要房子干什么？”儿子在一边收拾笔墨砚台，我问了，知道他已经在新房子中空出一间，还给他父亲作书房，文房四宝都按他习惯的摆。

停一会，赵天石请蒋水莲把字拿出来看。她指指一个抽屉，儿子上前拉开抽屉，拿出两张折叠了的宣纸。赵天石接了展开，只见他两眼突然睁大，发出一种骇人的惊喜的光亮，捧纸的两只手索索抖动，看了一张，再看一张，惊呼道：“神品！神品！”蒋水莲也震动了，眼里露出欣喜之光。赵天石吩咐我挂起，我踩上凳子，在墙上依次挂好。赵天石一会走近，一会退远，以拳击掌，嘴中不停地唏嘘，感叹，怎么看都看不够，好一会对我们说：“无价之宝，精气所在。一池的魂就在这里！”

我一看，只觉得满卷的飞腾之气，却又不甚明白。听赵天石念，才知道写的是文天祥的《正气歌》：

“天地有正气，杂然赋流形。下则为河岳，上则为日星；于人曰浩然，沛乎塞苍冥。皇路当清夷，含和吐明庭；时穷节乃见，一一垂丹青。在齐太史简，在晋董狐笔，在秦张良椎，在汉苏武节。为严将军头，为嵇侍中血，为张睢阳齿，为颜常山……”

到这里断了，一池倒地。就留八十九个字。

当下赵天石让蒋水莲收起，拿到云天斋里好好裱了。他说：“有这么一幅字，足以开书展。”

书展如期举办，正厅就放谭一池一幅字。后面挂着许多祭文，有赵天石写的，有朱少风和几个副主席写的，也有各界名流送的。北京那位中央领导派人专程送来祭文，叹息无缘见上一面。因为展厅大，后面空出许多，征得中国书法协会的同意，退而求其次，放上朱少风的不少作品。等到开展那天，参观的人都被谭一池的作品震动，赞美之词不绝于耳。日本的那位老人也出席了，他默然无言，长久不离去，泼墨道："生命已在字里，人如何不去？"当即他代表一家大集团，愿出高价购买这幅字。价格之高是从没有过的，并表示还可以商量。

蒋水莲动了心，但赵天石不同意，说，"绝笔作品，怎么可以出国门？"然而一池去了，他家中的困难是显见的。赵天石也费了心思，他同曹董事长协商，把自己最得意的四幅字卖给天龙集团，得八万元。另外天龙集团出七万，一共给了蒋水莲十五万元，买下了谭一池的绝笔，捐献给中国博物馆。

蒋水莲得了这钱，一系列的事摆平。一天，她忽然想起，一池的侄女身边有两幅字，可能是一池散落在外的仅存作品了。连忙找了去，到那单位一问，原来秋伊只在她介绍的地方做了一个月，就离开了。再写信到秋伊的老家，回答说她还在外面打工，却不知在何处。蒋水莲好怅惘，好些天都有气无力。

捐献仪式相当隆重。我见了赵天石在绝笔上题的词，是几行小楷，苍劲有力：

> 一池为吾友，一池之绝笔浩气贯注，心血滋养，为一池精魂之生动体现。一池猝然而卒，为书坛一大不幸；然卒而留此神品，又是书坛一大幸也！
>
> 乙亥年五月廿九日天石记于飞翼斋

过了三年，蒋水莲上街，没想遇上秋伊，她惊喜望外，好言好语把她请回家，吃过饭，才讲起真实目的。秋伊不肯给，说是堂叔送给她的。但架不住蒋水莲缠磨，她答应还一幅李清照的《夏日绝句》，当下蒋水莲就跟她去住处拿了回来。那幅李白的《早发白帝城》，秋伊是死也不肯给了。

1998 年 1 月 26 日

1998 年 2 月 21 日修改

复　活

和大部分人一样，老余在单位里是个很普通的人，同时也是个随和的人。单位里的年轻人有了事喜欢叫他，比如，男青年会说，“老余，我手上事放不下，你去打点开水，等会我要泡茶叶茶。”老余嗯一声，提起两只水瓶，一颠一颠出门了。女青年叫道，“老余，今天倒霉，车子半路上坏掉了，你帮我去看一看。”老余乐呵呵说，“好。”从抽屉里找出工具，一颠一颠走到院子里去。老余就是这么一个人，一点不起眼，直到有一天，单位组织旅游，破天荒可以带家属参加，情况发生了变化。

那天早晨，大家都在办公室等，老余在门口出现了，大家看他一眼，没当事，忽然眼睛全亮了，原来他身后跟着一个女孩，一个宛如天仙的美人。所有的人都吃惊了，男青年张了嘴说不出话来，那个叫他修车的女青年口吃了，“这，这，这是你的……”老余接过来说：“是我的女儿，跟我们一起去。”

“哦，你的女儿。”一屋子人都醒过来了。这一声哦，有无限丰富的意思，惊讶、感叹、欣赏、赞美、嫉妒，常人该有的感情全有了。平平淡淡的老余，怎么会有如此出众的女儿？接下来更惊奇了，又走进一个女孩，和前一个模样一样，都是鹅蛋脸、杏眼、小嘴巴，而且比第一个更多几分妩媚。两个都是一样的装饰，脚下穿天蓝色镶银边的布鞋，上身是月白色的缀小红花的衣服，乌黑长发似波浪一样垂下来，半腰里扎一根鹅黄色的头绳，身子袅袅婷婷，像是两株出水芙蓉。

“这个，这个也是你的……”叫修车的女青年感觉呼吸都有点困难了。

老余的语气里也带点自豪，“是啊，她们是双胞胎。”

一时间，老余在单位里的地位发生变化了，他挣的钱并不多，却成了一个富有的奢侈的人。以前出游，总有人叫老余提个包，稍买个水果什么的，这次没有了。平平淡淡的老余头上有光环了。袁苹是个五十来岁的女人，一路上缠着他，得空就问："老余，你真有本事，怎么生得出的，而且一生生两个！有什么窍门？我的儿子刚结婚，正要生小囡。”老余笑笑也不回答，后来被问急了，就说，“有什么窍门？没有，想生就生了嘛。”

那年大妹二妹都十七岁。又过了三年，二妹的五官都长开了，越发的楚楚动人。那时候学国外，时兴起选美了，二妹也大胆，瞒着老余，报了名。

老余知道了，说，“要有好几轮比赛，前后要有半个月，女孩子抛头露面，不好的。”

二妹也不和他辩，抓了老余的手臂，不停地摇，像是摇船的人在摇着手中的橹，说，“爸，我要去，就是要去嘛。”

经她一摇，老余也就不说话了。二妹参加比赛了，老余带着大妹、妻子坐在底下看，他的心怦怦跳，目不转睛地看着舞台上的二妹。先是比赛舞蹈，老余老是担心二妹跳不好，当看到二妹做一个难度大的动作时，他紧张地拽老婆的胳膊，老婆骂他："老头子，看你紧张成什么样了？”结果二妹跳得非常好，三个裁判都给高分了，老余拼命地拍手，全场的人停下来了，他还一个人在拍。

接着是抢答比赛，二妹好几次都是第一个按下电钮，而且都答对了。老余心里热烈地喊，好啊！有些题目是他和二妹一起准备时涉及的，他为二妹骄傲，也为自己骄傲。

结果二妹获得了亚军。电视台来采访了，各路媒体都来了。有本全国著名的生活杂志的记者也闻讯赶来了。采访完了，记者一定要拍张照，很快在杂志的封二上登出来了。老余站在中间，二妹站左边，大妹站右边，她们一人挽住老余一条手臂，老余笑得脸上的皱纹全绽开来了，像一朵盛开的菊花。下面用了一句古诗："怀佳人兮不忘。"这是汉武帝想美人的诗。老余知道用错了地方，他们是父女关系嘛，但他不怪记者。

一时，许多年轻人都来追求二妹了。二妹是个把握得住自己的人，一律婉拒。不管这小伙子长得多帅，也不管那个年轻人家境有多么好，她总是一笑，微微露出贝壳一样白的牙齿，说，"我还小，想利用时间好好学些东西。"

没几天，老余的顶头上司把老余叫了去，先是问了些工作上的事，又天南海北聊了一会。老余心里纳闷，这上司从来没有这么和自己聊天呀，正这么想，却听上司说到在杂志上看了他和两个女儿的照片，心里就有点数了。果然上司提起他的独生子，是个十分优秀的青年，肯钻研，前途非常广阔。那天儿子在家，刚好和他妈一起看了电视中的选美比赛。

老余离开时，心里又惊喜又不安，上司的公子看中二妹自然是他的荣幸，可是二妹会同意吗？到了家中，他挑了个时机，和二妹说了。二妹格格地笑，不说话。

老余说："你怎么不回答？"拉过大妹，叫她问。大妹就说："二妹，别笑了，爸说你大事呢。"

二妹还是笑，笑得都直不起腰了，倒在床上打滚了。老余张着两手，"我的千金，你可回答呀。"

二妹笑止了，站起，竟是一脸的严肃，说，"无一例外。"

老余急了，说，"这上司从来没有找我聊过天，而且，他的公子是非常优秀的呀。"

二妹说："不要说我现在不谈，就是要谈，也不会要他。"

老余说："这为什么？"

二妹说："谈对象，重要的是双方互爱互尊，平等自由。可是，现在两个还没有见面，他的爸爸是我的爸爸的上司，已经压了一头，如果他是个明白之人，那还好说。如果不是，这关系一定搞僵。"

老余想了想说："这倒是个理。可是，我那上司是满怀希望，叫我怎么回掉他？"

二妹静了下来，支起手臂，捧了腮想，说，"有了。"她看看大妹，诡秘一笑，却走到老余跟前，伏在他耳朵上，低低说话。老余眉头展开了，说，"倒也是个办法。"

大妹不干了，闹起来，"好啊，说是双胞胎，却把我当外人了。"去搔二妹的胳肢窝，后一个就躲。

厨房里她们的妈叫了，"别闹了，饭菜都烧好了，快过来端。"

第二天晚上，一张餐桌上，三个女人一个男人都坐定了。水晶灯洒下柔和的橘色的光。二妹动了一阵筷，放下，说，"也不是要瞒姐姐，是我说谎不好意思。其实简单，只说我一年前已经有对象了，不就可以了？”

大妹忙问老余：“爸，你和上司说了？”

老余说：“今天中午说的。上司直叹气，说，我家小子没福气。”

大妹说：“到底二妹聪明，简简单单一句话，就把他堵回去了。”

时光不快不慢地流淌。二妹很努力，大学毕业了，进了一家文化单位。大妹却经人介绍，谈了一个男朋友。可是，进展得很不顺利，她经常回家抹眼泪。二妹问：“姐姐，你们之间发生什么啦？”大妹就把些枝枝叶叶讲给妹妹听。二妹叫起来：“这怎么行！心胸这么狭窄，你不可以找这样的男人。姐姐，你说给爸爸妈妈听。”

老余和他的老婆听见了，都走了过来。大妹把刚才的话又讲了一遍。老余的老婆说：“怎么会这样呢？真要跟了他，将来怎么过日子！”说着推了老余一把，“你说话呀。”

老余想了想说：“我要看一下人，看他面相什么样子的？”妻子说：“怎么看呢？又不能带回家来。”二妹说：“这个简单，姐姐和他见面，我和爸爸走过去，当作不认识，不就见着了。”妻子说：“这个办法好，二妹脑子灵活。”

两天后，大妹和男朋友见面，二妹挽着老余的胳膊也去了，二妹围一条雪青色的纱巾，老余围一条骆驼毛围巾，半条围了脖子，半条遮了脸。去了半个小时，老余和二妹先回到家，过不一会，大妹也回来了。三个女人的眼睛都集中在老余的脸上。老余闷了好一会，抬起头，眼里闪出奇异的光亮，说，“我看清楚了，这人眉头结得非常紧，脸上隐隐有一股黑气。不能谈，不能谈！早了结早好。”

大妹也鼓起勇气了，回到家里，泪水止不住往下淌。她说，男的不同意分手，情愿死，也不放弃她。

老余的老婆说：“怎么碰上这么不讲理的人，倒霉！”二妹说：“不怕他，现在不是文革时期，他敢怎么样？”

大妹还是向男的解释，但越是解释他越是猖狂。大妹决意不理他，他打电话不接，他写的信每封都退回去。男的就在路上拦她，下班拦，上班也拦。大妹上下班就像通过日本鬼子的封锁线一样紧张，终于有一天给他拦截了，他揪住了大妹的衣领，指着她鼻子破口大骂，骂大妹玩弄他感情。一会噗通跪下来，苦苦哀求。人们围过来看，一条马路都给堵住了，车也开不过去了。后来警车来了。老余和妻子到派出所领回了大妹。大妹衣衫撕破了，脸色惨白。那男的被拘留了十五天，放出来了。

可是，他并没有悔改，而用了更阴险的法子。他还是跟踪她，不远不近的，像个幽灵，还到处写信，捏造事实，散布流言，败坏大妹的名誉。大妹整夜睡不着觉，眼窝下陷，没有了人形。

二妹心疼姐姐，晚上睡到大妹的床上，抱住她，“姐姐，你不要急，我们一起想办法。”

大妹说：“我什么办法都想过了。我学你的，对他说，我有对象了。可是，他根本不睬，说，‘介绍人当时说得清清楚楚，你没有对象。要是你现在有了，脚踏两只船，我不会饶过你。把我逼急了，来个玉石俱焚！’”

二妹也流泪了，“哪个烂介绍人介绍的啊，她瞎眼了。”

大妹在她怀里索索抖着，一会说，“妹妹，姐姐说句不好听的话，你去和他说，他可能听你的。”

二妹说：“为什么他听我的？”

大妹说：“从小就是你会说话，我嘴笨。再说，他也看过你选美的电视，曾经对我说，你妹妹好厉害。”

二妹不说话，发觉身子也不由自主地抖了。她爬了起来，睡到自己床上去。大妹用被子捂了嘴哭。

三天过后，二妹叫住了大妹，说，“你把他的电话告诉我，我去找他。”她的脸色异常平静。

大妹说：“你去找他？你真的愿意去找他？”

二妹点点头，脸上透出一种圣洁的光亮。

大妹抱紧她，“好妹妹，你真是我的好妹妹！”

二妹在她的耳边说：“不要紧，一切都会过去的。”

二妹要出门了，背后传来一个沉重的声音，“你回来。”她回头看，说话的是她的父亲。老余都听见了，说，“你不能去。老话说，解铃还须系铃人。”

二妹有点激动，“那就眼睁睁看着姐姐给他折磨死？”

老余说得斩钉截铁，“不管发生什么，你都不能去。”说着挡住了大门。

二妹辩解了好一阵，老余就是不松口。他的老婆说：“你就听你爸的吧。”她知道，老余爱二妹超过爱大妹。

第二天是休息天。二妹摆开象棋盘，说，“大妹，我们下盘棋吧。”大妹说：“不下。”二妹又拿过杂志，说，“你看书吧，这是新来的杂志。”大妹摇头。二妹不做声了，她翻起杂志，眼睛却看着大妹，她失神的脸在慢慢地变暗。二妹转头往窗外看去，外边的天也在变暗，她忽然想起来了，今天是日全食。她忙跑到窗前，一个巨大的黑影正在向太阳盖去，太阳慢慢变化起来，由一个圆变成大半个圆，再变成半个圆，小半个圆，像月牙儿一样的。有人叫起来，“天狗吃太阳了!”就有哨哨哨的敲打声，似是敲打破脸盆。二妹回头看，大妹还痴坐在那里，脸更暗了，五官都模糊了。太阳越来越小了，只剩细细的一条优弧了。黑影依然盖过去，刹那间，太阳消失了，天地间一片黑暗，就跟在夜里一样。

二妹回头喊：“大妹!”没有回答。二妹摸着黑过去，摸到了大妹的肩膀，摸到大妹一双手，像鱼一样冰凉，发着抖。二妹把它们握住了。大妹喃喃地说：“我嘴笨，从小就是你会说话。”哨哨哨，屋外响得更响了，不止一个脸盆，许多个脸盆都在敲。这时，天有了一丝亮。二妹拉着大妹，朝窗口跑去。两人朝天看，太阳正在奋力地从黑影中挣脱，先是露出一道优弧形的刺目的金光，然后慢慢变宽，变成月牙儿似的，变成小半个圆，二妹心里的想法一点点坚定了。她欢快地叫起来：“天狗把太阳吐出来了!”太阳变成小半个圆、大半个圆了。天地间重新亮了起来。

二妹流泪了，她被神奇的天象感动了。大妹无力地依在她肩上。

二妹瞒着老余，去找那个男的了。男的眼睛滴溜溜转，说，“这里不方便，找一个地方说话。”

二妹说：“这里挺好的，就在这里。”

男的说："你不去？那算了。"说着就要走。

二妹喊住了他。心想，去就去，怕他什么。

男的把二妹领到河边一个偏僻地方，说，"你要我放了你姐姐，可以。但要答应我一个条件。"

二妹说："什么条件？"

男的诡秘地说："你顶替你姐姐，做我的女朋友。"

二妹生气了，"呸！做你的白日梦！"

她转身就走，男的伸出手臂把她抓住。二妹拼命挣扎，挣脱了。他追上去又抓住她。二妹挣不开，就咬他的手。男的心里顿生恶念，双手掐住二妹的脖子，把她活活掐死了。他还在她身体上做了龌龊的事情。随后，男的上了一幢高楼，上到顶楼，跳了下来，嘴里喊，"我值了！"摔得脑浆迸裂。

连着三天，老余的老婆不知道该怎么对老余说。老余没有见到二妹，着急地问："二妹到哪里去了？"老婆忍着悲痛说："她出差去了，她们歌舞团到广州演出去了。"老余说："到广州去演出了？走前怎么没和我说？"妻子说："可能走得急，她和谁都没有说，只让同事来家里说了一声。"她快站不住了，倚在墙上，随时可能倒下。

老余打开门，怔怔地望着远处。又过了两天，老余的嘴唇干裂了，起了一个大水泡，他说："为什么二妹没有一点消息，她在哪里啊？你有什么事没告诉我？"声音里透出焦虑和绝望。

老婆打电话叫来了老余的妹妹、妹夫，叫来了她的弟弟、弟媳妇，叫来了老余的两个朋友和一个同事。家里挤满了人，大家做好了各种准备，这才把真情告诉他。

老余的嘴张开了，咝咝地发不出声音，眼睛成两个窟窿，似有冷风从里面窜出来。他愣了半天，一耸身奔阳台去。一屋人都呆了，他的妹夫看出来了，猛跑几步，抱住了他。好险啊，老余一条腿已经跨到栏杆外，半个身子都在外边了。妹夫叫一声："还愣着干什么?"屋里的男人都冲上来了，伸出一条条手臂，摁住了他。像是餐桌上摆出了一道菜，众人的筷子戳住了它。

老余在众人的手下挣扎、冲突，额头撞上了桌子角，撞出个窟窿，鲜血直冒。大家脸吓黄了，叫嚷着，找来了药和纱布，给他包扎好。老余还在挣扎，直到力气使尽。他倒在地下，从齿缝里漏出话："让我去死。"

老余在床上躺了一个星期，大妹一直守在边上，也不敢多说话。那天，老余撑着身子，要从床上爬起。大妹连忙上前扶他。他推开她的手。大妹看他抖抖索索打开柜子，拿起这个，放下，又拿起那个，摸索了半天，终于找出一样东西。那是一个锦缎蒙面的盒子，做得精致，不大，也就三寸来长，两寸来宽，装的是一块寿山石。他把寿山石取了出来，又踩上椅子，把二妹的骨灰盒抱了下来，打开，从骨殖里挑了两块，放了进去。大妹在旁看得清清楚楚，脸都骇白了。她见爸爸把锦盒盖上了，在手心里捏了好一会，放进贴胸的内衣袋里。她说："爸，你一直要带在身上？不，不，你会太伤心的。"

老余却不回她的话，一会说："看我，你看着我。"

大妹抬起眼睛，看一眼老余，赶紧落下了。她怕老余眼里的嗖嗖冷风。

老余说："你谈男朋友，怎么害了二妹？你害人呀！"

大妹怔住了，脸色发白，继而发青、发黑，忽然嚎啕大哭，哭倒在地下。她的妈妈从里屋跑出来，扶起了她，不停地用手抚她胸口。大妹还是哭，后来，哭不出声音了，只有嘶嘶声。再后来，只有出的气，没有进的气。

大妹不见了，那天她一早出去，再也没有回来。她什么都没有带，只带走了贴身替换的衣裳。老余和他的老婆什么地方都找过了，没有踪影。他们所有的亲戚都出动了，也报了警，一个月过去了，一点音信都没有。

一个欢快、热闹的家，顿时失去了所有生机，变得寂寞、凄清。

从此，老余就把装有骨殖的锦盒揣在怀里，走到哪里都带着。他去上班了，不坐车，步行去。走了一段路，他就停下来，拿出锦盒，说，“囡囡呀，你走累了吧，我们歇歇。”他双手捧定了锦盒，在长凳上坐下。一会，太阳从云层后露出来了，到处都闪耀着金色的光芒，草地、大树披了金光，楼房和车辆也是金闪闪的。老余就对着锦盒说：“囡囡呀，太阳出来了，你暖和吧。哦，我看见了，太阳照在你的脸上了，太阳照着你的长发了，啊啊，太阳照着你整个人了。”

到了单位，忙过上午，吃午饭了。老余把饭打回来，放在办公桌上，先不吃，打来一盆水，就从怀里掏出锦盒。他坐在饭菜的一边，盒子放在另一边，旁边放了碗筷。他说：“囡囡，要吃饭了，你洗洗手吧。”他说了，恍然听见了哗哗的水声。等水声停了，他说：“囡囡，你洗过了，爸爸来洗了。”两个都洗了，他就把饭盒打开，说，“囡囡呀，爸爸晓得你喜欢吃鱼，买来一条糖醋大黄鱼，明天再买红烧对虾。”

办公室里人起先弄不明白，等到大家明白了，吓得不轻。人死了，谁知道还有没有阴魂，老余天天带着阴魂来，不吓人嘛？于是在背后纷纷议论，主任就放弃一个休息天，带了两个小青年，把仓库整理了一番。到星期一，老余来上班时，发现他的办公桌已经在仓库的角落里了。

一年过去了，也不见老余情况好转，刚好机关精简人员，就让他提前退休了。老余没有觉得不好，退休了，时间就多了，更可以和二妹厮守在一起了。天冷了，他就在锦盒外包了羊毛围巾。天热了，老余让人在卧室里装了空调，那时候市场上刚有空调，老余觉得自己年岁大了，吹空调不好，但他想女儿年轻，一定喜欢新鲜玩意。他对锦盒说：“囡囡，凉快了吧，以后每年夏天我们都开空调，这点电费不算什么，爸爸付得起。”

好几年过去了，老余忽然想起，二妹年龄不小了，差点耽误了。他来到花园里，坐在一条欧式的长椅上，把锦盒从怀里掏出来，和二妹商量开了。阳光从树叶缝隙中透下来，老余眯起了眼睛，说，“囡囡，你看中哪一个了，爸爸替你参谋。小张皮色好，人也英俊，配得上你，你说他业务挺钻研的，那好。可是，我见了他两次，总觉得有点油，爸爸担心你将来吃亏。小赵高高大大的，模样不错，也很上进，我看他比小张要忠厚。听说他的妈妈挺厉害的，就怕你将来婆媳之间不好处。罢罢，二妹，你愿意和哪个谈，爸爸尊重你的选择。现在的世道，女孩找一个厚道、靠得住的男孩不容易。你选小赵？对啊，爸爸心里也是倾向他。”

老余站了起来，说，“你和他见面，就坐这条长椅子。”他把锦盒端放在椅子上，后退了十来步，“爸爸就藏身在这棵大树后，或者装着不认识走过来。啊啊，你不愿意?”老余笑了，走上前，端起了锦盒，“爸爸说说玩的，不来打扰你们，你放心谈。不过，在订终身之前，请他庄重些，不能让他看轻了我们。”

又几年过去了，锦盒依然揣在老余怀里。秋天，老余从外面回来，一脸惊慌地说：“不好，二妹生病了。她呕吐了，还发高烧。”老伴在拣菜，看看他也不回答。

老余说：“老太婆，你耳朵聋了?现在外面传染甲肝，很可能她传染上了。”老伴顺着他说：“有什么办法，传染上了就去看医生呗。”老余在地下转了两圈，出门了。老伴想想不对，追出门去，已经不见他踪影。

老余一路跑到医院，好在也不远。他坐在医生面前，急慌慌地说：“二妹生病，发高烧了。”

医生不明白他说的是谁，对他说：“张开嘴。”老余疑惑地张开嘴。医生摸他额头，皱起眉头说：“你没有发烧。”

老余说：“不是我，是二妹。”医生说：“她人呢?”

老余从怀里掏出锦盒子，放在桌上。医生问：“这是什么?”他说：“二妹呀。”医生生气地说：“你搞什么名堂?我问你，她人呢?”老余说：“这就是二妹啊，我感觉出来了，她在发高烧。”医生板着脸说：“你把它打开。”

老余把锦盒打开，嘴里说：“阿囡，医生来替你看病了，你忍着点啊。”医生探头看了，骇得脸色发白，说，“你搞什么鬼!拿走，快拿走。”

老余说：“你还没有替二妹看病，我求你了。她烧得说胡话了。”他抖抖地伸出手，抓住了医生的衣袖。医生跳了起来，身子往后缩，“如果你再不走，我叫保安了。”

老余踉踉跄跄回到家里，脸上有股黑气，两手捏住了锦盒，说，“医生不给看，还要叫保安赶我走。”老伴这才发现问题严重了，说，“你不要急，你要是急出病来，谁照顾二妹啊？你在家躺着，我去找医生。”

第二天中午，老余歪斜在床上，怀里抱着锦盒，一声高一声低地呻吟。老伴激动地跑了进来，说，“老头子，二妹有救了，医生来了。”后面跟着一个医生一个护士。老余倏地坐了起来，说，“你来给二妹看病了？”

医生说：“你在床上躺着，不用起来。”医生就在床边坐下，老余拿出锦盒，放在床头柜上。医生抽出笔，在纸上划拉，说，“给她配了营养液，和药放一起，每天给她挂两次水。五盒板蓝根，每天喝三包，开水冲服。”

护士一一答应了，从药箱里拿出玻璃器皿，弄得乒乒乓乓响。医生又说：“这病不可怕，只要治好了，就不会复发。让她好好休息。不过，发病期间有传染性，你们家里吃饭，碗筷要分开，不要传给你们老头老太。”

老伴说：“我们一定注意，不让传染开。”

医生和护士走了。第二天，他们又来了，还是吊水、吃药。

老余的脸色慢慢地红润了，早晨，他从床上爬起来，捏着锦盒，走到窗前。老伴忙上来，拉开了窗帘。老余往窗外看，他看见了远远的青山，山上有茂密的树林，林间飘着蓝色的山岚，太阳从山后露出脸来，山上就腾起了快活的火焰。他回头对老伴说：“二妹的病好了。”

十多年过去了，老余的背开始驼了，上楼梯时膝盖发痛，走走停停才能上到五楼。这天，他接到了一封信，信封是奶白色的，漂亮精致，右下角有一个可爱的女孩子，手里执着粉红的绸带。信是打印出来的，很简单：

亲爱的爸爸，二妹复活了！她已经是个亭亭玉立的少女了，快和您差不多高了。她知道有个宠她爱她的老爸在等着，她天天盼望着。她马上要到您的身边来了。张开您的双手，拥抱她吧！

老余想，她马上要到我身边来了，这是什么意思？二妹不是一直在我的怀里揣着嘛。难道另有一个二妹将出现？他觉得不可能。可是这个念头太强烈了，像电流一样刺激着他全身的神经。

写信的是谁呢？她叫我爸爸，是二妹吗？她在我的怀里呀。他从怀里摸出了锦盒，放在桌上，双眼盯住，说，“二妹，是你写的信吗？有什么委屈，对爸爸说，我听着。”

半天锦盒没有一点动静。老余叹了口气，又想，那是谁写的信呢？是大妹吗，她出走已经十八年了，从来没有消息。他摇了摇头，不可能。

五天后的晚上，老余又收到了一封信。还是那样的信封，右下角一个可爱的女孩挥着手向他奔来。

信里说，明天上午十点，二妹将出现在街心花园，在普希金的铜像下。她穿月白色的缀小红花的衣服，脚下是一双天蓝色镶银边的布鞋，梳一条乌黑的长辫子，扎一根鹅黄色的头绳。

老余震惊了，这就是孪生姐妹小时候的打扮啊。他不敢相信，这是真的吗？他在屋里不停地走动，一会从信封里抽出信看，一会打开锦盒，凝视着二妹的骨殖。他一点不知道接下来将发生什么，现实、幻觉、真情、迷幻，像走马灯一般在他眼前打转，老余眼花缭乱，他喊他的老伴："老婆子，我该怎么办？"

老伴说："普希金铜像离我们家不远，明天你去看看，到底会发生什么？"

当晚老余怎么都无法入睡，到了凌晨似乎睡着了，但始终在睡意的浅层游荡，第一缕阳光照进窗口，他立刻醒了。

他提前去了，他穿过有普希金铜像的三角花园，什么都没有发现。他走到马路对面，站到一棵法国梧桐树下，看过去，诗人英俊的头颅在阳光中昂起，仿佛要看清一些不易看清的东西。十点到了，老余抬腕看表，又向花园中心看去，他的心怦怦跳。一个少女出现了！真的出现了。阳光从树影中漏下，洒在她的身上。他看清楚了，她穿月白色的缀小红花的衣服，脚下是一双天蓝色镶银边的布鞋，乌黑的辫子上扎一段鹅黄色的头绳。二妹以前就是这样打扮的呀。

老余跌跌撞撞跑过去，那少女也看见他了，向他走来。老余发现她的五官也像二妹，眉宇间透露出一种妩媚、清纯的神情。

女孩子说："您是老余吗，是来接我的？"

他激动地说："我是老余，老余就是我。你是……"

她说："我是二妹。"

"二妹！"老余弯下身子，抱住了她，"二妹复活了！真的复活了！"他又问一遍："你真的是二妹？"

女孩说："从小妈妈就叫我二妹。妈妈说，她工作忙，要离开我好长一段时间，要我跟着您生活。”

老余老泪纵横，“那你爸爸呢?”

她说：“我没有见过爸爸。”

不远处，一栋房子的门洞里，站着大妹，透过树影，她能隐隐看到铜像下的情景。大妹比以前衰老多了，十多年前，她悄然离开了家，心里产生一个别样的计划。她去了一个很远的地方，花了几年时间，才找到一个合适的男人。条件是事先讲好的，她要生下一个女孩，然后独自抚养。这个男人很明智，在婴儿三个月后就离开了，再也没有出现过。大妹在一家公司上班，她工作非常努力，还经常加班，她要赚更多的钱，来抚养女儿。十多年下来，大妹吃尽了辛苦。她的容貌也有了很大的改变，眼角边有了细密的皱纹，还不敢看太阳，看了就不停地流泪。然而，她内心有股倔强的力量在逼着她前行。她按照二妹的性格来培养女儿，穿戴也和二妹小时候一样。她总是回想小时候二妹说过的话，记在一本簿子上，一句一句来教女儿。

一直到今天，她认为自己生下的女儿，已经完完全全是二妹了。

她掏出手绢，不停拭擦泪眼婆娑的眼睛。她看见老余蹲下身去，抱住了女儿，又抚摸她的辫子、肩膀。她心里一股温温的感情在流动：爸爸，我向您赎罪了。

她心里又说，我要找妹妹去，和她说说话，不能让她太孤寂了。

老余忽然想起了，问，“你妈妈呢？她在哪里?”

女孩牵了老余的手，他随着她走。穿过一条马路，路过梧桐树，路过丁香树，来过一个门洞前。门洞里空荡荡的，没有人。

“咦，”女孩说，“刚才妈妈还在这里，她让我一个人过来的。她到哪去了?”她往四周看。

老余呆呆地看着门洞，那是柚木的，刚油漆过，发出新鲜的油漆味。忽然他心口一阵绞痛，一条腿慢慢跪下，另一条腿也跪下去。

2016 年 8 月 20 日　写于老山脚下

上大学

一

第二年工农兵大学生推荐过后，泉申心里明白，他彻底没有戏了。这里的原因很简单，他出身资本家家庭。当然也不绝对，一百个名额也许能搭上一个两个。可是，泉申在哪里上班，在大楼里！大楼是什么地方，是农场的首脑部位，大楼里关系户多了去，范书记的女儿、赵副场长的儿子、李副场长的儿子、政治处黄处长的女儿、公安局安局长的儿子，只要他们想去，你就得让路。至于大楼里的其他知青，个个都是根正苗红，你凌泉申拿什么去和他们拼？

那么，就和上大学绝缘了？那天吃了午饭，泉申坐在床前，绞尽脑汁在想。他从小就知道要上大学，虽然文化大革命把白专道路批得体无完肤，他还是不改初心。一个念头突然冒出，如果让李春芳去上大学呢？他脑子里亮了，就像夜间大田作业，拖拉机的灯光刷地照亮了黑黝黝的垅沟。这是一条路啊，行得通。泉申被自己的发现激动了。他的对象李春芳是工人家庭出身，干活也卖力，评上过劳模。她完全可能被推荐。要是他的对象上了大学，就等于半个凌泉申上了大学。等她毕业了留在哪个城市，他就有希望离开北大荒了。

其实，泉申看上的第一个女生不是李春芳，而是一个叫陆雪霁的上海女生。

有一年国庆节演出，一阵锣鼓声响起，几个穿军装的女学生先上台，又跳又蹦，动作一般。又是一阵锣鼓声响，只见一面红旗和一袭军衣从后台飞出来，在空中连翻三个筋斗，那红和绿搅在一起，在空中旋转纷飞，十分好看，落地了看，是一个女生执一面红旗，这女生就是陆雪霁。

冬天来了，地里的活不能干了，女生们就在大食堂编柳筐。李队长拿了把削刀，做过了示范，女生们就干起来了。不一会，叽叽嚷嚷叫起来，这个的手指被削刀割破了，那个的手掌被柳条戳出血了。李队长只得来回救火，忽然他眼睛亮了，看见一个女生蹲地下，两手一翻一飞，像两只春归的燕子，大多数人的筐还没见形状，她已经有模有样编出来了。李队长举起那筐，大声说："都是一样下乡知青，你们编成什么熊样！"陆雪霁站在队长身边，眼睛也不看大家，看着窗外。众人又嫉又恨，纷纷说："我们是第一次拿柳条，谁干过这活啊！"闹哄哄的，李队长听不清，问陆雪霁，"你以前编过筐吗？"陆雪霁这才把目光收回，说，"我祖上三辈子都没人摸过。"

泉申看上陆雪霁，陆雪霁对他也不乏好感，众人里，偷偷一对望，心里就明白了。一天，泉申约陆雪霁来到河边，想把这层纸捅穿。

小河清澈见底，河底都是卵石，一些通体透明的小鱼在卵石间游来游去。陆雪霁脱了鞋，用脚拇指挑起冰凉的水，洒到泉申脸上。泉申趁擦脸的功夫，把意思挑明了。

陆雪霁不说同意，也不说不同意，却说，“你知道宝大祥吗?”泉申说：“宝大祥？上海滩上数一数二的大布店，怎么不知道？南京路上有，淮海路上有，静安寺也有。”陆雪霁说：“一点都不错，你知道宝大祥的老板是啥人?”泉申问：“啥人?”她说：“是我的老爹。你明白了吗?”

泉申倒吸一口冷气，我的老爹是资本家，找个对象，她老爹还是资本家，而且比我老爹还要大，这不要命了，黑碰黑，黑到底了，还看得见亮光吗？陆雪霁真是个聪明人，一下就把要害点出来了。但她不置可否，让他做决定。

结果很简单，也很现实，泉申退缩了，就有了后面的李春芳。工人家庭出身的李春芳梳两根油亮的大辫子，嘴角旁有颗小红痣。她朴实，肯干活，形象也不错，还被评为劳动模范。他心里明白，唯有贴近红色，才能挽救黑色。现在不是应验了？如果他的对象是陆雪霁，那两个人都不要做梦。

泉申足足想了三天，把一条曲曲弯弯的路都想清楚了，这条路哪里有拐弯，哪里是直道，哪里有灯，哪里没灯，哪里灯下黑都想到了。到了星期天，李春芳到场部来给他洗被子，他和她说了。

让我去上大学？李春芳眉心打了结。泉申说：“你不想去？上了大学不光能离开农场，回到城里，而且是到高等学府深造，多少人做梦都想。”

李春芳却低了头，好像地下有一块吸光石，把她眼睛吸住了。好一会才抬起来，为难地说：“我上中学时，读书就不好。”

泉申捏住她一只手说，“以前没读好，不等于以后读不好。你放心，我听人说了，现在工农兵大学生学的简单极了，还没有以前的高中难。”

李春芳说：“高中啊？下乡前我上的是初中，代数几何都没有学好。”

“那没事，你多买一本教材寄给我，再把题目寄过来，我和你一起做，陪你一起上大学。”泉申说得兴奋起来，“这方法行得通！你不知道，上中学时我每门课都是班里拔尖的，文化大革命批白专道路，同学就批我。我才不在乎，我就是想成名成家，就是想上大学，这有什么错？”

李春芳把手抽回来，说，“好好好，我知道你厉害，那你为什么自己不上大学，硬要把我推出去？”

“出身，出身！我什么出身，你不是不知道，要是我和你一样工人家庭出身，还用你催？我早就蹦出去了！”泉申长叹一口气，“好了，不说了。”

李春芳把被子拉过来，开始拆线，说，“我有话要和你说，我的舅公在兰州铁路上，他有些关系，我妈妈托他了，让他把我调过去，他答应想办法。”

泉申说：“这当然好，可要等到什么时候呢？不知道了。而且去铁路哪有上大学好，这是上层建筑嘛。记住，到时候你只管报名，其他的统统不要管，由我负责。”

这天，泉申用三寸不烂之舌，把李春芳往这条路上赶，她要想从灯亮处溜走，他就在灯亮处堵，她想钻黑灯的地方，他早在灯下候着。李春芳无路可遁，她把大辫子弯过来，辫梢咬在嘴里，好一阵咬，扔开了，说，“我听你的，今年报名上大学！”

二

泉申开始实施计划了。现在是三月份，还有六个月的时间，来得及。这中间有个关键的人物，就是场部气象站的小田。如果没有小田，他的计划无从谈起。现在恰恰有了小田，他和李春芳说话才硬气。小田是谁？不过是个普通的年轻人，高中都没有毕业，可是他是十一分场主任大老田的侄子，所以他高中没毕业能来气象站上班。而大老田就不一般了，李春芳能不能推荐上，或者十一分场哪个知青能推荐上，至少百分之八十他说了算。泉申曲里拐弯打听出了这层关系，心中大喜，李春芳的推荐之路顿时在他眼前蜿蜒曲转地展开。好像书上看到的一句话，天上掉下个林妹妹，虽然小田一点不像林妹妹，他长得又黑又粗，脸上有不少青春颗粒痘，但不妨碍泉申在心里用离奇的比喻。

大楼里的暖气烧得热，泉申脱了棉袄，一边写稿，一边往窗外看。中午了，办公室里的人都去食堂吃饭了，屋里只剩他一人了。他把椅子移到窗前来，窗外地下有一小块新鲜的雪，没被人踩过。等了一会，就见小田远远地过来了，他戴了个狗皮帽子，握了个饭盒。他的窗前是小田上食堂的必经之路。泉申看他脚上，还是那双破歪歪的棉胶鞋，他盯住他的脚看，踩着冰雪过来了，在窗前拐弯，就差一步，没踩到新鲜的雪。眼看他走过去了，泉申急中生智，握起拳头嘭嘭地敲窗玻璃。小田听到脑后声音，回过头来，见泉申在屋里招呼他，就停下脚步，泉申还是用手不停地招，他就往前走，走到窗跟前了，见泉申的嘴贴上窗户缝，他撩开一个帽耳，因为糊着厚厚的窗户纸，里边的声音很模糊。他说："下班了，我到气象站来玩。"小田咧嘴一笑，点点头，走了。

泉申看他走远了，霍地冲出门，到了走廊觉得冷，回来穿上棉袄。很快，他已经来到窗台下了，一分钟前，小田就站在这里，新鲜的雪地上留下了他清晰的脚印。他看四周没有人，迅速从口袋里摸出了卷尺，蹲下身去量鞋印，40公分，量了两次，都一样。他直起身，又把自己的脚踩在旁边，要比小田的大一些，不错，他是41码的。

有人过来了，泉申两手插进口袋，换了表情，大大方方和人打了招呼，向食堂走去。

天擦黑时候，泉申背着包来到气象站，小田开了门，泉申卷了一股寒气进去。小田往炉筒里添了两块木头，把火挑旺。泉申暖过身子，从包里取出一双崭新的大头皮鞋，说，"昨天我在供销社买了双大头鞋，没想买小了，拿去换，我那尺码都卖完了，又不让退。忽然想起，你人比我矮，码数一定比我小，你穿准合适，你看，里面的毛又软又轻，是小羊羔毛的。"

小田把鞋接在手里，又塞回泉申，说，"不行，你给自己买的，我不能穿，你再试试吧。"

泉申知道必须当一次演员了，他把脚往鞋里撑，做出费劲的样子，一时，气也粗了，脸也憋红了，好不容易塞了进去，却一歪身跌地下，喊道，"快帮我拔出来，快快，疼死我了！"

转眼大头皮鞋穿在小田脚上了。泉申蹲下身去，替他鞋前捏鞋后摸，说，"你看，正好贴着鞋帮，也不挤脚。来，走两步！"小田迈开方步，在地当央走了两个来回。泉申说："喝！好威风。我敢保证，你穿上这鞋，小姑娘们都围着你转。"小田为难地说：

"我这个月工资刚发就花完了，我妈病了，我给她买补品。"泉申打断他，说，"咱哥们说这干什么，你穿上就得了，啥都不用说！"

现在小田经过宣传科窗下时，就穿那双派头十足的大头皮鞋，噔噔噔的。可是泉申心里还是没有底，小田毕竟是大老田的侄子，气象站在农场也是个重要部门，他也见多识广，一双鞋的分量还是轻。为此泉申还试了试，他打了个电话给小田，说他有两个朋友从十一分场过来，请他弄两张电影票，小田满口答应了，晚上泉申当真带了两个人过去，找到了小田。他却摸摸后脑勺，说，"哎呀，忘掉了。"这就让泉申担心了，两张电影票都如此，何以能够托付推荐李春芳的重任呢？一句话，他还不是小田的铁哥们，泉申伤神了，这可怎么是好？他苦思冥想，躺在床上想，走在大路上也想。

那天，十一分场的通讯员孙风来了，办完事就到泉申屋里坐坐。孙风是个扯七扯八的人，他说，"翟队长的小女儿在家门口，和宁管理员的小女儿为一堆柴呛起来了，两家的男孩子冲了出来，打起来了，两家的老娘们听见声音，也赶出来扭打，翟家老娘们揪住了宁家老娘们的头发，宁家老娘们反抓一把，把她胸衣撕开，两个奶子跳了出来。刚好翟队长回家，一巴掌把自家娘们拍回了家。"

泉申嗯嗯的，在做手上的事。孙风接着讲："周伟这小子有本事，他给王队长家弄了辆凤凰牌自行车，崭新的啊，王队长全家人就像过年了，他家二小子把车骑出来，头昂得跟保长一样。他老娘还在车笼头上扎了红绸带，分场的人都跑出来看，就像赶集了……"

泉申把手上事停下来，说，“你说什么？凤凰牌自行车，周伟从上海弄来的？”孙风说：“是啊，就是上海来的。谁的本事都没有周伟大。”

从这一刻起，凤凰牌自行车就变成了疯狂的蝗虫，专咬泉申的心。泉申的心变成了白菜心，它咬，泉申的心变成苞米棒，它也咬，变成了西红柿，它也追着咬。要是给小田弄来一辆凤凰牌自行车呢？这想法太伟大了！在农场本地青年的心目中，凤凰牌自行车就是豪华轿车，就是游艇，就是私家飞机！轿车游艇飞机跟他们绝缘，想都不用想。可是凤凰牌自行车不一样，虽然也遥远，但农场来了那么多上海知青，总有希望的呀。

捱到星期日，泉申回十一分场了，在南头的牛棚里，他和周伟一起喝酒，也就一杯土烧，黄瓜凉拌拉皮和鸡蛋炒韭菜。1969年3月3日，在奔赴黑龙江的运煤船上，泉申和周伟就成了朋友，说话不用转弯。周伟说：“你问凤凰牌车？太巧了，前年我爸爸调到奉贤县，负责工会工作，自行车、缝纫机和电风扇的券都由他来管，不过，自行车券一年经他手的也就十来张，县机关要，基层也要，方方面面都要摆平。爸爸动足脑筋，才留下一张。”

泉申这才明白，即使周伟的爸爸是在工会里专管这个的，弄一辆凤凰来也是千难万难。可是，没有重头戏，怎么在小田心中占有重要位置呢？又怎么实现推荐李春芳的宏伟计划呢？但是，周伟爸爸如此不易，好朋友也没法开口了。

他喝一口酒，说，“那车，真是好啊。”

周伟说：“当然好，我弟弟在江西插队，他也要一辆。我爸爸没有给他。”

泉申叹气说：“那车真是好。”周伟看着泉申的眼睛，说，

“你是不是有什么话要说?”

泉申说:“不说了,说也没有用。”

周伟放下杯子,说,“泉申,我们两个相识都六、七年了,比兄弟还亲,你有什么话,不要放在心里,只要我能办到……”

泉申也不隐瞒了,就把他为了让李春芳能推荐上大学,找了气象站的小田,量了窗前雪地里的脚印,一双大头皮鞋肯定不行,又无意中听孙风说起周伟给王队长买凤凰车等等,一股脑儿说出来了。

周伟听了垂下头,一会说:“泉申,你真是不易。作为兄弟,我一定要助你一臂之力。”

泉申摇头,掉下泪,掉进酒杯里,心里想,说是李春芳上大学,其实是圆我的梦。他伸出胳膊,隔着桌子,把周伟的脑袋紧紧抱住。

他们从牛棚里走出来,都微醺了。天空放蓝了,头顶那条大概是银河,有着无数耀眼的星星,倒映进池子里,水里也闪闪烁烁了,有鱼跃起,吐出银色的水泡。泉申和周伟勾搭着肩走,牛叫起来了,马也叫起来了,在野地里传得很远。周伟在他耳朵旁说:“告诉你一个秘密,我爸爸喜欢我,超过喜欢我弟弟。”

一个月过去了,没有周伟的消息,泉申也不敢打电话。春天来了,风也不是那么割人了。泉申想,周伟在基耕队干活,春播就要开始了,忙起来还要加夜班,是很辛苦的,就给周伟打电话。队部的老郭头接了,就去找人了,电话里是嗡嗡的声音,等了二十多分钟,周伟来接了,他听出是泉申,就说,“哎呀,我老想着给你打电话,可就是忙。那个车我爸爸说了……”

泉申打断他,说,“我不是说车,我是说,春耕来了,你要小心，注意休息，照顾好自己。”

周伟说：“你说的，我记住了。你放心。那凤凰我爸爸说了……”

泉申说：“不给你爸添麻烦了，我想别的办法。”

周伟笑了，说，“你还说对了，我爸骂我，你这个兔崽子，尽给我找事！不过，骂归骂，他没有回绝我。泉申，你耐心等着，有希望，很有希望！”

半个月后，周伟把电话打进他的办公室了，兴奋地说：“我爸爸来信了，他说自行车券刚来，有可能留出一张。”

泉申心里欢快起来，说，“太感谢了，你真是铁哥们。”

又过了十多天，周伟来电话了，声音充满沮丧，“爸爸说他已经留下了，临时杀出一个副县长，给要走了。”

泉申的情绪一下低落了，可是他还不断安慰周伟，“没关系，我们还有时间。你不要难过，没关系的。”

又过了三个月，凤凰终于飞来了，万里迢迢，飞到了北大荒。在这之前，泉申一直不敢太高兴，就怕煮熟的鸭子飞了。直到货单到他手上了，才告诉了小田。

“什么？凌哥，你给我买了一辆凤凰，真的吗？上海的凤凰？”小田变得语无伦次。

“凤凰还有假的？除了上海，哪里还有凤凰牌自行车？”

当小田从泉申手中接过崭新的凤凰时，他的脸被内心迸发出来的喜悦照亮了，青春痘也似乎少了许多。他说：“凌哥，你对我真好。”

他走路飘飘的了，好像骑在凤凰上的不是小田，倒是他凌泉申了。一天他走进供销社，不期遇上了陆雪霁。

他说："你也在这里。"

她说："是啊，买点女孩子用的东西。"

"哦，"他说，"好久没见你了。"

陆雪霁眼睛里有个调皮的小人在跳，"大老田侄子骑的那辆凤凰，是你给弄来的？"

他急忙问："你怎么知道的？"

她格格地笑了："他那么招摇，人家自然要追着打听，现在分场里的人没有不知道的。"

泉申搔搔脑勺说："这不好，我还是找朋友帮的忙。"

她伸出一根指头，在他腰里戳一下，说，"不错，挺有韧劲的，还会暗度陈仓，我欣赏你。"

他想解释几句，可她一闪身，上柜台那边去了。

泉申想，她怎么说我暗度陈仓呢，她看出什么了？再一想，自己费这么大劲为小田买凤凰，小田又一个劲往大老田家跑，这个聪明的女人怎么会看不出呢？罢罢，看出来又怎么样。

三

春播过后，就是夏锄，夏锄过了，秋收临近了，这一年的推荐也就开始了。现在小田已经把泉申当铁哥们了。泉申早开始实施计划了，他让小田两次赶回十一分场，专门在大老田身上下功夫。

小田从十一分场回来，就来找他，说和大伯讲过了。泉申忙问："你大伯怎么说的？"

小田说："没问题。我从小是在大伯家长大的，那时他家自留地里的土豆都是我帮着起的，他家两个儿子起一会都跑了，气得伯母追着他们的屁股骂。大伯亲口说的，我比他的亲儿子还懂事。泉哥，你放心，我还从来没有求过大伯，这是头一回。”

泉申说：“你大伯点头了？”小田说：“点头了。”泉申又问：“他头点得肯定吗？”小田说：“他就那么点了一下。”

泉申看幅度不够大，说不行，就从箱子里拿出两包枣子，说，“大的一包给大老田，小的一包给你。”小田说：“泉哥，我们都是铁哥们了，就这点事，我还能再要你东西吗？”

泉申说：“这是我诚心诚意给你的，你拿着。”小田推不了，说，“那好，我拿着，一起给大伯了。”

泉申说：“随你。”又说，“那你什么时候再去？”小田说：“下个星期日吧。”

泉申眉一紧说：“怕晚了，就这两天，分场要研究决定了。”说着眼光看住小田。

小田说：“这样吧，泉哥，你放心，明天上午我要抄数据，吃了中午饭就赶去。”

第二天傍晚，小田回来了。由于前些日子下雨灌浆，路上坑坑洼洼的，他不舍得骑凤凰，来回都是步行的。虽然疲劳，见了泉申他来神了，说，“大伯点头了，就这么点，使劲地点。”他一边说着，一边示范表演，把方下巴不停往下磕，好像用锛子在锛地，锛了十来下。

泉申按住他脑袋，说，“可以了，可以了。”

小田这才停下，说，“大伯还说，李春芳嘛，人老实，出身好，表现也不错，今年就让她上！”

泉申拍他肩说：“小田，我一辈子都记住你。”

这时，孙风又到场部来取信了，泉申听他说，周伟身体不舒服，请病假了。泉申心里一愣，“他生什么病，我一点都不知道啊。”忙问孙风，“有车子去十一分场吗？”孙风说：“有呀，蹦蹦车来了，一会我就坐蹦蹦车回去。”

泉申忙进供销社买了两个肉罐头、一袋饼干，跟着孙风，找到车子，一路随车蹦蹦跳跳，来到十一分场。泉申下了车，直奔机耕队宿舍。屋里挺暗的，看见那铺上卧着一个人，却半个身子折起，靠在被子上。定睛一看，是周伟。

他喊道：“周伟，你生病了？怎么不告诉我一声？”

周伟还是躺着，“我没生病。”

泉申说：“没生病？不会吧？”说着上前用手摸他脑门，不发烧。又说，“那怎么啦？”

周伟低了头，不说话。

泉申说：“是不是哪个王八蛋欺负你了？是谁告诉我，我找他去！”

周伟说：“没有人欺负我。”

泉申怪了，“那是怎么啦？”

周伟说：“心病，心里难过。”说着潸然泪下。

泉申爬上炕，捏住他手臂，说，“你一定要告诉我。”

周用掌抹了眼睛，说，“父亲被撤职了。”

泉申心里一沉，“是为凤凰车吗？”

周伟不说话。泉申心里顿时如刀割一般痛，不说等于默认。一头凤凰啊，竟然使周伟的父亲被撤职，是我害了他爸爸。可我为了什么，就为让李春芳上大学吗？这是她的梦，还是我的梦？

周伟说：“我老爸的腰不好，可能又要下大地干活了。那年他修水坝，腰病犯了，在床上躺了半个月，一点都不能动。”

泉申低低地说："我对不起你！"

周伟反过来捏紧了他的手臂，说，"不说这话，我们是哥们，应该的。"

推荐工农兵大学生由文卫科分管，宣传科和文卫科办公室紧挨着，泉申拎着一个耳朵，时刻留意隔壁的动静。过了两天，他知道各分场开始往上报名单了，就开始紧张了，只要看到通讯员往大楼来，不管是不是十一分场的，心就扑通地跳。终于把十一分场的孙风等来了。孙风在走廊上见了泉申，老远就喊，可是走到面前，反而不说话了，只是笑。

泉申说："怎么啦，吃笑药了？"孙风说："没有，没有。"泉申说："你推荐上了？"他说："是的，我推荐上了。"

泉申忙问："有李春芳吗？"他迟疑一下说："没看清，好像没有，不不，也可能有，我光顾着自己乐了。你知道，大老田给我的信封是封死的，看不见。"

泉申心里不舒服，心想，你明明知道我和李春芳的关系，就不会多长一只眼？但听小风这么描述，心里就有点虚了，是不是有话不好说？转念又想，小田那么使劲地用方下巴铮地不会假的吧？那么是大老田诳他侄子？也不可能，大老田不是个玩心眼的人。

小风拿着大信封进文卫科了，泉申不能跟进去，这是有纪律的。这天上午，他始终坐立不安。虽说小田打了保票，但毕竟没有板上钉钉，总是不踏实。他上了三趟厕所，每趟走过文卫科，都要往玻璃门里望，第二趟经过时望见了保凤。

保凤是天津知青，是从十分场调上来的。在分场时，一次抢割大豆，她连干了十五个小时，累昏倒了，醒过来，抹一把汗又继续干。当时泉申被派到十分场去，写过她的材料，文章题目叫《和太阳赛跑的铁姑娘》。事迹传开后，保凤就调进文卫科，当上了副科长。泉申想只能找她了。他不时跑到走廊上，伸胳膊踢腿的，装作活动身体，可就是不见保凤出来，心想，肯定忙着呢，又回到屋里去。拿起笔来写稿子，总是分神，再看窗外，见一个侧影，刚从大楼里走出来，不就是保凤吗？正往宿舍那边走。泉申拔腿起来，往门外跑，广播员小傅刚好从楼上广播室下来，要进门，给他撞个正着，她歪了身子哇哇叫，“凌泉申，你今天怎么啦，像个没头苍蝇！”

泉申来不及多说，出了大楼，一阵追，追上保凤。保凤说：“你找我？有什么事？”泉申定了定神，说，“有件事，不想麻烦你，可又非麻烦你不可。”保凤笑了，“那你说。”泉申说：“你看看我们十一分场的推荐名单，有个叫李春芳的吗？”保凤又一笑，明白了，说，“范副场长找我们专门开过会，不让往外说，余科长亲自把关，送来一个分场名单，余科长就锁起一个，不让无关的人看。你别急，我来想办法，等余科长不在的时候，我打开柜子替你查。”

泉申走回办公室，小傅还在屋里坐着，斜眼看他。他说：“对不起，刚才走急了，撞着你了。”小傅说：“一句道歉就可以了？撞得我现在膝盖还疼。”泉申说：“那怎么办，哪天食堂有大肉包子，赔你两个。”小傅说：“大肉包子我不稀罕，我看你这几天魂不守舍的，今天更像是中了邪，你老实坦白，到底为了什么？”泉申说：“没什么，没什么。”小傅就鬼笑，一屋子人都跟着笑。

泉申坐回自己位子，小傅回楼上去了。一个小时过去了，有人敲门上的玻璃，泉申看是保凤，忙走出去。保凤在前面走廊上走。泉申在后跟着她，一前一后出了大楼。保凤往汽车队方向走，泉申也往汽车队方向走。走出一百多米，她停住了，泉申走上去。保凤说："我查过了，十一分场是四个名额，没有叫李春芳的。"

"什么，没有李春芳？不可能！"

"真的没有，我看了三遍。是不是春天的春，草字头底下一个方？"保凤也急了。

泉申呆住了。保凤看他神色不对，说，"怎么啦，你醒醒，泉申，我跟你说的，千万不能透露出去。"泉申虽然迷糊，还是听懂了，他说："你放心，我到死都不会说的。"一会儿，保凤也不见了。泉申没有回大楼，走上了林荫大道，他觉得奇怪，大道上的人好像没有迈腿在走，就直直地到了你面前，又直直地离开去，也不是风吹的，他们不用跨步就能来来去去。卡车也不是轮子滚动，它们一会出现了，一会消失了，和轮子滚动没有关系。他张着手，不知要在空中抓什么，是飞絮吗，是小鸟吗，还是那张推荐名单？要是抓到手，他就把李春芳的名字填上。

面前过了好些人，他一个都不认得。直到有个人冲着他喊："泉哥，你怎么啦？"使劲摇他膀子，他才醒过来，是小田。

泉申闭了眼睛再睁开，大道上的人开始用腿走路了。小田说："大伯说推荐她上大学，大伯说的呀。"

泉申相信他说的是真话，但还是想在他脸上揍一拳，他的一番功夫下得容易吗？从大头皮鞋到凤凰车，步步惊心，招招见血，周伟的老爸都为这个被撤职了！他小田就学锛子锛地，锛个十来下就交差了？精心计划的就这样泡汤了？可是又怎么能怪他，是他大伯做主，不是他做主啊。这个大老田，到底存了什么心，他要当面问个明白。他心中那股气出不掉啊！

泉申眼光落在他的凤凰车上。他说：“把车借给我，我要回分场去。”

小田慢吞吞地转过身，极不情愿地把车子交他手里。泉申跨腿上车，听见小田在身后喊，“当心，路上翻泥浆，别把车颠坏。”

四

泉申骑着车，飞快地往分场骑，果然如小田说的，路上泥浆泛起，又被太阳晒干了，结起棱条，颠得厉害。一路上泉申像踩风火轮一样，两条腿没有停过，十五里路，二十分钟就到了。到了分场，泉申直冲大队部，烧水的老郭头说，大老田不在，在 5 号地指挥收割哩。他又调头往 5 号地骑，他的嗓子里干得冒烟，这时就是一桶水都能喝下去。到 5 号地了，远远见一群人在干活，骑近了看，大都是女知青。泉申身子一歪，从车上跌下，站直了就找大老田。女青年都在地里捆麦子，收割机在前面割倒了，她们在后面打捆。金黄黄一片，晃人眼睛。女青年们见他莽撞地跑来，又神情激动，都直起腰来看。泉申顾不上了，光着两眼在人群中找。

“喂，你怎么来啦？”大老田没看见，陆雪霁出现在他面前，她穿一身褪色的军装，腰里束一根皮带，手上戴一副白手套，身上落了不少麦秆，一副利落精干的样子。泉申问：“大老田呢？”

陆雪霁朝四周看看，说，“刚才还在，怎么不见了。看你脸色青青的，谁惹着你了？”

泉申定定看着她，说，“都是你！”

“我？”陆雪霁笑了，“我惹你什么啦？”

泉申也发现自己说得没头没脑，“和你没关系，我找大老田。”

陆雪霁说：“和我没关系就好。不过，劝你一句话，不要赶着鸭子上架。”

泉申说：“这话什么意思？”

她说：“没有别的意思，就是不要赶鸭子上架。”

他说：“谁赶鸭子上架了？不听，不听。”

这时一台收割机过来了，大老田从车上跳下，他身子魁梧，肚子微微凸起，戴一顶豁了边的草帽。泉申几步冲到他面前，说，“你为什么不推荐她？你说为什么？”眼泪也随之掉下来了。泉申想控制，可是不行，越控制泪水掉得越厉害。

“你，你这是怎么啦？”大老田愣住了。

万千情绪，一下子涌入泉申的胸膛，他怎么不冤呢？不要说在雪地上量小田的脚印，不要说周伟如何仗义，又把他的爸爸赔进去，就说他为了设计出这条曲曲折折的路，多少个夜里无法入眠。再说李春芳，他想她一定也受了委屈。泉申的泪水就没法控制了。他喊道：“我怎么啦？你明白！”

大老田愣了一会，笑了，他小小的眼睛、大大的嘴巴一起笑了，虽说泉申以前也是十一分场的人，但现在是大楼里的干部了，要给他点面子，就说：“凌干事，今天是来检查通讯报道工作的吧，怎么不提前打个招呼？”

泉申也是发昏，叫道："检查个鸟，不检查！你的侄儿对我说了，你像锛子锛地一样点头，一连锛了十几下。"

"什么锛子啊，乱七八糟的！"大老田脸上表情落下来了，他研究似的看着泉申，好像看一出不明白的戏文。他领着一群女知青在大田里干活，招谁惹谁了？怎么半路上杀出一个凌戏子，他又哭又叫，演的是哪一出？

一些女青年围了上来，交头接耳，嘻嘻嘻地笑。

泉申像头老牛，还在反刍，"那头凤凰，那头崭新的凤凰，你以为容易吗……周伟的父亲腰坏了，还要在大坝上扛石头。"

大老田说："周伟的父亲是谁，他在哪里？你他妈扯哪去了？"

"你想把一切都推得一干二净吗？你推不掉，就是你！"泉申并拢两个指头，指向大老田。

大老田的脸憋红了，对边上女青年吼一声，"你们凑什么热闹？干活去！"

女青年都不笑了，也不害怕，边走边回头，走散了。

大老田的脸由红变紫了，骂出一句特土鳖的话，"你拉屎不通，苞谷撑的！"

泉申记不得是怎么离开5号地的，脑子里大老田的土鳖话一直在回响，我拉屎不通吗？明明是通的，他为什么说我不通，苞谷撑的？也想到陆雪霁说的，不要赶鸭子上架。谁是鸭子啦？我赶谁上架啦？不听不听，都是没意思的话。

再看车下的路，已经在去瓦工班的路上了。他要去找李春芳，没准她早哭成个泪人了，他是男人，要安慰她，他打了保票，本来都是好好的，前途十分光明，谁知道突然踏空。毛病出在哪里呢？是小田诳他，还是大老田诳了小田？

到了那里，有人告诉他，畜牧场进了三匹种马，马厩不够，央求了十一分场，瓦工班就跑去抢盖房子了，一个星期后才能回来。

泉申灰心丧气走开了，却遇上周伟。原来周伟听说他到了分场，径直跑到大田去找大老田，预感不好，就跑来找他，刚好接到。

两人跑到野地里，找到一个麦垛子，爬了上去，蜷腿而坐。一轮弯月在高空晃荡，旷野里有凄厉的叫声，分不清是狗还是狼。一阵寒风吹过，后山林子哗哗作响。周伟打开一瓶高粱酒，撬开一个肉罐头，是他上次送他剩下的。

一杯酒下肚，身子热起来，心里还是发凉，泉申环顾苍茫的四野，大放悲恸之声，声音在荒野中飘荡。“我想上大学，不是一天两天了。知道自己出身不好，就曲线救国，放着聪明漂亮的陆雪霁不要，却找工人家庭出身的李春芳，一心想让她上大学，也算圆了自己的梦。我动足心机，煞费苦心，还连累了朋友，以为胜利在望了，却在最后时刻踏空。难道大学真的与我无缘？”

周伟又给他斟满，说，“泉哥，你不能自暴自弃啊，别看他们一个个成了工农兵大学生，我敢保证，他们超不过你，你不读书也比他们强！你对我说过，天生我材必有用。你自己忘了？”

“没有忘。天生我材必有用！我说过的，天生我材必有用。”他咕碌咕碌把杯中的全喝了，奇怪，还是身上如同火烧，心里发凉。等到酒瓶见底，他已经醉了。从麦垛上爬下来，摇摇晃晃去找凤凰。

周伟说：“不要回场部，今天就睡我们机耕队，有人上夜班，有空铺。”

他摇头，“不，我要回去。明天科里有事，小田也等着我。我要走。”

周伟拦不住他。泉申跳上了凤凰，凤凰展开翅膀，从东大坡飞下去，在坑坑洼洼的路上跑。弯月挂在头上，两旁树木瑟瑟发抖，地下忽而白，忽而黑，如有幢幢鬼影。酒一阵阵涌上来，不好受。前方路好像拱起来了，有个高台，应该到水利队了，他用力骑上去，没想到过了高台，底下悬空的，他酒意朦胧，哪里看得清，连人带车栽了下去。

底下是水泥地，足有几米高，他跌懵了，好一会才醒过来，刚要动弹，浑身撕裂一般痛。车头轴也断了，骄傲的凤凰折翅了。他手脚并用，一步步捱上来，才发现骑偏了路，跌进下鱼网的地方来了。

水利队巡逻的人发现了他，用车把他拉到场部医院，拍片检查，右手臂骨折，其他没有大碍。那头凤凰却遭了大难。

五

小田进病房时，泉申正看着天花板发呆。小田走近他床，怯生生说："泉哥，我看你来了。"

他喊了几声，泉申才把脸转过来，见他一脸的惶惑不安，不说话，一会用目光示意一把椅子，说，"你坐。"

小田迟疑一下，坐下了，看他被夹板夹住的右臂，问，"你这手臂痛吗?"

泉申说："痛过了，不痛了。自行车你见了?"

小田脸上就有难忍的痛苦，说，“见了见了。”

泉申说：“我把你心爱的车摔坏了，认赔，不过，不是今天。给我时间，无论如何，我一定赔你一辆新凤凰。”

小田叫起来：“泉哥，你怎么说这话？能要你赔吗？这车都是你给买的。我田军再差劲，也不能让你赔啊！没关系，我已经送修理厂了，一哥们对我说，他能给我焊上。”

泉申看他诚恳，不再说了。沉默一会，他忍不住又问：“小田，你和我说实话，如有一句假的，你就不是我哥们。你大伯真的同意了？”

小田从椅子上蹦起来，“泉哥啊，你还信不过我？要是我田军对你说过一句假话，就天打五雷轰！”

泉申看着他，说，“我信你。”

小田说：“大伯从来就相信我的，我还是第一次求他办事，不知道为什么……”

门打开了，进来的是李春芳。一看她就是远道赶来的，额上汗津津的，手里提了一个大口径的保温瓶。她进门放了瓶，就扑向床头，“泉申，你摔在哪里了，手骨折了？还痛吗？”

小田趁机溜走了。

泉申说：“好多了，就是右手臂骨折了，医生说过两个月就长好了。”

李春芳眼睛红了，“哎，你受苦了。”

泉申苦笑一下，没有回答。

李春芳说：“周伟打电话告诉我的，我马上请了假，还找马队长批了条，上养鸡场买了一只母鸡，杀了，炖了一锅汤。”说着拿过保温瓶，旋开盖子，盛出一碗，端到泉申枕头旁，舀了一勺，喂进他嘴里。泉申说："我自己吃。"李春芳扶他坐起来，她撕下一条鸡腿，递给他。泉申接了，先咬一口，接着大口大口吃。鸡肉很香，很好吃，这才想起，从昨天下午开始，他就没有好好吃过东西。一条鸡腿很快啃光，李春芳又撕翅膀给他，不到一时，大半个鸡下肚，精神也随之来了。他对李春芳说："不要难过，我们来年再努力。都怪我，夸下海口，工作却没有做到家。"不由脸上露出羞愧。古话怎么说的，功亏一篑，还有行百里而半九十。他咬了牙，"明年我们重整旗鼓，再来，干脆给大老田买头凤凰，我就不相信铁树开不了花！哦，周伟的爸爸已经被撤职了，那就想别的办法。哪怕大老田是座堡垒，也要把他攻下来！"

李春芳说："不用了，我爸说了，兰州的表舅写信来了，说人事科长已经答应了，明年铁路招工，一定把我招了去。"

泉申连连摆手，"不行，不行，还是要上大学，这和招工两码事。它是我多年的梦，你不光是为你自己，还是为我圆梦！"

李春芳噘起嘴，说，"你怎么老逼我？一点都不体谅人。我爸爸说了，读书伤脑子的。他特别担心我，初中就没有读好，上大学就更伤脑了，读不好还出丑，还是招工牢靠。"

他似乎想到什么，打断她说："我让你找大老田，你找他了吗？"

她背过脸，不说话。

泉申说："我的祖宗，你说话呀。"

李春芳说："我走到大老田家门口，心里还在想爸爸的话，刚好大老田的老婆出门，见了我说，'春芳，你来找大老田的吧，有事吗？'我心里一慌，说，'没事，没事，不找大老田。'她高兴地说：'没事就好，陪我上供销社去，说是来了一些花布，忒好看，我要多扯一点，给两个女儿做夏天的凉褂，你们上海人眼光好，你去给我参谋。'说着上来拉了我胳膊，我就跟她走了。"

他盯紧问："那你报名了吗？"

她怯生生说："没有报名。"

泉申惨叫一声，脸刷白，半天才说："你没有报名？你连名都没有报！你知道吗，我花了多少心血，下了多大功夫，可你连名都不报！为什么不早和我说一声，省得我到处欠人情，专干荒唐事！"

李春芳脸也变白了，愣愣地说不出话来。

他心里一阵抽搐，大老田没说错，他有学问，我拉屎不通，当然是被苞谷撑的。还有陆雪霁，她早看出来了，赶鸭子上架，说的是这个呀！

李春芳靠近他身子说："是我不对，你心里不舒服，就打我两下。"

"你走吧。"他声音冷得怕人。

她眼睛睁大了，露出恐惧的光亮。她走到屋子一角，低了头，抓了辫梢，一圈一圈在手指上绕。

屋里的空气沉闷得可怕，走廊里传来医务人员说话和走动的声音。

李春芳缓缓朝他走过来，说，"泉申，原谅我，我只想我自己读书头痛，没有想到你……"

他忽然迸出一句，"你怎么还不走？"

两颗晶莹的眼泪从她的眼睛里掉下，她扭过头，冲出门口。

第二天，泉申就出院了，也没有去上班，右胳膊被夹板固定了，吊在胸前。他什么都不想做，望着窗外发呆。

有人敲门，等敲了九下，他说：“谁啊，进来。”

门开了，进来的是陆雪霁。她也不打招呼，以泉申为圆心，绕着他，往左走三圈，再往右走两圈。

他说：“绕什么圈！绕得我头晕。”

她冷笑一声说：“我倒要看看，这个为了自己的目的、把女孩子当棋子的是什么样的人！好笑，就是这个人，还差点成了我的相好。”

他说：“为自己的目的？我所做的一切，都是为她上大学，怎么成了为自己的目的？”

“那你征求她的意见了吗？你了解她内心的真实想法吗？”陆雪霁的发问一声紧接一声。

泉申反驳的话到嘴边了，却咽下了。

陆雪霁说，昨天晚上，她发现李春芳行动反常，闷闷的，谁和她说话，都不搭理，也不上食堂去吃饭。她就注意上她了。天黑了，李春芳出宿舍门了，她忙跟了出去。月亮淡淡的，她沿着一条小路下了山坡，往水库走。她不远不近跟着。到水库了。已是上冻时节，边缘的冰都结起来了，中间还没有结住。李春芳下了水库，径直往中间走。陆雪霁心中叫声不好，快步跑上去，一边追，一边喊她名字。可是她像没听见，还是往中心走。陆雪霁加快了脚步，脚下的冰很薄，发出碎裂声，月亮印在冰底下，也要碎了。她发疯一样跑，终于追上李春芳。她把她往回拉，可是她的力气比她大，陆雪霁拉不住她，就大声喊：“你不能这样，你要走了，泉申怎么办？”

李春芳咬了牙，还是走。拉拽之间，两人一起倒下了。陆雪霁贴在她耳朵上喊：“你不愿意活，还要我陪你一起不活？”慢慢的，李春芳手脚不乱动了，忽然大哭起来。陆雪霁扶起她，小心翼翼朝岸边走回来。

“真的？她要去投水库？”泉申霍地站了起来，这时他明白自己对李春芳是有感情的。

“以为你是个男子汉，怎么可以这么对待女生？”陆雪霁恨恨地说，“李春芳是我的姐妹，你欺负她，我们女生要集体找你算账！”

他沉默一会，说，“辛苦你了，特地跑十多里路来告诉我。”

陆雪霁说：“倒也不是特地来的，刚好有事，顺便来看你。”

“你还有什么事？”

她说：“对你我不隐蔽，我被推荐上大学了。”

泉申的眼睛翻到额上去了，“什么？你推荐上了？你资本家出身都行？”

她说，她是特殊名额，属于表现特优的，是可以教育好的子女的代表，整个农场局上千个名额，出身不好的只有三个。所以，今天招生办又要找她谈话，要她不辜负领导和群众的期望。

泉申仿佛吸进一口凉气，噎得说不出话来。当初就是怕两个人黑加黑，看不见亮光，才忍痛割爱。谁想到偏偏她上大学走了。而自己呢，老谋深算，一路计策使来，连月亮都要摘下来送给小田，做梦都不会想到，李春芳却没有报名。罢罢，一番苦心付之东流，天下没有后悔药卖。

闷了好一会，他对陆雪霁说：“我想托你点事。”

她说：“好呀，说吧。”

他说：“你进了大学，图书馆、教学大楼、电化教室，反正你觉得主要的地方，多拍几张照，有你的、没有你的都要拍，寄给我，我会珍藏起来。还有，你读过的教材和书都不要扔，你读两年级了，就把一年级的教材寄给我，读三年级了，就把二年级的寄给我，邮费都我出。”

陆雪霁说：“没问题，邮费嘛，没几个钱，我出得起。”

泉申说：“那就谢谢你了。”

陆雪霁说：“你没有事了吧？我还有一件事，你等一等。”

她出门了，大概十分钟后，她又回来了，走进门说，“看，我给你送一个人来。”又伸手到门外拉一下，拉进一个人，泉申看，是李春芳。

陆雪霁说：“我该走了，上大楼，找文卫科的余科长。”她朝泉申招手，向李春芳一笑，走了。

泉申走上去，用没有受伤的左手摸她的辫子，说，“那天我太粗暴了。”

李春芳就势靠他身上，说，“我没有体会你的心，是我不好，以后不会了。”

第二天午后，他送李春芳回分场。他们走上林荫大道，就下雪了。先是牛毛细雪，还能看见太阳，太阳也是白的，像一个大银盘，盘边挂满了细细的银须。慢慢的雪大了，成了鹅毛大雪，太阳就不见了。一时天地间都白了，赭红色的大楼变白了，卡车变白的了，松树变白了，公路也成白的了。那条夹着尾巴的分明是条黑狗，也成白的了。他和李春芳都成白的了，大雪覆盖了所有的颜色。只有眼珠子还是黑的，黑色的眼珠子里蕴藏着各式的神情。

他说：“下雪了，等一等再走吧。”

李春芳说：“不要紧，我能走。”

右前方就是水库，还没有冻实，他们走大路。以前泉申会送她到水利队，可是，今天他送到场部大道的顶端，站住了。他轻轻拥抱她一下，就分手了。他看着她渐渐走远，风打起旋来，雪花也跟着打旋。在飞旋的雪花里，李春芳消失了。在这个世界里，除了铺天盖地的飞旋的白色，什么都看不见了。他忽然一转身，撒开腿跑了，朝着远方飞奔。

2016年8月1日写于

美国　康涅迪克州　东温莎

唱　歌

吕图光是金陵御庭园的新业主，刚住进半个月，他就发现这是一个结结实实的错误。

御庭园是什么地方，房产商的广告语说得明明白白，典雅的皇家气派、顶级的高尚住宅。地段又好，就在东郊风景区边上，推出窗，气势雄壮的紫金山兀然跃入眼帘中，房子四周一片葳蕤气象，清晨还没有醒来，清脆的鸟鸣就送到你枕头边上。吕图光第一次来看房子，就被吸引住了。可是，这价钱也是辣花花的呀。每平方米都卖到七千了，他吕图光辛苦半辈子就全部砸在房子上了？真有点下不了手。

儿子不这么看，他跨上摩托车，说，“都什么时代了，你还住在这破破烂烂的房子里？早该换了，要买就买个好的，老爸，你也该享享福了。”吕图光听了心中一热，差点流下泪来，别看儿子平时犟头倔脑的，这个时候跟老爸心贴得紧哩。儿子八岁时，老婆就到海外去了，后来劳燕分飞，嫁人了。这儿子硬支支的就是吕图光一手牵大的！如果有人在茶馆里问，现在还有大男人领儿子的？有！吕图光会不紧不慢说，鄙人就是一个。那个时候，他服装生意做得十分火爆，但是，除了到外地进货出差，再晚他都要回来睡。儿子早睡熟了，等他钻进被子，儿子就像得了感应，嘟嘟唔唔翻一个身，手臂甩过来，勾住他的脖颈。于是，他轻轻说一声："小脚脚翘。"儿子居然就听见了，一双腿伸过来，翘起来，搁在他毛森森的腿上，就这样安安实实睡到天亮。

要是换在以前，哪怕四年前，吕图光买一个房子会这么费劲吗？他是南京最早下海的一批，那时别人还在为工资加一级乌眼鸡一样斗，他已经在大把大把赚钱了。那时是服装的黄金季节，一个新款式上柜，三天五天就能卖精光，真是气吞万里如虎！在南京几个最大的商场，他都有服装专卖柜，晚上打烊了，数钱点货都要耗一个半小时。不知什么原因，突然就不行了，衣服卖不动了，卖不动就卖不动，他做服装做腻了，正想换个行业做做呢。就有个朋友来找他，告诉他一个新式的赚钱方法，叫炒股，坐在电脑跟前，不用流汗，不用开车子进货，不要对工商局税务局的人点头哈腰，只要敲敲键盘，买进卖出，就赚钱了，他想，这样子蛮斯文，蛮自由的。吕图光从来是一个敢吃螃蟹的人，说干就干，他把三个专柜，两个店铺都盘掉了，带了三百万元进股市了。经过九年奋战，整整九年啊，当年打小日本鬼子也只用八年。敲了九年键盘，吕图光变了，他脸上红堂堂的光亮消失了，却蒙了一层灰扑扑的晦气，他原来声音洪亮，说起话来像敲响一口古钟，如今声音嘶哑，常常会一个人黯然神伤，与此相应的是，账上三百万缩水成了七十万。

但吕图光是什么人，这点风波就能把他击垮吗？虎死骨架在。而且，儿子发话了，儿子发话让他的心像一个浸泡了好长日子的醋蛋。御庭园的房子，买了！九十多平米，加上装修总共花了七十万。旧房子卖了十五万，现在他就靠这卖房子的十五万过日子。虽说手头不阔绰了，但是，他毕竟住进去了，典雅的皇家气派，顶级的高尚住宅，广告上就是这么说的。住在高尚住宅里，难道他吕图光过的还不是高尚的生活吗?

不过，他很快觉得不快活了。花园的大门又高又漂亮，门旁有个警卫亭，一天二十四小时都有人值班，刚搬进来几天，吕图光每次走进大门，都要被保卫叫住，“喂，你找谁?”他有点不高兴了，“我就是住里面的，是金陵御庭园的新业主，你们不认识我?”可是保卫不含糊，没有办法，他只得掏出居住证。下一次，他又被保卫拦住了，他真的生气了，“你不是看过我居住证？是跟我过不去还是怎么的?”年轻的保卫笑了，“是我吗？你仔细看看。”吕图光就仔细看，果然不是上次拦他的那个，亭子里有四五个保卫，都长得高大、英俊，像是一个模子里出来的，不知道物业管理所从哪里搜罗来的。

这么几次，吕图光进大门没有人拦了，他也慢慢看出道道了。住御庭园的大部分都有车，而且好车多，帕萨特、别克、奥迪是普通的，还有开奔驰、宝马的，他们开进开出，从来没有人拦。车还没到门口，保卫就看见了，马上按电钮开铁门，同时，从亭子里快步跑出来，毕恭毕敬地候在一边，车子忽一声出去了，忽一声进来了，喇叭都不按一声。惟独他呀，跨着两条瘦骨棱棱的腿，提着从超市里购来的食品，一二一，一二一，一脚前一脚后，像通过检阅台一样通过岗亭，保卫不问他问哪个呢?

更糟糕的是，在保卫们年轻的脸上，吕图光看出了无法掩饰的轻蔑，他们个个都像是当铺里的伙计，一眼掂出了他的轻重。吕图光仿佛听见他们眼睛里的声音，这人连辆车都没有，也不像是有钱的，怎么就住这来了？吕图光心里有说不出的懊丧，要是当时不买高尚住宅，买个普通人的房子，会遭这洋罪吗？如果此时恰好有辆宝马从身边擦过，吕图光更是浑身不自在，恨不得地下裂一条缝，钻进去。又恨不得在铁栅栏上打一个洞，从此不从正门过。心里忍不住叫起来，不要狗眼看人低！我威风的时候比谁差过？这杀人不偿命的股市啊，哎！心里虽然恨恨的，也只得提了袋子，一二一，一二一，一步一步量地皮。天不热，他脸上淌下油光光的汗。

吕图光住的是中套，前面一排房子靠着湖，湖中有天鹅有莲花，风景比他的好，房子的套形也比他的好，都在 160 平米以上，听人说是银行、证券公司替他们的老总买的。吕图光听了就来气，我在股市输得这么惨，这帮家伙是用我的血汗钱逍遥啊。

他发现，那排房子中和他挨得最近的那套空着，望进去，紫红色窗帘的缝隙中露出家具的一个角，哦，都已经装修好了，到了晚上黑黑的不亮一盏灯，没有人住。

一天，吕图光走出家门，忽然来了一辆车，哧地开到对面那家门前。他抬眼看，是一辆漆黑铮亮的奥迪，车刚停稳，驾驶员就从前面蹿下来，绕过车，快步跑到后边，把车门打开，就钻出一个人。吕图光看此人年纪不大，一张圆脸，皮肤白皙，戴一副金丝边眼镜，只看见亮晃晃的反光，看不清眼珠子，看模样也就四十来岁。倒是那个开车的年纪比他大，可是那司机脸上都是讨好的神色，一口一个胡行长。胡行长也不理会，哼一声，走进房子去了。司机钻回车子，在里边等。

吕图光到外边转了一圈回来，那辆车还停着，司机在里边看杂志，发现有人走近，抬头看看，又低下头去看杂志。到了下午车就不见了，晚上那屋里还是黑洞洞的，没有一盏灯亮。

吕图光也不在意，过了两天，对面房子忽然亮灯了，他觉得奇了，扒在窗上看，对面窗帘拉得严严实实，一点都看不见。吕图光心里就疑惑了，是姓胡的在里边？可是没见车子送他来呀。他是一个人住，还是带着家人住？吕图光并不是一个好管闲事的人，可是，今天这些问题缠绕在脑中，不肯消失，就像是深井里的七八个水桶，在他心底不时碰撞。

第二天，他起床了，走出家门，紫金山背后泛起一片红光，把天上的云朵都映红了，再回头看，两只野鸭从湖面上飞起来，身上也有点点的碎金。他沿着石径走了一圈，刚绕过来，看见那辆奥迪已经停在对门口了，司机也袖着手在边上等，他心里一动，恰好门开了，胡行长从里边走出来，也不看左右，匆匆钻进车子，没等他走近，车子已经开走了。

吕图光吃了早点，看了会电视，然后走到阳台上，抬起目光，前面房子的窗帘已经拉开了，出现一个女孩的身影，他怔住了，这女孩身个高挑，长长的黑发似瀑布一样垂下来，把一张脸衬得十分白，那女孩在窗前腰一扭就不见了，好像一条鱼在水面泼闪一下，就沉入水底去了。

他搬过一把椅子，坐下来，两眼直直地看着对面，足足看了两个小时，女孩子没有再到窗边来，也没有看见其他人。他心里毛躁躁的，像有一只手在乱抓，这姓胡的原来是和这女孩住在一起啊，他们两个是什么关系？为什么他早不来晚不来，房子空关这么多日子，偏偏今天两人一起来住呢？这女孩也就二十来岁，不可能是夫妻。是胡行长的女儿吗？他立即在心底否定了，哪有做父亲的和女儿单独住的，他的老婆到哪去了？

这一天的大部分时间里，吕图光都没有离开窗口，一直专心致志朝对面看，他觉得这里有戏。等到天暗下来，黑色的奥迪开来了，胡行长下了车，神清气爽地走进房子。车子开走了，几乎是同时，女孩子出现在窗口，把所有的窗帘一一拉上。吕图光心里叫起来，他们是什么关系，还用说吗！

第二天9点左右，车子把胡行长接走了，司机从来不进房门一步，他不会知道屋里住的是谁，也不需要知道。但是晚上胡行长没有出现，吕图光一直在窗子后边等，等得他两眼发酸，颈根发硬，还是没有看见。后来，对面屋子的灯都灭了，他才恋恋不舍地睡到床上去。隔天上午，大约10点，女孩子出门了，她长得很清爽，头发梳成一个高高耸起的发型，上身穿得很露，在彩色的石径路上姗姗而行。她走到湖边站了一会，掐了一根叶，就出花园了，下午3点半才回来。这天晚上6点零5分，胡行长出现了。

经过一段时间的观察，吕图光摸到规律了，一个星期内，胡行长一般来两天，基本上在星期二和星期四。有过夜的，也有夜里11点多，黑色奥迪无声地出现，把他给接走的。起先是不过夜的日子多，后来两边的日子差不多，再后来几乎都是在这里过夜。虽然每扇窗的窗帘都拉着，但还是能看出屋内有没有开灯。胡行长踏进门时，每个房间都开起了灯。于是，吕图光的想象力就像刀子刺透了厚厚的窗帘，他看见每间屋子都像耀目的剔透的水晶宫。后来灯都灭了，只有一间屋里亮着粉红的细纱一般的光亮，再后来所有灯又一起亮了，最后还是只剩那盏粉红的。只要看见粉红灯亮起，吕图光就恨得咬牙切齿，心里把他骂个透。

一天早晨，因为昨夜一直在监视对面，睡晚了，吕图光还在床上迷糊，隐隐地似有歌声传来，他赶走睡意，侧着耳朵听，歌声挺昂扬的，是从对面传来的。他从床上跳起来，赤着脚跑到窗边上，果然是从对面传来的，窗帘还是蒙着，但两扇窗都打开了，似乎唱歌的人有心敞开窗子，让花园里的人都能听见。吕图光听清楚了，他是唱这个歌啊，他居然唱这个！《唱支山歌给党听》。他鼻子都扭歪了，气不打一处来。他怔怔地站着像一根木头。不过，说实话，这家伙唱得不错，他懂抒情，也有唱歌的技巧，一些关节都处理得很到位，高声部爬上去也不费太大力气，肯定是歌厅里的老手，不知平时有多少次的逢场作戏。晨风吹过，对面的窗帘晃晃悠悠，只闻其声，不见其人，好像舞台上的幕布不拉开，演员躲在幕后让歌声飞出来。

唱支山歌给党听，
我把党来比母亲。
母亲只生了我的身，
党的光辉照我心。

明明他歌声是抒情明亮的，但吕图光却听得凄凄惶惶。他不停地想，他居然唱这个歌，还唱得这么好。他是多么得意啊。吕图光也是一个唱歌的好手，少年时受过专门训练，做生意那些年，他到歌厅里一开腔，人们一起鼓掌，说快够上专业的了。他唱过后，好一会不敢有人上去唱。自从走背运后，他有五年没有上歌厅了，早荒疏了，嗓子都毛了，唱不起来了。这家伙正在春风得意时，底气十足，声部饱满、韵律悠扬，怎么唱得过他！

一遍唱完了，歇不到两分钟，又唱第二遍，还是这个歌。吕图光的耳朵却听出毛病来了，这家伙唱得太熟了，不知几百遍几千遍地唱过了，他不经意了，玩起来了。好像是一个风景绝胜处的导游，他无数次地领着游客游览，他一直是兢兢业业、热情饱满，可是日长天久，难免也有懈怠时候。虽说山水甲天下，我天天见到，出门是它，归家是它，又能怎么样！胡行长居然唱油了，唱到高声部卖弄似的颤抖起来，不应该颤抖的他也颤抖了，这很不合规矩，是卖巧弄乖，是唱歌的大忌呀。虽然这卖弄是细微的，稍纵即逝的，但吕图光一下就抓住了。这让他觉得兴奋。不知为什么，又想起了自己。下海那阵是多么坚定，好些朋友都说风险太大，可是他一抹脸，风萧萧兮易水寒。他吃尽了辛苦，开始时卖衣服，一天要吆喝多少遍啊！他嗓子可能就是这么练出来的。后来他闯出来了，算个富豪了，可是他从来不胡作非为。以为换个体面的赚钱法，哪想到输得这么惨！这金陵御庭园是买错了，还是买对了？难道我真是英雄末路了？一股气从丹田产生，旋转着，积聚着，慢慢升起，越积越大，到喉咙口就停住了，好像遇上了一道大闸，都在这里蓄着，水越来越高了，无边的水连着天，都接住云了，不开闸不行了。

他顾不得了，张开嘴，一个积压已久、屡经打磨的声音冲了出来：

苦菜花开遍地黄
乌云当头遮太阳
鬼子汉奸似虎狼
穷苦人何时得解放

他的歌声从窗口里一涌而出，到了早晨凉爽的空气里，立刻无边无际地漫延开来，好像墨汁倒进了清水里。他没想到自己的声音还这么洪亮，他耳膜都嗡嗡地响，一只鸟刚才还停在树梢上，立时掠开翅膀飞走了。晶莹的露水从枝头上滴落，整个花园里都是他的歌声。

对面第二遍歌没有唱完，刚唱到“母亲只会泪涟涟”，就不唱了，像是一个人正在兴致勃勃地夹菜吃饭，突然受了惊吓，停下了筷子。天地间只有他漫无边际的苦涩难当的声音。

苦菜花开遍山岗
根据地的人民决心大又大
前方后方团结紧
军民一心打豺狼

他唱了一遍，根本不歇，就唱第二遍。心里百感交集，又感到酣畅淋漓。他觉得自己变成了两个人，一个在唱，一个在听，唱的因为听的而不遗余力，听的因为唱的而肃然起敬。他从头至尾，循环往复唱了三遍，才停下来歇气。就这时，对面唱起来了。歌声照样饱满有力，还比刚才稳定，唱到高声部时没有卖弄的颤抖了。胡行长肯定意识到刚才的轻浮了，他虚心接受，认真地改了。唱到“号召我闹革命”，一个高声部推向一个高声部，既倏忽飞扬，又雄浑有力。吕图光不得不感叹，这家伙真会唱歌。如果在歌厅里他听见有人这么唱，一定会鼓掌，但今天没有可能。

对面歌音刚落，吕图光又让阳光下的御庭园充满了苦菜花。等他唱完了，对面却不应答了。他想，对方肯定不认为落了下风，他也不敢说压过了对面。他们才刚开了个头。这天是星期三早晨。

星期五傍晚，黑色奥迪果然把胡行长送来了。当吕图光看见对面一个房间里泄出粉红灯光时，心里笑起来，等着吧，明天早晨见分晓。第二天，天还没亮他就醒了，爬起来，看对面窗里没动静，又躺下去，却不敢睡实，撑一会，迷迷蒙蒙了，忽然听到鸟叫，揉开眼看，天已亮了，吓得跳起来，还好，不算晚。他搬过椅子，坐在窗前静静等。

阳光点燃了窗前的绿叶，又把金光向屋里逼来。他忽然担心了，莫非对面不唱了，以为自己赢了，他就这么自负？就这么气短？吕图光受不了这样的轻慢和欺侮，他站起来，在窗前不停走动，像要和谁打一架。等他再次投出目光，却怔住了。对面的窗帘动了，却不拉开来，伸出一只手，胳膊以上仍然藏在窗帘后面，这是一条光润的男人的手臂，打开一扇窗，又打开一扇，接着手就缩回去。

吕图光屏住呼吸等。蓦地歌声起来了，他揪紧的心一下放开了，眼睛都潮湿了。还是《唱支山歌给党听》。看来对方也当回事了，这两天里做过准备，比两天前唱得更舒缓更成熟了，所有应该唱出的关关节节他都唱出了。吕图光突然变得急不可耐，对面刚唱第二个“夺过鞭子”，他就放开嗓子唱起来，一大片黄艳艳的苦菜花涌现了。他的歌追着对方的歌，粗鲁地踩了对方的歌。对面肯定生气了，怪他不文明，不讲游戏规则，干脆来个混打，嗓子吊高八度，循环往复，一遍一遍唱。他也一遍一遍唱。你抢我，我压你，一部多主题多声部的混合唱在御庭园的上空回荡。这天，双方都来劲了，吕图光足足唱了六遍，而对方也不比他少唱。吕图光还是不敢说谁胜谁负。

接下来，他们又有两次交手，可能谁都知道乱唱不好，一个唱了另一个再唱，很守规则。一次吕图光压过了他，另一次是对面占了上风。那家伙的歌技绝对不差，一些地方超过了他。但吕图光是破釜沉舟，他什么地方都输了，唱歌不能再输。虽然他五年不唱了，但几次唱过就已经恢复了，而且比过去全盛时期唱得还要好。现在已经不是比技术，而是热情和境界的格斗。唱的时候必须想自己的不易，必须把自己的心和歌和苦菜花揉在一起，才能压住对方。所以，有时一支歌唱下来，他早已泪流满面，只得用毛巾不停地擦。

过了一个月，天凉了，吕图光感冒了，紧张得不行，慌忙吃药，没想到越吃越不行，那天早晨起床，一开口嘶嘶哑哑的，话都说不清，更不要提唱歌了。他站在窗前，看着太阳把绿叶点燃，对面一条手臂伸出来，两扇窗推开了。他心慌得要命，歌声响起来了，那家伙一点都没感冒，唱得和平时一样好。该他了，他张开口，又闭上。他不能唱，没有办法唱。如果以嘶哑的声音上阵，不仅肯定要输，而且是对他们比赛的亵渎。他神情黯淡地从窗前退下。对方在等他回应，等不来，又唱一遍，隔了十分钟，再唱一遍。现在，胡行长看出他畏缩了，英雄天下无敌手，他得意忘形，又油了，唱到高声部又卖弄似的颤抖起来。

吕图光缩在屋子角落里，十分痛苦，这该死的感冒，早不来晚不来，偏偏这个时候光临！只能在肚子里一遍一遍唱。

他心里闷闷的，想出一个主意，现在什么歌都有碟片，老电影歌曲也应该有碟片，如果能买到，买了放，让碟片和对方斗，也是个法子。

他走出去，沿街找了三家影碟店，说要买电影歌曲苦菜花。一家店主把半个店铺都找遍了，两家店主干脆回答没有。他悻悻地回到家中，躲在床上，两眼直直地瞪着天花板。早晨，那个时刻到了，对面的窗推开，歌声响起来了，是那么地骄奢、目中无人，特别是唱到“夺过鞭子揍敌人”，爆发出可怕的力量，胡行长反复唱这句，比原来的歌多了五个重复，一句一句歌词就像一道一道鞭子向他抽来，他无处可躲，他躲到厨房里，那鞭子追进厨房，他躲进卫生间，鞭子追进卫生间。那天那家伙的嗓子出奇地好，不知怎么练的，简直可以说是黄钟雷鸣。只要钻进他耳朵，他就有鞭子抽身、浑身火辣辣的感觉。他跌跌冲冲地扑向医药箱，撕开棉花团，攥了两团棉球，塞进耳朵，又关紧窗户，这才逃脱。

以后一个多星期对面都没有唱。胡行长是高人，知道这里已经成穷寇了，人家宽容得很，早鸣金收兵了，剩下勇力也不追了。吕图光很惭愧，只得在心里唏嘘。

一天起床，他对自己说了一句话，“咦，嗓子不哑了。”再唱一声，歌喉也是好好的。他激动地跳起来，“好了！总算好了。”一连哑了十来天，碍了多少事啊。到时间了，金色的阳光把窗前的绿叶点燃。今天怎么啦，是星期五的早晨呀，对面为什么不把窗推开，还是严严地关着呢？再等一会，还是不推窗。他等不及了，亮开嗓子，深黄色的苦菜花一路铺开去。好些日子没有唱，有点生了，但还能凑乎。一遍唱完了，对面没有反应。再唱一遍，还是没有反应。这唱的哪出戏？他想，这家伙自以得胜归朝了，不屑再和手下败将理论了，还是怎么的？不管怎么说，今天是我赢了，不过，这得胜的感觉并不美妙，空空的落不到实处。

第二天上午，他走出家门，恰好对面的大门也打开，那个长得清清爽爽的女孩跑了出来，她没有梳高高的发型，黑发披落下来，遮了半个脸，她右手拎一个大包，左手提一个小包，门在她身后重重地关上。她在彩色的路上匆匆忙忙跑，腿一扭，险些崴了脚，又往前跑。吕图光满心的诧异和好奇，跟在身后，跟出花园铁门，看她拦下一辆出租车，钻了进去。以后再不见她出现。漆黑的奥迪也不再来了。到夜里黑乎乎的，一盏灯都没有，粉红色的光也消失了。

现在他的嗓子彻底好了，比犯感冒前还要嘹亮。唱了几声，一遍都没有唱完，就不唱了。失去了对手，没意思。

今晚蓬嚓嚓

我们单位年龄小的人很少，但又很少有服老的人。我们大家热爱生活，热爱生命，都希望生活过得充实。在我们单位，四十岁的人照旧可以叫小秦小晋。五十五朝上的，把姓省掉，直呼名，既亲切，又消弭了年龄的威胁，大家都喜欢。再往上，眼看着难办了，恰好就退休了，马上开欢送会，热热闹闹的，天送一个克服尴尬的好办法。

好几年了，我们单位没进一个大学毕业生，人事干部这样把关是得人心的。要是二十刚出头的也进来了，对四十岁的再称小，总觉得不是滋味。如果对他们改称呼，五十五朝上的怎么办，改还是不改？当然可以不改，大家不会有意见，问题是他们自己，他们天天看见鲜虾一般蹦跳的小青年，心里难道不会袭上一丝迟暮之感？而退休还没马上到。他们可能自己来改称呼，但心理上有压力，这样，平衡就打破了。所以人事干部的关把得很得人心。

可是，关也有把不住的时候。一年，有个毕业生指名要到我们单位来，来头非常大，大到任何“把关”的企图都会“毕竟东流去”，指标早早地下来了。各个部门都开绿灯。人事干部只做一个把的姿势，就弃关逃开。消息传开了，大家都不说什么，相互看看，照旧看报说笑，可是只要看各个办公室里骤然浓烈起来的烟雾，就能看出蹊跷，因为大家都知道抽烟致癌，都热爱生命，希望健康。

事情有了转机，那个青年突然不来了，他有了比这更好的去处。到此本来应该结束了，可是那时人才流动，双向选择还是一个时髦货，便另有一个大学毕业生找上门了。其实人才流动的另一面是个非常糟糕的东西，它搅得人心浮动，本职工作做不好。问题是那个毕业生找上门来了，不管有没有人漏风声给他，他好似知道这里空一个指标，他就是奔这个指标来的。再说，他没有任何来头，这小子占了大便宜。我们都知道指标是确实有的，而且在当时的形势下，我们的心理上都有了一次波澜，所以就默认了狸猫换太子。事情到此还没结束，第二年，我们又接收了一个女大学毕业生。一男一女，大家都感到了威胁。

本来可能酿成危机，幸亏了第一办公室的余仁。余仁五十多岁，我们大家常常记不起他姓什么，但这无关紧要。他这个人的最大好处就是有足够的主动性，这类人其实每个单位都有，可是有的单位没让他显示出来，构成很大的浪费。他这样的人始终处于精神饱满的状态，如果比作一只皮球，就是很少有气瘪的时候。比方说夏天到了，我现在很不敢宣传灭四害或者灭七害的成就，蚊子一年比一年猖獗，而且腿变得粗壮起来，还带了花纹。余仁就叮嘱人买灭蚊剂买风油精，他上各个办公室报信，满脸的热情和真诚，“快去领啊，买来了，每个人一瓶风油精两瓶灭蚊剂。蚊子是非常可恶的，灭蚊剂是新产品，可以准确无误地杀死它。”手做一个往下砍的动作，“如果咬上了，风油精一涂，就凉快，消痒了。”

每个人都不可能不听到他的传播，我们大家都感激，虽然也会叫你为难。如果你已经领过了，他还会追着你传播，讲风油精一瓶灭蚊剂两瓶。大家就嫌烦，其实是没有道理的，嫌烦就没有风油精，要风油精就不能嫌烦，大家都心如明镜，不过嘴叨叨而已。最让人生发敬意的是，余仁既不是主任，也不是科长、处长，而且风油精也不是他的工作职责，这种精神在当前社会并没有蔚然成风，它和“各人自扫门前雪，莫管他人瓦上霜”针锋相对，所以，弥足珍贵。

就在大家不安的时候，余仁发明了一个词：小小孙。另一个女的是，小小殷。啊，多巧多妙的发明，大家疑虑顿释，心花怒放。怎么就会想不到，偏偏这个余仁！再简单不过了，小前面再加一个小，什么都解决了，音节也好，先是叠音，一串念出，就像一嘟嘟透亮的花串，尽可以想出红的紫的。“踏破铁鞋无觅处”还真是有。顶顶要紧的是谁的称呼都不用改了，原来叫什么的还叫什么。现在来个小小孙和小小殷，好像来两个学龄前儿童，与成人是无关的，大家尽可以放心。到此时，谁敢说余仁的主动性可以少？

我们单位原来是非常兴隆的，打个不恰当的比喻，可以说是《红楼梦》里没衰败的贾家。那时我们的业务北到黑河镇，西到戈壁滩，南边差不多就要到曾母暗沙。我们的采购员、推销员神气十足，乘飞机、住宾馆，大把地花钱，好像他们抱着金山，而且金山在日益增长。那个时候，我们单位门口停满了各种进口轿车，皇冠、尼桑、蓝鸟、奔斯，不少豪华型的，以至要雇个人来专门管停车。那个时候，我们单位接待过北京来视察的重要人物，现在每涉及这个话题，我们大家脸上还会自然地浮起严肃幸福的表情。那几次留下的合影，还在会议室的墙正中挂着呢。

这都是以前的事了。现在我们单位不行了，为什么颓败，没有人说得清。这就叫我们大家都变得有点像八旗子弟，但还是都来上班，凑在一起不痛快，胡乱地找原因。有的说我们单位不应该归这个部管，还应该归原来那个部管。有的说如果不把这些政策收回去，那么我们照样可以干他个太阳不落山。言辞都是中肯的，但没有实施的可能，也就成了纸上谈兵。

这段时间我们大家都是苦闷无聊的，我们真不愿多回忆。而且传来了谣言，说我们单位行将解散了。尽管我们中有人很快通过极可靠途径，证明这是无稽之谈，但也还是叫我们伤心。这时候，一些本来完全不应该生出的事也生出了。

首先，雏凤和岩齐干上了。这叫很多人不可思议。雏凤也可以称小栾，但雏凤的名字似乎更好听，而且她年龄就在两个称呼的衔接处，称什么就随意了。她决不是一个小鸡肠子的人，不用多说你也知道，这类人其他单位也会有。在采购困难的时候，她干采购，在推销遇上难题的时候，她转身搞推销，因此她得了第二办公室副主任的头衔。她几乎可以说是无往而不胜的。在她更年轻一些的时候，容貌可以叫耕者忘其锄，但是她的成功绝不仅仅在于容貌。她有一种独特的本领，在和对方谈业务的时候，她这么的眼一闪，这么的嘴圈扩大缩小，这么的抬起臂，腋下空出一大块，在虚无中把掌徐徐推过去。行了，对方就像通了电一样，嘴合不上，脚下直打晃。可以说我们单位成功的业务很大部分都同雏凤的电流有关。当然这都是以前的事。

现在雏凤和我们大家一样，成天窝在单位里，接触的是天天见面的同事，这样她的电流就变了性质，成了警察手里的电棒。我们大家便望而生畏，唯恐避之不及。

岩齐也不是一个简单人物，大家都有点怕他，这点在以后我还要说。我们只要记住他一只是正眼，另一只是斜眼，只要记住这点就可以了。对于他们的争斗，我们能多说什么呢。从一点芥末小事，闹到不可开交，几挥老拳。等我们赶到的时候，岩齐像一只猎鹰一般簌簌抖着双肩，而雏凤怒不可遏，在屋子里不停地窜动，她穿一件红衣服，从这个角落到那个角落，像一团流火。我们自然可以分析出原因，比方说第二办公室有两个副主任，而主任到现在还空缺，当然会叫两个都想入非非。又比方他们两个都是同一种血型，据说这种血型的人富有攻击性。凡此种种，难以不信。但是我们决不应该忽略紧逼我们的那种气氛，无聊、苦闷，谁的情绪都可能变坏。所以怎么说都不能仅仅怪他们本人。

现在回想起来，要是不出这些事，我们就不会在后面陷得这般深，几乎不可自拔。

不久，又发生了另一件事。事出在小小孙。他来我们单位不到两个月，大家就看出来了，这不是一盏省油的灯，来的时间越长看得越清楚。他有一把吉他，常常抱在怀里，手指拨动，就作一种痴迷状。他有种本事，叫你随便说句话，什么话都行，他就从这句话开始唱起，边弹边唱，唱出一篇来。起先大家感兴趣，争抢着说由头，果然他有腔有调地唱起来。后来大家就不热心了，不管你怎么提头，表演的参与的只是他，你不过搭一搭手，说得难听点，是演员登上舞台踩的脚梯。如果硬要说参与，那和我们后面发生的相比，真是微乎其微。

小小孙又是一个股票万能论者，颇有理论。他说要使大家都有利益感，才会有精神有动力，所以救中国最有效最迅速的办法是推广股票，让一切能参加的人都参加过来。对他的理论，我们大家不加评点。事情是这样的，他们赌博了，听到这消息，我们很多人脸都变色了。小秦输得很惨，半夜下来，输了一个半月的工资。赌完了就喝酒，小秦喝了两盅，越喝越不是味，倒提酒瓶去砸赢家。小小孙眼明手快，夹在中间，没料到小秦晕晕乎乎，没砸到赢家，倒砸在小小孙的眼睛上，当场眼眶裂开，眼出血。

五天后，小小孙才来上班。我们大家都震惊了，都成什么样子了！烦闷、无聊，真把我们逼苦了。现在已是百废待兴了，再下去还会发生什么呢。就这时转机来了。我们都没想到转机会来得这么快，更没想到带来转机的居然是这个。

一天，余仁悄悄地对人说："我们的头头去跳舞了。"样子带点神秘。他说的头头是我们单位的最高司令。他同这个说了，又同那个说，差不多单位里的人都告诉了。我相信，我们大多数人当时至多有些惊奇以外，是不会想得更多的。过了几天，余仁又同样地告诉大家一遍，"头头第二次去跳舞了。"到这时候，是不是有识之士已经看见这里面孕育的春潮，我就不敢说了。反正转机已经悄悄地来了，像一只大花猫在屋顶边沿上悄无声息地走过来。

又过了几天，余仁就挨门挨室通知，"今天晚上举行舞会，全体参加。"大家"哦"了一声，含义是多味的。余仁脸上红扑扑的，额头透出他这个岁数不应有的光亮。尽管如此，我并不认为他是实际的筹划者，因为这里面要涉及行政和财务等诸多重大问题，不是他所能解决的，至多是向大家分送鸡毛信而已。谁是实际的筹划者，换句话说，是谁给了第一次推动力，到现在我也不知道。

这次舞会办得很成功，第二天第三天，直到第五天，还有人在办公室里回味。这种回味是热烈、有力量的，虽然参加者还不到总人数的三分之一，但是情绪很快就传染到全体。以至头都出面了，说，“我没有叫大家都来跟我学，我跳舞，是很偶然的。要是谈爱好，也属个人爱好，大家都可以有各自的个人爱好嘛。不要单调、划一。”他说话的时候和颜悦色，非常随和。大家觉得弄不清真假，要是藏着某种暗示呢？不管他了，反正头头跳了两次舞，后来大家也跳舞了，知道这个就可以了。

很快举办了第二次舞会，参加的人比第一次多，效果更好。到这时，我可以说，新的气象出现了。谈论舞会上的情形，被认为是最普通的最合人性的事情，要是不谈反而被认为不可思议。办公桌旁、饭堂里，开始有人端身架、划步子。也有人开始悄悄地传授舞技。我们大家都热烈、都主动，充满了无私友爱的精神。但是有人似乎不愿参加进来，有意地抵制，这叫大家气愤。

我已经说过，小小孙不是一盏省油的灯。这时他又把那把吉他抱出来，吉他多时不用，蒙着一层厚厚的灰，在他白衣服的怀里印下污痕。他还是像过去那样，用十指，把狮子鬃毛般的头发梳向脑后，洋洋得意地说：“来吧，随便说一句。”大家看出了他的用心，一个一个背转身去。小小孙冷笑一声，我说他不是一盏省油的灯，道理就在这里。要是别的青年，就是再弹吉他，也不会多出声。可是他不，他把指拨得飞快，后来几乎在弦上敲，他又叫又嚎，真是惨不忍睹。最后站起来，看我们大家都不为所动，他歪着头，像是自言自语，说，“三步四步是什么东西，要跳就跳迪斯科、跳摇滚、跳霹雳。三步四步早过时了，是淘汰的没落的东西。”

我们在场的几乎都听清楚了，大家都懵了，好一会才缓过来，感到一种巨大的痛楚，这是对每个参加者的污辱啊。恨不得冲上去把他的吉他砸断，但还是忍住了，他是小小冠姓的，我们能同他一般见识吗。最伤心的是余仁，我亲眼看见他流泪了，泪水滚过他松软的眼袋，径直坠下地去，他连忙背过身，用手背擦。这情景我看得很清楚。

从此，我们就开始和小小孙斗争了。大家非常自觉，几乎每一个舞会参加者都有表现，大家都知道这场斗争的性质和意义，也知道要以柔克刚，用软绳去缠缚年幼的狮子。在采取什么样的方式上，几乎都没有异议。我们轮番对他说，“交谊舞起源于十四世纪的意大利，吸取了民间艺术的营养，有深厚的传统，又是现代文明的一项标志。”我们大家都懂得抓住时机，只要有小小孙在的场合，就装作回味，装作切磋舞技，三三两两的，虽然不是直接对他讲，但相信每一句话都送进他的耳朵里。大家这样做的时候，心里翻着一个念头，他为什么要污辱我们啊。所以劲摽得很足。

小小孙不为所动，虽然不再公开宣传他的“没落论”，但只要有人谈起舞会，他就用东西往吉他的弦上乱敲，圆珠笔、瓶子、铁尺，抓到什么敲什么。然后刷地站起来，扔掉吉他，快步走出屋子，好似不屑和我们共居一庐。大家顿时无语，黯然神伤。显见得所有的努力都白费了。虽然这般强烈抵触的只有一个人，但一颗老鼠屎坏一锅粥，这个古训蕴含的道理我们都懂。而且，一个小小孙还可能影响一片人。能使的法子都使过了，好似也只能限于此。刚出师就不告捷，真正急死人。

如果不是发生意外的事，这根钉子还不知什么时候能拔掉呢。小小孙被公安局传讯了，关了四天放出来，公安人员还到他住的小房间翻抄一遍。只不过四天，想想人真脆弱，进去前他还像一只上斗场的小公鸡，出来完全变了个样。组织上是很保全他的，一直没让真相传出来。大家就猜疑，说可能是为赌的事，有人就反对，说是在动乱时，同非法组织有密切的联系，到底也没证实。

我们大家的气派再一次显示出来了。我们完全可以想象小小孙当时的心境，想以后往上走是没门了，而且有可能被除名。我们单位是一个力保纯洁的、要求严格的单位。前面我们已经说过小小孙是没有任何来头的，所以他的忧患是非常合理的。那些天他的脸上愁云密布，狮子的鬃毛也剪短了。

我们中有人说："来参加舞会吧。"他一愣，像刹那间失去了听力一样，我们再说一遍，他才意识到是什么意思，脸上的表情完全变了，说，"叫我吗，是叫我来参加舞会吗?"

我们说："是呀。"他一连串地说"好，好，好，"一副将功赎罪的模样。我们禁不住感叹，"早知今日，何必当初兜一个大圈子。人啊，人。"我们请他参加舞会，说明并没有舍弃他，大家都持这样态度，除名就变得不太可能。这一点大家都看出来了，格外起劲地请他，想包庇他过关。小小孙也看出来了，当时他的脚直打弯。

团结小小孙的作用立时就显出来了。他体态匀称、身子修长，年纪轻，学得又快，他的舞姿潇洒漂亮，女舞伴都愿意让他带。欢快的乐曲起来了，他做起式，同时让女伴的身子停在合适的位置，随后一起燕子翻转，随后斜步朝前走。我们大家看了不免眼热，但更多的是兴奋。我们指着他的舞影，对那些还将信将疑的人说："看啊，就是他，原来是最坚决的反对派，现在怎样啦。”这话里的意思是很多很多的。

现在参加舞会的人越来越多了，达到总人数的百分之六十七。我们单位不像作家协会，作协就在我们边上，他们在大楼背阴的房间里蛰居着，他们上班吊儿郎当，个人主义横行，遇上什么事都爱发牢骚爱挑剔，这我们都看得清清楚楚。他们决不可能形成我们这样一个热烈的朝气蓬勃的场面。

同时也出现了一些问题，人多了就不可能再上外面舞厅去跳。而且有些更重要的情况，从一开始我们就意识到了。舞厅里的灯光暗，特别是到放萨克斯这样曲子的时候，除了头顶上还有些紫色的微光外，简直就像掉进了地洞，有些男女乘机紧紧搂在一起，男的捧着女的脑袋，啃地瓜一样乱啃。这同我们的舞蹈精神完全不合。我们的交谊舞是明朗的舞健康的舞，不能想象和乌七八糟的行为杂揉在一起，玷污了我们的形象。舞厅还要放些疯狂的曲子，叫人的心脏要从口腔里跳出来，这让我们不少部分有年纪的人不适应，他们躲在一边，两手捂耳，痛苦地摇头。这和我们的舞蹈精神也不合，我们的舞是温和的富有人情味的，给每个参加者以平等的机会。所以，我们必须另找出路，必须有自己的世外桃源。

找场子比想象的要困难，联系了几个地方，都被回绝了。经过努力终于有了一个极好的去处，我们联系到一所专科学校，那学校有一个很不差的工会礼堂，工会的负责是小晋的叔叔。事情进展得非常顺当，我们一开口他们就爽快地答应了。在我们单位全盛的时候，这个学校得过我们的便利，现在他们还记恩呢，这叫我们唏嘘不已。他们还不收我们的费，说到后来，只要收很少的一点钱，作为电费和管理人员的加班费。

现在我们有自己的舞场了，我们爱怎么布置就怎么布置，爱放什么曲子就是什么曲子。在明净温柔的光亮中，我们大家精神饱满，脸上透出新鲜苹果一般的光泽，我们的腿都变得轻快矫健，连年纪大的都没有沉重疲沓的感觉。我们大家都没有固定的舞伴，也不刻意挑选舞伴。年龄大的小的、俊的丑的、瘦的肥的，都是一样。只要有人走到你面前，伸出手，做一个迎的姿势，你就会毫不犹豫地站起，轻轻搭住他手，一起下舞池。

我们经常放的是一些优美和畅的曲子，像辉煌的太阳，像烂漫的花朵，像美丽的夏夜，像葳蕤的绿荫，像离离的果实。我们便在这优美的旋回无尽的曲子里徜徉，沐浴阳光，摘取果实。我们充分地感受音乐，享受音乐，让音乐把我们带到一个超然的境界。我们最喜欢放的是一个叫《多美好》的曲子，它是非常打动人心的，只要这个曲子的前奏一响起，我们就会心地笑，精神异常饱满。我们一边舞，一边合着曲子在心里唱，“多美好，多美好。”似乎有液体在心底流淌。一度有过的空虚苦闷早已消解了。如果你这天因为告状无门发过火，因为子女就业因为阴沟堵塞急得团团转，那么这时候你的烦恼也一定会烟消云散。我们创造的环境是多么合人性啊，除了悠扬的音乐、高雅的舞步，什么都不存在了。

我们忽然注意到，雏凤没有参加进来，这是一个多大的损失、多大的缺憾。余仁已经检讨了，说，“这是我的责任。”我们大家都劝他不要急于律己。我们几乎同时想象到她投入后将出现的新景象。当天余仁就去邀请她，代表的是我们大家。答复是，她的丈夫不情愿她跳舞。我们都感到莫名其妙，感到扫兴。

我们都看出来了，雏凤在耍心计。这个女人在单位里从不示弱，在家里也老占上风，从哪里搬来个丈夫不情愿？余仁说："她叫我回忆，以前她跳不跳舞。"我们大家连忙搜记忆，她谈判陪酒陪游览，好似不怎么跳舞。但这也不能成为理由，想想吧，现在已经蔚然成风了，任何理由都不再是理由。

我们大家都觉得她有心计，背不住这个心计还很深。我们讨论了半天，觉得怎么样都应该争取她。我们对破坏她的心计很有兴趣，另外，我们应该显示出气派来，不能让一个可能投入的人游离在外边，何况是她这样一个有魅力的女人。

最直接的办法就是搬障碍，她用什么障碍物挡我们，我们就搬什么。余仁和另一个人去请她的丈夫，把他径直请到工会礼堂里来。大家知道请他的用意，那天显得尤其认真，舞步也比平时规范，有点创新的都不跳。雏凤的丈夫居然是一个大块头，个头也不高，但是步子雄阔，一双眼睛也有神。

余仁领着他围着舞池走，指给他看。每扇窗都洞开，厚的薄的，什么窗帘都不拉。白天，明媚的阳光直接射进礼堂；晚上，天花板上悬一个小太阳，就是针掉在地上，也能看出它的闪光。余仁请他听音乐，又一盘一盘掏出带子，把所有的都给她的丈夫看，没有一盘是庸俗不健康的。又搬过一把靠背椅，放在通风的地方，让他自由观赏。

她的丈夫端坐那里，看得很仔细。慢慢的，头有点摇，脚开始动，后来那把椅子吱吱响。余仁走过去，想问他观后感，忽然发现他年轻了许多，他的脸被内在的精神照亮，余仁忘了问话，他在想，我们的舞真是那么有感染力吗？她的丈夫怯怯地问："我能下去走走吗？"他的声音很轻，而当时的音乐很响，余仁沉浸在自己的思想里，居然没有听见。她的丈夫很失望，像做错了一件至关紧要的事一样，但他不甘心，鼓足勇气再问了一遍。这次余仁听见了，他抓住她丈夫的手，把他引下两步来，又放开，径直鼓起掌来。大家听见掌声，觉得奇怪，再看她的丈夫在旁边一颠一动的，都明白了，池子里响起了一片掌声。

余仁忙召唤小晋过来。小晋是个爽快的人，身子茁壮，小时候进过少年宫的舞蹈班，底子好，现在是我们中间的尖子。平时同一个个舞伴跳，她乐呵呵的，其实是陪大家玩，她少有尽心的。雏凤的丈夫和小晋双双下了舞池。谁也没想到他冬瓜一般的躯体里藏着这么多的音乐细胞和舞蹈细胞，这是怎么啦。他的步子舒坦雄健，节奏分明，虽然不多变花式，但有行云流水一般的感觉。特别是在走三划步的时候，他把小晋的身子拨过来拨过去，随后他让她转了两个三百六十度的大圈，急速轻飘，像要从原地飞起来。而他轻轻地荡步，稳稳地站住，这一切他完成得轻松自如，充满了自信，一点都不匆忙。我们见了惊羡不已。小晋的脸红扑扑的，溢出了喜悦。雏凤的丈夫一只手空出来，拇指搭住中指，这时候音乐仿佛变成了一条长绸带，被他牵着，在池子里萦绕回旋。

他们连跳了三曲。小晋下来，一路对人说："他的舞感真好。"他听见了，忙说："不敌年轻人呀。"他在大学时候是个文艺积极分子，交谊舞比赛得过名次。后来，政治运动叫他害怕了，他把几个东西划为危险行为，交谊舞就是其中之一。他干的工作也叫他严肃，就把这藏得越发深了，日久天长，早淡漠了，似乎从来没有比赛得名次一事。连雏凤都不知道丁点。余仁请他来，他期期艾艾的，想，时期不同了，不过看一看吧。渐渐就站不住了，不知舞艺还在不在。哪想到真还没忘，他从心底里笑出声来，但还做出谦虚模样。

此后，她的丈夫就经常来，他的工作并不很忙。他欢欢乐乐地跳，他成了我们中间忠实的一员，可是雏凤一点不知道，她还以为他在那里替她做挡箭牌呢。

终于有一天雏凤知道了，她气得脸刷白，差点一头昏在地下。她失策了，聪明反被聪明误。她在家里当惯了老大，她的丈夫嘀嘀咕咕的，总想做些小反抗。这次她有心不参加舞会，就把丈夫推出去抵挡，另一层意思是，看见了吗，我让你主宰我，以后再不要嘀嘀咕咕啦。没想到丈夫顺水推舟，一下子滑出这么远。她怒不可遏，嫉火中烧。她恨丈夫背叛了她，让她当了个大傻瓜。更恨他对她隐瞒了多少年，他原是个交谊舞的油子啊。

到此时，我们大家对她不参加的用心多少有点看清了。许多年来，雏凤习惯于当中心的。过去谈判、搞活动，要是有一群女人在场，她总是要使自己成为最突出、最引人注目的一个。在她看来，是英雄必有用武之地。我们单位衰败，失了用武之地，中心不知不觉偏移，因此就有她和岩齐的火并。现在跳舞，每个女人都有一个男人引着，大家看重的是平等是参与，每对舞伴就有一个中心，那么她的位置在哪里？我们真是吓一跳，这种意识多么不好，不把她争取过来还得了！

雏凤一上礼堂，就把我们的顾虑打消。她是怀着强烈的感情来的，她看见自己的男人在蹦跶，鼻子里哼一声。她的丈夫本想躲藏，看来不及了，干脆大大方方。雏凤不再看他，径直下池子。虽然她没跳过几次交谊舞，但是灵性天生的，她的体态又是那么丰腴柔韧，我们都知道她聪明过人。

真正的竞赛开始了，这又可以看作是一场灵性的热情的角斗。雏凤的印堂透亮，粘住几缕青丝。看她直上直下的舞步，我们似乎听见一个激动的声音在旋转，赶过他，赶过他。她找了小小孙作舞伴，这一着是非常高的。小小孙竭尽了力量，把他全套的本领都使出来了，雏凤真是灵，都能跟上，还舞得像个样。开始她像一块红布，引公牛一般引出了小小孙的热情；随后，小小孙成红布，她变公牛，紧接着，两个人又倒过来，到最后，红布变公牛，公牛变红布，再也分不清。

她的丈夫还是找小晋。他们也知道这是一个关头，知道只能上不能退。我们大家都被吸引住了，希望这场竞赛能够有声有色地进行下去。我们给他们让地方，只要这两对舞过来，我们急忙朝边上躲闪，丝毫不敢阻挡他们。这样，这两对得以一路通行，得以淋漓酣畅地发挥他们的才能。他们有时一对在东，一对在西，好似蝴蝶各自寻找极乐地，有时紧紧相随，非要在一起比鲜艳。

赛了三场，我们到底也不能说谁赢谁输，只能说一对灵性些，一对标准些。等到有一天，我们忽然发现雏凤的舞伴是她的丈夫了，才知道他们已经和好。后来我们得知，她的丈夫把他那份严肃的工作也做得同交谊舞一样有人情，这足以叫我们得意忘形。

天凉快多了，我们又把它当作体育锻炼。你想每场有两个小时，不停地蹦、跳、转，哪一项体育活动对人有这么大的活动量？而且跳了转了，还不觉累，两个小时消解了苦闷烦恼，一眨眼就过去了，就像才跳了一个曲子，这就是交谊舞的魅力。

刚开始的时候，我们一星期举办一场，后来两场，后来三场，大家还不满足，就有不定期的加场。碰上加场，特别有趣，起先还出通知，后来根本不用出。大家上班的时候，相互看一看，开头还用语言，后来不用语言啦，男的把头抬起来，从右边果决地转向左边，女的只要拎起点裙子，前后晃一晃。这就行了。今晚舞会，今晚蓬嚓嚓。一切皆在不言之中了。人类的许多表情是相同的，这些伟大的表情啊，有时它们的表现力不知要比语言丰富多少倍。

我早说过，我们这段日子是空虚无聊的，它突出在其他灰色的日子之上，把整个时期照亮，那些有舞会的日子就是闪耀的点。当那个日子还没到来的时候，我们在憧憬它、描绘它、盼望它，等那个日子过去了，我们又在回忆它、咀嚼它、思念它，同时盼一个新的日子到来。

现在我们要说到岩齐了，他不是对舞会抵触，而是有个特殊的情况叫大家感到棘手。我们已经说过，岩齐的一只眼睛正，一只眼睛斜，这样总觉得他眼里有一股凶光，一股邪劲。他就是用这副恶狠狠的眼睛，发现了社会上许多不平的事情。有人在卖蛇，说得唾沫四溅，从网袋里抓出条一米半长的蛇，一刀开了口，刷刷地把整张皮剥下。旁边看的人只是称赞。

岩齐路过了，他停下车，一只脚抵着地，说，“不许杀蛇，这花蛇是无毒蛇，专吃田鼠。”卖蛇的心里想，关你屁事，直起腰，刚要骂出口，就看见了他的眼睛。一正一斜两道光，走两条路径叉住他，开始发慌。岩齐又喝一声：“不许杀蛇。”卖蛇的见眼光簌簌地变路径，冒邪气，心里打怵，觉得对着的是一件新式武器，卷了网袋就溜。

岩齐干这类事，有时几乎到不顾场合的地步。一天，派出所门口哭哭啼啼，又围着一群人，在那里低低言语。岩齐刚巧走过，见状就打听情况，群众都说，是两个小年轻的派出所人员不好，为点小事随便打人。正说着，两个小年轻出来，挥着武装带和电棒，嚷道，“散开，散开，不许看热闹。”岩齐的胸内有个东西要往外跳，大声说：“不许执法犯法。”

派出所人员没料到还有个不怕的，倒拎着警棍走过来，却见到两道森森的恶光，不由一愣，说，“你是干什么的？”岩齐说：“不许执法犯法。”派出所人员提高嗓音：“你是妨碍执行公务。”岩齐还是说：“不许执法犯法。”派出所人员一时不知怎么办，想一下，说，“到里边去。”岩齐就跟他们走。围看的群众急了，忍不住喊，“不能进去，进去你一个人就吃亏了。”岩齐不理会，到里边仍是这句话。派出所人员举起棍子要打，看他的眼没打下，把他关进一个漆黑的小屋，关了半天，放出来一看，岩齐似乎瘦掉了，一双眼却更怕人，发黑发亮，邪得像要刺进你心里去。两个一时没了主意。事情让上边知道了，派了调查组，批评了派出所人员，还向岩齐赔礼道歉。

平时大家都不看他眼的，跳舞就不一样了。一男一女，靠的那么近，两个脑袋还不及一尺，你能躲避吗？我们的礼堂是不拉窗帘的，晚上又悬小太阳，你能为一个岩齐而改成黑乎乎的吗？有几个女士勇敢地当他的伴，但一曲未了就逃走了，你想那么近的距离内对着这双眼，会不害怕吗。她们想不看，也不行，因为已经对它有印象，这印象就在对舞中蔓延、扩大，往往比实际还要可怕，忍不住看一眼，还是心寒。

为这事我们大家很伤脑筋，一时想不出好的办法。我们能因为他长着这样的眼就不把他吸收进来？怎么说都不对，我们的舞应该兼容并蓄、百川汇海，应该有很强的消化力。令人吃惊的是这任务由小小殷承担下来。我们知道她是在小小孙后一年进单位的，同样两个青年人，这一个同那一个完全不一样。小小殷长得纤细柔软，说话声音非常弱，好像没有力气把它安全送进人家的耳朵里。她喜欢猫，黄的猫、白的猫、黑的猫。她的铅笔盒盖子上印着一对滚在一起的猫，摆在她的床头的双面绣，也是一只扑蝶的花猫。也仅限于此，有次旁人送她一只小猫，她静静地看，就是不用手摸。人说不怕的，她才犹犹豫豫伸手摸，小猫翻转过来，张开嘴，爪子挂住她的衣服。她尖叫着抖动着，还是旁人把猫抱开。你想想，小小殷能在这么近距离内对着岩齐的眼睛，那需要多大勇气啊。她喜欢猫却怕猫，她怕岩齐却又敢跟他贴得这么近，这里面的道理没有人讲得清。

天已经凉了，小小殷却上身穿得单薄，下面是一条感觉很不错的裙子，我们知道是为了跳舞，为了跳舞的时候有风姿。我们都很感动，我们知道小小殷的身子弱。那些天的舞会，大家的情绪复杂，见了小小殷，就像见了殉道的修女，我们知道这情绪不好，但一时没法克服。

每次跳完舞，小小殷总是显得很累，好像撑回家的力气都用尽了。第二天她晚来单位，脸白得一点血色都没有，大家紧张地问："怎样，没问题吧?"她说："没问题。"看大家还不放心，站起来，在地上走两趟，说，"看我，不是好好的。"我们差点掉出眼泪来。

这样过一段时间，我们忽然发现岩齐变了。他拥着小小殷摇啊晃啊的时候，脸半仰着，眼里那股恶气没有了，他好像半醒半睡，目光是温爱宁静的，像池塘里的水。这真是一个奇迹，我们悄悄地兴奋地传递着消息，偷偷地看，还不能叫岩齐察觉。我们大家在心里呼：小小殷啊，小小殷。

第二天余仁告诉了大家一件事。下班了，岩齐骑自行车在前面走，他在后面。马路边上有卖青蛙的，当场斩头剥皮，非常残酷。余仁见岩齐松开一只握车笼头的手，以为他要下来了，没想到他搔一下头，重新握车笼头，骑走了。大家听了自然觉得惊奇，但是谁也没法说清到底同我们的舞有多少关系。

舞会蓬勃健康地延续着，可是，不知从哪一天开始，我们大家的劲头开始削减。记不清哪一个先察觉的，慢慢地大家都察觉了。我们的情绪好像不那么高了，不似过去那样早早地来到礼堂，到时间了也舍不得离开。我们做一些复杂的难的动作，也不是那么尽心尽力了，只摆一个大约的架势，因为底下怎样我们都知道，闭上眼睛也能过电影，省了许多精力。过去我们请舞伴，不论男的请女的，还是女的请男的，只要到跟前一站，跳起就走。现在呢，被请的那位就说，“底下是什么曲子啊，哦，还是它，轮空一曲吧。”

我们大家都知道这种苗子不好，不想让它滋长。大家努力地跳，决心以最饱满的精神投入。因为有个太直接的目的，跳的时候反而有点不自然。这样保持了一段时间，可是过去以后，比曾经出现的还要下降。这时候，一个念头很自然钻入我们的脑子，是不是可以有别样的活动。这个想法非常坏，千里之堤毁于蚁穴，有这个思想，就可能产生许许多多千奇百怪的想法，就可能使我们健康蓬勃的舞会毁于一旦。这段时候，我们的任务艰巨，既要保持舞的质量不下降，又要自觉地同自己头脑中的怪想法斗争，我们真是不易啊。

就在这当口，一个人的精神出了点毛病，这个人就是雏凤。

我们大家感到太意外了，出毛病的怎么会是她。我们过高估计了我们的融化力，实际上她的骨子里没起根本的变化，雏凤还是个人中心主义，音乐舞蹈替她掩饰了许多。她和小小孙作伴，不久就舞艺超群。她觉得，他俩搭配，不仅个头的比例合适，而且气质也接近。只要小小孙张开双臂，她便有一种惬意无比的感觉。不管她同他跳过多少次舞，但每一次新的开始，她都像是在茫茫沙漠上长途跋涉的人找到了泉水一般。她清楚地意识到，是小小孙使她再度成为中心，舞场里的中心。她和他腹部微微相贴，靠这一点来递送指令，传递感情。她和他横贯舞场，又在中央尽心地做花。她觉得，音乐是为她一个人而流淌，全场人的眼睛都集中在她一个人身上。我分辨不出她后一种感觉有多少是错觉，但明显是错的，一旦恶性膨胀起来，不出毛病才怪。

小小孙不愿当她舞伴了，这叫她痛苦、难堪。小小孙不愿意的理由藏得很深，我们到以后才会知道。我们早说过，我们的舞伴是不固定的，这曲你请她，下曲她请我，这种不固定的方式利于多方位交流，可以免除许多弊端。这样小小孙就有一种天然理由，可以不解释就舍她而去，可以把他真实的理由藏得非常牢靠。

可是另一位却受了致命的打击。她这个人就是为中心而生的，好不容易重新赢得了，顷刻间就要瓦解。我们想象得出这种精神的折磨有多么深刻。雏凤一下子就像没有柱子的梁。她也去请别的男舞伴，但她总觉得不对，一个曲子没了，她就粗鲁地把人推开，径直走出池子来。有时候并不是舞伴不好，而是和小小孙的风格不一样，要命的是她已经习惯小小孙了，误以为是对方舞技太差，不能帮她把中心保住。她太急躁了，失去耐心了。可是在这种情况下，我们又能苛求她什么呢。

小小孙偶然也同她跳一曲，随后走开，像幽灵一样在礼堂里消失了。灯光再亮，她都不能把他找到。接下来的舞她会跳得更没情绪、更糟糕。她想，小小孙是这样的，他怎么不是这样。小小孙要把我的身子弯到这个角度，他怎么连这个都不懂。她发现人们仍是看她，但是目光不一样了。他们在嘲笑我，他们是幸灾乐祸啊，看着我从高高的位置上一头摔下来。她想，不能再出丑啦。她逃一般地出来。

雏凤再没情绪请舞伴了。她要一个人跳，想象中有一个人牵引着她。她在池子里这般跳的时候，我们大家多少有点吃惊，但也没有大惊小怪，可能这是一种新的跳法。

她在办公桌前坐着，由于没有得到真实的满足，脑子里仍在遐想。蓬嚓嚓、蓬嚓嚓。引导她的是一个真正的男人，可能是小小孙，也可能不是。直步、疾转、翻身立定、大角度的弯腰。她成了花中的牡丹、女王的皇冠上镶嵌的宝石。但是当遐想结束的时候，她发现自己的位置还是在下降。她急得要命，日思夜想，把头发弯下来，放进嘴里咬断。实际上她已处于精神病早期的焦虑无法排遣的状态中，可是大家都没注意到，我们多粗心啊。

过去我们大家都以为她精神健全，可能是我们错了，看到的是假象。也可能她本来是健全的，但被一个极端的思想导差了航。我们都没进入这种境地，所以说的某些话难免隔靴搔痒。雏凤本来有一种自救的方法，那就是放弃想法，随便找舞伴，进入放松状态。但是她不，她不但不放弃，而且在思想和行为上更加强化，这就使偏差成为必然。

她在马路上走着，蓬嚓嚓、蓬嚓嚓……她的舞伴比马路上见到的所有男士都要高贵、有气质。她伏在办公桌上，拉过一张表格随便划拉，这种纸很多很多，多到消灭不了的地步。蓬嚓嚓。她的年龄已经过一条杠了，要是这个中心垮了，以后再造就更困难啦。

她在红墨水缸里浸蘸水笔，到纸上划拉，三个点一停，接着，四个点一停。岩齐进屋了，在她斜对面坐下。她划一会，抬起头说："你看着我干吗?"岩齐说："你不看我，怎么知道我看你?"雏凤微笑了，说，"老兄，你真会说话。"她不慌不忙站起来，一手端墨水瓶，一手握笔，蘸饱了，朝他胸前甩三下，嘴里念，"蓬嚓嚓。"岩齐的米色衣服上开出三朵小红花。雏凤又把缸里的墨水分作三次洒向岩齐，岩齐立刻成为一头瞪目振翎的红山鹰。她还要拿其他墨水瓶，岩齐向她扑过去。

这件事叫我们大家非常伤心，但是，没有人肯承认这是交谊舞本身带来的问题。我们想尽办法来消除影响。我们说，这是小事一桩，大家要理智、冷静。雏凤的丈夫和她过去的单位提供了一些情况，她过去就有某种迹象。

我们还是把问题看得太简单。从变成红山鹰以后，岩齐的眼里又间或地闪出恶光，这就影响了小小殷。小小殷第一次跟岩齐跳舞的时候，抱着以身饲虎的精神，思想准备非常充分。当我们感叹，小小殷啊、小小殷的时候，她的思想也松弛下来了，她沉湎在成功的喜悦之中，她都不知道当初的勇气从哪里来，想想都后怕。这是"只能初，不能再"的事情。现在恶光又出来了，她感到胆战心惊。她想当初的成功都是假的，她从来就没有感化谁啊，她的喜悦建立在虚幻的基础上。她开始蔑视自己，丁点的勇气都没有了。她不但不再做岩齐的舞伴，而且远远见了他就逃，上班都要绕一个圈，不从他的门前走过。

这两个又影响了其他人。事情虽然糟糕，我们还是补救。但是成效不大。大家好像是戳了洞的皮球，怎么打气，都无法鼓起来。脸上神情似是尴尬，又似不好意思，表述着一句话，大概只能这样了。有一次音乐已经响了十多分钟，居然只有一对下舞池。

这般不冷不热地拖着，就想停办。可真的要实行，我们都又犹犹豫豫。这几天大家的神色不对，脸灰白，见了面，相互点一下头，匆匆走开。实在要交谈的，也是三言两语，马上闭嘴。我们知道大家心里缠绵悱恻，都怕提到这件事。我们好像是到庙里去求签的善男信女，不知道签上写的是停还是办。

到舞会的日子了，男士的颈子突然犟住了，好似没有能力把脑袋从右边甩向左边。女士们拎起裙摆，居然不抖，停在空中。大家的表情都很僵硬。这时，余仁来了，他说："同志们啊，你们想一想，没有办舞会之前，我们单位是怎么样的啊。"他的声音带着哭腔，他从一个办公室走到另一个办公室，对每一个遇上的人都这么哀婉地呼喊。

雏凤的丈夫也闻讯赶来了，他在过道前的小厅里就被人拦住，他在那里发表讲话，"你们不能思想动摇，不能啊。雏凤确实出了点毛病，作为她的爱人，我比你们更难过，但是，无论何时何地，个别的情况总是存在的。我抚摸着内心的伤痕，向你们请求，不要一叶障目，不见泰山啊。"我们想到他所从事的严肃工作，觉得他的演说是多么富有人情多么有胸襟啊，心里一阵惭愧。

这时，余仁走遍了所有的办公室，下楼，也到前厅来，他们两个人就在那里汇合了。他们在中央一站，肩并着肩，一胖一瘦。我们大家围拢着他俩，成一个大圈。我们凝神屏息。玻璃窗微微振荡着，把外边的蓝天碧云反射进来，照到他们身上。我们突然发觉他俩身上也射出钢蓝色的光芒，像是一种特别化工材料制成的雕塑。

余仁还在说，“想一想吧，”声音由哀婉变成激昂。一刹那，大家的表情变过来了，活了。男士们灵便果断地把头从右边甩向左边，女士们拎裙子的手抖得像戏水的鱼尾巴。伟大的表情传递了，今晚舞会，今晚蓬嚓嚓。

楼下的情景是非常动人的，许多人都不回家吃饭了，或在食堂胡乱填一点，或买一个面包。大家呼朋招友，有的骑自行车，有的步行，有的挤进单位里的两辆车子，沿着大路，朝那个方向走去，浩浩荡荡的，好长时间没这样雄壮了。晚霞披落在我们双肩，染红了额头。我们大家的情绪再次上来了。什么停办，想都不应该想啊！我们能像判鬼一样画个无情的句号吗，我们能够让辉煌绚烂的舞会全部浸没在灰暗凄凉的回忆里吗，我们能够让空虚无聊重新来啃噬我们的心灵吗？我们的脑子里响起哗拉拉的一片。到了目的地，礼堂的门开了，我们蜂拥而入，好像电影里拍的，武装起来的工农拥进斯莫尔尼宫。

还是好景不长，现在很多人对三步四步已经腻了，据我们估摸有百分之六十以上。他们嘴上不讲，宁愿吃了晕海宁来礼堂，但是又不可能一点不流露出来。有一次至少有一半人没来，礼堂里空落落的，给我们心灵上留下一个创伤。怎么办，寻思了良久，我们想出了新办法。我们单位的绝大部分人都有家庭，没有家庭的也有亲戚朋友，把他们请来，那也不坏。另外，以前我们还有许多协作单位，请他们来，至少可以短时间内撑住门面。说干就干，果然，礼堂里又爆满了，欢快的曲子响起来。多美好，多美好，许多人在心里一起唱。

紧随着问题来了。请了旁人，我们单位的人不来，就变得名正言顺了。来的人到场子一转，想，他们可以不来，就一定要派我做留守部队？这样想的人日益增多，来的人就日趋减少，到某一天一看，不好，池子里差不多全是外来的面孔。我们顿觉问题严重，我们正在被人一点一点鲸吞。说得好听，请人跳舞，其实是换一种办法自杀。我们不是重新被排斥在外了吗？与其这般鬼头鬼脑地结束，还不如轰轰烈烈地宣布好。

我们差不多到山穷水尽的地步了。大家心里都觉得是一个累赘，但谁也不敢说停办。到后来听见音乐就头皮发麻，但还是强打起精神去礼堂。我们恨它的时候，恨得咬牙切齿，但是想到它可爱之处，还是眼泪乱淌。我们知道自己没救了。我们好像是一群吸毒分子，实行戒毒一样，那群人被关在牢笼似的房子里，根本接触不到些微毒品，而我们是守着毒品搞戒毒啊。我们大家都没有信心，知道自己不行，也不指望依靠别人的力量。

这时候，小小孙再次出场。对于他，跟对雏凤一样，我们同样犯了乐观的错误。整个过程演完以后，我们大家回过头想，他几乎称得上是一个阴谋家，从做了雏凤的舞伴又坚决地逃避，从不喜欢三步四步喜欢烈性摇滚，可以看成一个系列。他有主意，而且执拗不屈。他冥顽不化，我们的认识早就有偏差，什么“年轻人容易改”，“他已经和群众融合在一起了”，完全是自欺欺人的甜话。

他找到了小小殷，他们两个属同一年龄层次的，果然有共同之处。小小孙说："我们要让它停下来。"他的嘴角边浮出冷冷的笑意，动作干练，好像电影中某个恐怖组织的头目。他根本没探询过小小殷的看法，就像发布命令般说话。他认为根本不须问，她会照他的吩咐去干。小小殷像羔羊一样安静地听着，那天她在食堂门口和岩齐突然照上面，来不及避开，尖叫一声，险些晕过去。她仔细听了小小孙的计划，点点头，眉宇间透出纯洁的光亮。

他们开始了精心的准备。小小孙业余爱好电子，不知从哪里搞来个遥控器，又进行精心改装。他对管礼堂钥匙的人说："我一件衣服忘那里了。"接到钥匙后，小小孙飞快地到摊子上，配了一把。挑了一个没有舞会的晚上，两个同谋者悄悄来到礼堂，开门进去，他们不开灯，在黑暗中像老鼠一样把东西搬来搬去。他们把桌椅垒得很高，小小孙爬上去，把手电筒一闪一亮，拧下了小太阳，在灯插座的里边装上个微量的爆炸装置。随后下来，一切恢复原样，锁上门退走。在黑暗中，小小孙笑得龇牙咧嘴，握拳往小小殷肩上捶，一下一下。她说："你疯掉啦。"

很快舞会开始了。两个人一前一后，分开到礼堂。小小殷在人群中，小小孙躲在远处的树丛里。曲子一曲接一曲，大家懒洋洋地划步。这时小小孙就偷偷走过来，越靠越近，后来贴紧在窗台下，就跟蝙蝠挂在墙上一样。

小小殷看时间差不多了，手一指，叫，"不好不好，灯要掉下来了，它在晃。"我们不相信，说，"怎么会呢。"小小殷说："会的，会的，它马上就会掉下来。"音乐轻下许多。她喊道："散开，快散开。"大家见她直立在那里，一张脸上只剩双眼睛，简直是个预言家，不敢不听。刚散到池子边上，只听噗的一声，小太阳的头震落了，带着一团红火，摇摇晃晃，很不情愿地坠下。一路经过，都和空气燃烧，直到坠地，才炸开、熄灭。与此同时，礼堂里全都黑了，音乐也不响了，突然进入一个死寂的世界。

我们大家足足呆了五秒钟，我们被意外的事情吓住了，一点思想准备都没有。黑暗中听见一声喊，我们大家一起朝门口拥去，我们拼命地挤，门框子把肋骨咯得很痛。我们不知道应该哭还是歌唱。我们像是遭了铺地盖天的洪水，从很快将淹没的家园里逃出。我们不停步，奔向停放着的自行车，不骑车的加步朝外跑。

一会，礼堂里外没有了人。小小孙从黑暗中出来，叫了几声，小小殷从礼堂深处走出来。他们发现四周只有他们两个人，又一次笑了。小小孙突然抱住小小殷，使劲接吻，把声音接得很响。

到此一步，舞会无法不停。过段时候，我们中有些人总觉得事情蹊跷，余仁领了几个人去问小小殷。余仁说："你怎么知道小太阳就会掉下来?"小小殷的眼下有圈黑晕，显得休息不足，她平静地说："我看见小太阳晃动了，光亮就像水纹一样荡开来。"听的人想，怎么我们都没看见动呀。她又说："我突然有一个感觉，好像有人伏在我耳朵根说话，掉下来了，马上就要掉下来了。我再看，水纹掀动起来，危险，我连忙叫喊起来。"听的人回来告诉大家，我们不知怎么解答。我们想可能她是有名堂，现在算命、特异功能、气功正在流行，背不住她就是有特异功能的。第二天，我们单位就有人对外边说，"我们这里就有一个，灵得很呢，可以叫记者来采访。"

后来我们知道上当了。小小孙一次为别的事高兴，把这个也兜底翻出来。他毕竟还年轻，怀里掖藏着得计的喜悦，这喜悦一日日增大，不肯独享，某天得意忘形，拿出来展览。一传就传开了，我们大家都明白要做个姿态，骂小小孙几下。好比是树上的一只苹果，已经熟了，却迟迟不肯落下，大家眼巴巴看着，不动手，小小孙碰一下，苹果掉下了。前面我已经说过，第一下推动力是谁给的，我一直不知道，但最后一个使力的，我知道是小小孙。

可是当空虚和烦恼重新出现的时候，我们大家就当真责怪小小孙了，什么“天生的破坏者”，“凶恶的冷面杀手”，比这刻毒的还有。好像给我们的舞送终的只是他一个人。小小孙鼻子里哼一声，不理会。他早不怕除名了，他在各方面也建立了关系。已经有了根基。他重新抱起吉他，不再要人提句，自己起头，自己弹唱，悠然自得。

余仁以为我们还在怀念舞会，提出他去重新借礼堂。我们大家吓一跳，可是又不好说什么，看着他兴冲冲地出去。还好，礼堂已经借给一个公司，堆放商品。我们松一口气，虚惊一场。

日子又像过去那样打发，到了夏天，余仁催着我们领风油精灭蚊剂。小秦又赌输了钱，但这次没倒提酒瓶。

到某一天，余仁从一个办公室走进另一个办公室，眼睛透亮，神秘地说：“你们知道吗，我们的头头去过卡拉 OK。”我们说：“真的吗？”我们知道我们的头头不喜欢大家兴趣划一，不喜欢他做什么，大家也跟着做什么。

很快听说，卡拉 OK 配了许多新歌，都是健康向上的。这也是一个舶来品，但愿能救救我们大家。

小月迢迢

哪想到天空会变得如此狭窄。

常汝北走出阳台，禁不住吃惊。四边的楼越造越高了，早超过他的头顶，又密密一圈围着，他犹如跌进井里一样。他搬来住的时候，周围是一片平地，铺着拆迁平房后的碎砖断瓦。在孤零零立着的楼房里，他携着儿子住在六楼，放眼望，是城里难得的开阔天地，尤其是东南角的一派山脉，粗犷雄壮，萦绕着紫色的烟霭，叫他神往。没想到纯属一时景象。打桩机、起吊机、挖掘机雄纠纠地赶来集结，四壁的楼一起齐刷刷地往上涨，漫过他胸，齐他颈，淹过他的头顶。只在楼房的豁口里，还能隐约见到山脉的一段影子，和他艰难地照面，不肯隐去。

常汝北在阳台上踱步，他看了房子的造势，心想，照这样下去，窗口很可能要填没。他不知道，一旦看不见山情绪会怎样。

背后有咔哧咔哧的声音，他回过头去，是他刚及五岁的儿子，捧住一个遮住他的大半个脸的苹果，津津有味地啃。

他说："怎么又吃了？放下。"

"嗯——"儿子说的是一个含混的滑音，来表示他的抗议。

常汝北摇头，说，"吃东西有像你这样的？吃一个，吃两个，就一路吃下去，非要吃个精光才放心。"

他想，怪不得刚才屋里有椅子拖动声，他是把剩下的苹果放在橱顶上的，儿子一定是拖动椅子，爬上去才拿到的。现在的父母都怕孩子得厌食症，非要填鸭一样塞进去才脸上乐开花。偏偏他相反，或者说他的儿子相反。他犹如饿死鬼投生，一投到他家，就张开喇叭一样的小嘴，嗷嗷欲吃，吃又没有尽头，再多的东西拿来，都要一吃吃光。好象吃进的是燃料，把炉子点旺，但炉子又是不熄的，那火苗急呼呼地伸出手来，拉着新的燃料往里填。

常汝北只会尴尬地笑。起先他高兴，看看你们家的儿子喂点东西多困难。接着他困惑，除了吃三顿饭一杯茶几根烟之外，他什么都捞不到吃了，不过他情愿。接下来他慌张了，他是五十多岁的人了，才有一个雏子，他在北疆凛冽的风雪中度过了生命中的最宝贵的时光，他可以不给衰弱的身子增添多的营养，但是他的那点收入是绝对对付不了那些要源源不断购买的苹果、雪碧、饼干、巧克力的。到最后，他想，这个状况是否和他的经历、精神构成一个悖论。这时他严肃了，心头沉甸甸的。

常汝北看造房子的工人，东边的房子靠得最近，那个小间可能是厨房，将来搬进人家，烧起饭菜，香气会飘过来。他看得聚精会神。儿子把苹果吃成核，甩手扔出去，两手对拍一下，走过来，问，“爸爸，你看什么呀?”

“我看这个。”

“这个是什么?”

他回过头，见儿子的眼里黑的黑，白的白，没有一点杂质，他的脸光得像剥掉壳的熟鸡蛋。

他说：“你来看。”伸出手去，指的是一个工人，他像壁虎一样贴在外墙上，两脚踩着一根发亮的粗竹管，在往墙上抹什么，动作熟练，像在平地上一样自如。常汝北却悬着心，不知为自己还是为他，想想没有道理，自己稳稳站在阳台上，他身后有一个很大的安全网。

他问儿子：“你长大了做什么？”吹来一阵风，安全网悠悠晃动。

儿子嘟起鼻子，狡狯地笑。他觉得儿子有一股奇异的气，说不清是灵气还是鬼气，他大概本能地觉得老子的问话有用意。

常汝北重复问话。儿子说：“什么也不干。”

他又伸手指着对面墙上的工人，说，“长大了当农民工好吗？”心里也吃惊，怎么问出这话。

“不当。”儿子说。

“为什么不当？”

“农民工苦死了。”

他想这个儿子一点都不傻，他才五岁呀。

他经常回想在北疆度过的日子，醒着时想，梦中也会想，想着时身子失去了重量，同一根羽毛一样，随同思想飘开了。这时候他总要怀疑这段生活究竟有过吗，这种痴人般的追问常常弄得他脸煞白。如果那段日子是梦，那么现在就是醒着，反之，现在是梦，那段日子就是非梦。那段日子是根，它的叶子就一直长到现在；如果现在是根，那么它的枝叶就逆向伸回已经流失的时空中去了。

搬了几次家，多次清理行李，北大荒的遗物收拾得差不多了，可是他脊骨上的疼痛是一个无法消磨的证据。每逢他在梦和非梦的境界间折腾徘徊，脊骨上痛了，这犹如响起一个警铃，一声呼啸的鞭梢，追问就自然而然结束。

桦树林里惨白得惊人，鹿举着步子在林子里走。雪下得细而慢，不敢给桦树林加重颜色，篝火无力地舔动，舔着冻成石头一样的馒头，他坐在雪地里，后来干脆侧卧，雪是一点都不会化的，起来拍拍就掉了，他用一根树叉，把馒头拨出来，剥下一层烤黄烤脆的表皮，吃掉，放回去烤，再拿出来吃，就这样一层一层，把一个冻馒头吃掉。

他听到一种声音，从林子外传来的，好像是从更远的地方，时隐时现，断断续续，人是无法分辨这是什么声音的，答案只属于自然。到后来他发现可能根本没有声音，是寒冷造成了耳膜的震颤。但是他宁愿相信有声音。他是被人称为诗人的人，因为他写的诗才到北疆来改造，可他冥顽不化，把这个隐隐约约的称为诗的声音。

月亮出来了，声音也就没有了，声音化作了景色。对着惨白的桦树，月亮红了。月亮又大又红，不是猩浓的红，而是淡淡的红，像漂洗过的血。常汝北仰着脖子看，觉得手脚失了知觉。牛低低地叫，急急地拉车回家。他勒住了缰绳，月亮在树梢头歇一歇，然后一跃身，起步了。它宁静地向中天游去，漂洗过的血随它同行。他的头顶上，从地平线的这一头到那一头，是一个无限广阔的湛蓝的空间，月亮是一个灵魂，任它自由翱翔。

人的权利是精神活动。

他牵着儿子走下六楼，本来他不想带他出去，可是儿子非要跟他一起出去，不愿一个人在家里。

转了几个弯，就到外面的路上。儿子像卸了套具的小马驹，嘴里叫着，又蹦又跳跑前头，他喊也喊不住。运水泥板运黄沙的卡车来来往往，喇叭鸣个不停。他怕儿子有个闪失，奔上去拉住他。

儿子还是不愿意，但被他拉住了，只得一步一蹬地走。常汝北牵着儿子，迎着阳光走，光晃晃的，他眯了眼。有人用好奇的眼光打量他俩，是些似曾相识而又不熟悉的人，而不认识的人则擦肩而过，头都不回一下。他猜出来了，不回头的人把他们看作爷爷和孙子。他在应该有孙子的时候有了儿子，这是他的悲剧，同时也是他的喜剧。一出一出的悲剧演完了，最后一幕是喜剧，而喜剧应该以悲剧为底蕴，才不轻浮。这是他的悲喜剧观，好似太一本正经了，他知道。

街角立着一个粗壮的戴帽的邮筒，他走上去，从怀里掏出一只装得鼓鼓的信封瞄准了邮嘴。

"爸爸，你这是投什么?"儿子昂起头问。

"这是信呀。"

"信？这么厚呀。"

"里面还有诗。"

"诗是什么？爸爸，你为什么要写诗，写了为什么要投进去?"

他的目光落下，落在邮筒的根基上，不移去。儿子的脆亮稚嫩的声音一再在他的心底回响，慢慢的，还是那些问话，却变成了他苍劲老迈的声音。他为什么要写诗，他生命的质量就是由这几张写了诗的纸来决定的吗？刚离开北疆返回城市的时候，他被人们称作"重放的鲜花"，他的诗才像泉水一样涌出来，就在人们一片赞叹的同时，他已经意识到衰败开始了，这个阴影蒙上他的心头，就像视网膜上罩了白色的翳斑，再也除不去了。果然衰竭来临了，灵性和才气咻咻地离他而去，他觉得自己已成了一只悬在枯藤上的丝瓜筋。此刻，他攥住的诗稿正是他生命力量的最后一搏，他相信久长的黯淡之后会有炽目的一亮。这首长诗是他苦心孤诣之作，凝炼地显现了他大半生的经历和追求。他寄给一个在编辑部的老朋友，此人编发过他不少获好评的诗歌，他向常汝北最后一次邀稿在三年之前，后来他们很少通信往来。

他看着自己攥紧诗稿的手，指关节弯曲处的皮肤要比其他地方白一些。他手一松，“咚——”里面发出响声。

“投进去了？”儿子说。

“投进去了。”他说。

走一段路后，他想起，问，“你长大了写诗吗？”

“不写。”儿子回答得干脆。

他想儿子比他懂实惠。

巷子的一段挤着许多人和摊子，是农贸市场。一辆汽车从里面走，弄得人都溢出来。常汝北牵着儿子走进去，他买了青菜、肉糜，装进马夹袋里。一个中年妇女坐在一张小凳上，他知道她是二道贩子，她的面前铺着许多西红柿，一个挨一个，横里竖里都成行，像是受检阅的部队。

“这西红柿多少钱一斤？”他蹲下去问。

“一块五。”妇人的目光从西红柿上抬起来。

他不作声，也不站起来，一会问，“能不能便宜一点？”

“便宜不了，你看菜场上有我这么好的西红柿吗？”

“一块三怎么样？”

“不卖。”

“卖了吧。”他说。

“不行。这样吧，一块四角五，一分不能再少了。多好的西红柿，马上要下市了，没有了。”

他怔怔地不说话，他去看病，医生说要补充点维生素，可以吃西红柿、黄瓜什么的。可是他买不下手，儿子在身旁，他想起儿子啃大苹果的情景，明知道这种想法没有道理，还是买不下手。妇人看他离去，轻蔑地撇了嘴，她一点不怕卖不掉。

走到那一头，就要回转了，他心里还在想，要不要回去买那西红柿。忽然儿子叫起来：“买这个！”他牵他的手绷紧了。那是一家小店，卖油盐酱醋，兼售面包方便面之类。不知哪一天起，底下橱窗里也放出了儿童汽车、黑猫警长、变形金刚，他想它们是专等着他儿子的吧。

“我要，我要！”儿子张开了一只手掌，拖着他朝橱窗前走。

“我们已经买过玩具了，不要。”

“不，我要。要黑猫警长，要汽车。”

常汝北知道遇上麻烦了，说，“儿子，我们把菜放了，等一会来买。”

儿子看出了他招数，“不么，现在买。”

他气愤地一甩手，走了。走出一段路才回头，他看见儿子已经走到橱窗前了，看他回头，干脆坐到地上去。常汝北知道小崽子和他比耐力了，他想一走了之，给他个恶狠狠的教育。他知道他鬼精得很，不过是试探他的心思，才不会被人拐骗走呢。只要他远远地躲在一个隐蔽的地方看，儿子会偷偷地摸回来。可是他怎么能忍心呢！他是五十头上才得的儿子，儿子是早产的，降世时被放进医院的婴儿房，几天后才给他看。当夜常汝北怎么都睡不着，喝了酒又哭又笑。他的玩具只有几个，回想起来，哪个邻居家的孩子的玩具都比他多。常汝北心灵上的大堤一下垮了，他好像刚刚意识到这个事实。给他买，买，不吃西红柿算得什么，他还可以少吃肉，不吃肉，还可以……他的眼里充满了液体，他发现自己已经变得绵软了，北疆铸就的豪气怕磨得差不多了。

他疾步走回去，拉起儿子，慷慨地要他挑，儿子稚嫩的脸上浮起欢乐的笑，还露出一种我早就料到的神色。他想，像是国际上解决了人质危机。他知道这个比喻不恰当。

最后，儿子选中一辆蓝色的汽车，可以自动转弯倒退。他付了十五元钱。

他们走回家，看见楼前停着一辆黑色轿车，钻出一个胖胖的人，那人朝楼顶端看看，摸摸中间已经光溜的脑袋。轿车开走了，那人转过身，刚好看见了他俩。

那人的眼眉嘴就往中心挤，接着往外扯，“啊哟，常兄，我来看你了，你们在外面呀。”

常汝北认出来了，是和他一起遭过难的老友刘雨虹，算起来也有三年没见面了，他的气色很好，满脸透光。

刘雨虹说：“一直在想你，刚好在附近开会，就叫他们送来了。你都好吗?”不等回答，又插别的话，“这车不肯等我一等，我是市政协常委，理应享受专车待遇，这帮家伙气人，只叫我搭便车，等一会还要我自己乘公共汽车回家。还不因为我们是文化单位嘛，要是遇上实权单位的常委，他敢吗?”

常汝北说了自己的一些情况，看他并不在听，也就不说了。

他们登楼，刚到四楼，刘雨虹就气喘吁吁了，停下，说，"汝北，你怎么住得这么高，要是当初分房子的时候跟我说一声，我替你去活动活动，就不这样了。"

常汝北摇头说："我也没有想到。"

刘雨虹说："也好，是坏事也是好事，你每天上上下下，就像登山运动，会延年益寿的。"说罢哈哈大笑，露一口齐整的牙齿。

到六楼，进了屋，刘雨虹跨着大步，先把两间屋子，一个阳台溜一遍，说，"房子倒可以，阳光充足，空气也比底下好。这周围怎么回事，房子怎么可以造得这么密，不是要铁桶一般箍死你？太不像样了，一点计划都没有，中国的事呀。"

常汝北看他痛心疾首的样子，很有些感动，一时不知说什么好，隔一会，说，"随他了，我不高兴又能怎样？"

两人对面坐下，常汝北叫过儿子，要他叫刘雨虹伯伯，还想让他背几首唐诗的。不料儿子一副心思全在汽车上，嘴里含混几声，立刻跑开，趴到地上去。常汝北不免生气。刘雨虹颠着脑袋，说，"不勉强，不勉强，儿童天性嘛。"

喝过茶，刘雨虹说："常兄，好久不见你，你好多活动都不参加，自甘当隐士。"

常汝北说："哪里有这份志向，主要被孩子缠住了，心也懒了。"

刘雨虹叹一声："也是啊，不容易。要多参加活动，这样能保持心理年轻。常兄，我们是共过患难的人，说什么也是连根连心的。"声音都哽咽了，"中国能有今天的改革开放，我们吃的苦、受的难没起作用吗？我们这批人是付出代价的，我们有权利来享受！趁现在还没有老到动弹不得。”

常汝北往他的杯子里倒了水，水汽冒出来，先是一股，后来变得奇形怪状。常汝北呆呆地看杯口的水汽，刘雨虹的话当然不错，是他的肺腑之言，为什么自己反应不热烈，是我的心理衰老了，还是因为别的呢？

临走时，刘雨虹把茶杯盖子当啷盖上，像刚决定了一件事，说，“有个单位要办个诗歌讲座班，向社会招收学员，系统地讲新诗在中国的发展，就要从社会上请名人当老师，说好报酬是高的。他们聘请了我，又要再找一位，常兄，就你去吧。”说罢从包里掏出一份烫金的聘书，写上名字，放进常汝北手里。

常汝北的指肚在封皮上摩挲，没说话。

两个星期过去了，编辑部那边尚没有回音，这和以前不一样，以前他投稿，很快就会来电话，或者有人来告诉消息。他在头脑中一遍一遍地回忆诗句，有的诗句一想就从嘴边溜出，有的要费很大力气才能想起来，他觉得惊奇，写完还不到一个月呢。细分析，难以记起的是比较涩的、有哲学意蕴的句子，其实他有草稿在，用不着硬想，可是说不出为什么，他不愿意查草稿，他愿意在沉冥之中背诵自己的诗句。至于编辑部和其他人读了会怎么想，他一点把握都没有。

儿子已经把蓝色小汽车玩飞一只轮子，还抓着跛脚车子在玩。他叫过儿子，教他识字。儿子已经识了三百多个字，可偏偏捣蛋，对着认识的字，连连摇头，等到常汝北骂他笨蛋，失望地去干别的事情时，他会出其不意地说出来，还会斜挑眼睛，做出不经意的样子，这叫他又气又恼。

“你长大了做什么？”他凑过脸去问。

儿子狡猾地笑。

“当将军好吗，带领很多人去打仗。”

儿子认真地想一想，说，“我现在已经当将军了。”

“那么当个科学家，发明很多很多新东西。”

“科学家？不当。”

常汝北不甘心，换了种问法，“长大了，挣了钱给不给爸爸用？”

儿子低下头去，他追问一声，儿子突然撒开腿跑，跑进了厨房，他站起来，追进去。儿子缩在角落里，脸半对着墙。他蹲下去，满怀着希望，声音都颤抖了，“挣的钱给不给爸爸用？”

儿子偷看他一眼，羞涩地说：“一个钱都不给。”声音很轻，刚好他都能听见。

常汝北晃动一下，仿佛听到了一声炸雷，眼前出现了白雾，透过迷蒙的白雾，他看见儿子在恶作剧地笑。他举起手，给了他一下。他的耳朵里灌满了哭声，像水涌进了狭窄的管道，他走出厨房。

一个钱都不给。他想，他西红柿都舍不得买，什么好的东西都给儿子吃，为了什么，一个钱都不给。儿子仍然在嚎。他知道是嚎给他听的，不睬他。

他站起来，坐下，又站起来，他的生命的质量是由什么决定的呢，投进邮筒里的诗稿是检验的一个方法，除此以外，还有其他的检验方法吗？诗成功了怎么，不成功又怎样。一个钱也不给。什么意思，是稚童的戏言，还是某种带有隐喻的谶语？他发现自己的心灵变得脆弱而伤感。

儿子的生命是由两个人产生的，一个是他，另一个比他小了十八岁。那个女人此刻在干什么，她能想象儿子刚才对他说的话吗？这是一个喜欢幻想的女人，当初她决计嫁给他，是因为爱他的诗和诗所带来的名声，而他也被这种爱弄得神魂颠倒，从现在角度来审视，他就看到了故事的背面。所以，在他第一阵愤恨、恼怒过后，他变得难以置信的豁达大度，他甚至买了一捧鲜花，在系花的绸带上写下自己的诗句，交在女人的手里。他应该感激女人，真心实意的，她把最宝贵的青春年华献给了他，伴他度过了一阵，她离去的时候，已经韶华消逝。他还有什么不满意，有的只是疚意。他献的花是对她的以往的追忆和爱慕。

哭声扬起来，落下去，又扬起，落下。渐渐小了，常汝北走进阳台，又觉得自己落进井壁的包围中。夜开始了，天空黑幽幽的，慢慢透出蓝，像感光胶片在显影水中的反应，稀疏的白云站住了不走。他发现那个豁口又小了许多，填进了东西，现在是夜里看不清，如果是白天的话，他还能看见山脉野莽豪放的模样吗，他和山就此被隔断了吗？

月亮出现了，它出现在井口上方的一片天中，浅黄色的，小小的，远远的，像是传说中一个被欺凌被放逐的人物，他脱下外衣，两手拎住了远的两点，把衣服在空中张开，看着幽黄的月光涂满了它，觉得手上添了份量。

他闭上了眼，这时他看见的是另一片月光。桦树林不发一点声息，白成那样只有童话世界里有，月亮是漂洗过的血，它向广漠无垠的天空跃起身，开始了一个灵魂游荡的历程。

他把目光投向了另一边，在没有完工的楼房里，他看见两个光脊梁在摸索，一会卷出炊烟，他想农民工烧晚饭了。

他走回屋，看着自己的影子在地下移动，他想宁静如水的空气被他破坏了形状。他走进厨房，看见儿子蜷缩在地，已经睡着了。他上前，跪下一条腿，去抱，一下没抱动，膝盖里却丝丝作疼，他一使劲，才抱住摇摇晃晃站起。他想儿子鬼精，或许是跟他闹闹玩的，即使当真，他也不感到意外，他养儿子从来就没指望他将来赡养自己，西红柿还是不买呀。眼睛又发湿了，讨厌的东西。

他把儿子抱上床，身子也一起倒下去，脸贴着脸，他不动，静静地听儿子均匀的呼吸。后来他坐起来，给儿子脱衣服。他的手和脚随他摆动，冷不丁挥一下，他替他盖上被，要离去，情不自禁俯下身，亲他脸蛋。

约摸一个月左右，他收到那位编辑朋友的来信。信里说，为他仍然保持着创作的热情而高兴，又说，自己年龄大起来，年轻的同志成长起来了，开始管刊物的主要工作，他实际上已经是个顾问了。他还说了一些其他的话，似乎含糊，意思却是清楚的。

常汝北复出以后，还从来没有收到这样的信。他知道生命的一个阶段过去，另一个阶段开始了。仿佛听到一声巨大的钟响，在湿的空气里走不远，他当即回了一封信，请他把稿子退回来。

一个下午，他同儿子在楼下，一个穿绿制服的人骑着一辆车过来，近了看，那人面孔黧黑，看不出实际年龄有多少。他交给常汝北一个大信封，常汝北知道回来了，用手捏了捏。

儿子说："你给我们送东西来了？"

邮递员笑了，露出贝壳一样白的牙齿，说，"上面写着名字，写着谁就送给谁。"

儿子想了想，说，“不管谁都送？”

邮递员说：“都送。哪个角落我都去。”

儿子问：“爸爸，里面是什么呀？”

他说：“是诗。爸爸和你一起把它投进了邮筒，邮递员叔叔送走了，现在又送回了，谢谢叔叔。”

儿子说：“谢谢叔叔，你不送，它还回不来。”

邮递员笑了，说，“这孩子真逗。”随即跳上车滑走了。

常汝北牵着儿子爬上六楼，两人都喘粗气，停一会，他走上阳台，豁口不见了，那地方被水泥和钢筋填满了，又糊上奶色的墙泥。终于被隔断了，他和山不再照面了。悬着的念头落地了，他感到一种悲哀，同时出现了难以名状的轻松。

他拿来一只白的搪瓷脸盆，放在地中央。他拆开信封，把诗篇一张张抖落开。他划着火柴，抽一张盖上去，那纸显出瞬间的宁静，忽然舞动起来，变成黑色的，扎进了白磁盆。他放飞了一只鸟，鸟飞进了另一个空间。他一张一张地抽纸，心里响起轻轻的舒缓的旋律。

“爸爸，为什么要烧掉？”儿子四肢着地，爬过来问。

“不要了，就要烧掉了。”

“不要了，就要烧掉吗？”

他说：“是的，是的。”火光把儿子的脸映红，他见他脸上有一种不曾见过的认真神情。他想，艺术的诗死去了，生命的诗还活着。这个的活以那个的死为代价，那个的死滋养了这个的活。这就是他常汝北的故事和结局。

电话铃响了，他没有动，儿子已经跳起来了，说了几句交给他。是刘雨虹打来的，问他课程准备得怎么样了，后天就要开课了。

他愣了，一时没有回话。那边急切地说：“怎么啦，你怎么不说话?”

常汝北心里产生了一个念头，不知是一直在酝酿的，还是突然蹦出来的，他说，他想过了，不来上课了。那边叫起来：“你说什么，说什么？你再说一遍，再说一遍!”常汝北仿佛看见他张开嘴，鲜红的舌头在牙齿间滚来滚去。“你这家伙太莫名其妙了，没理由地改变主意，你说到底为什么?”

他说：“不为什么，什么也不为。”刘雨虹哀叹：“你给我出难题，还剩一天了，现在换人时间怎么来得及，让人怎么备课?”他说：“对不起，对不起。”后来没有声音了。

他放下话筒，找到了那份烫金的聘书，用指肚细细摩挲一遍。他划着一根火柴，这只鸟比刚才的鸟都重，都难放飞，但发出的光更眩目。最后，它还是飞走了，飞进了另一个空间。

他默不出声，久久地坐着，儿子爬过来，又爬过去，他抓着跛脚的小汽车，用小手触常汝北的腰眼，说，“我长大了，给你买小汽车，红颜色的。”

他没有反应，儿子重说了一遍。他说：“你说什么?”

儿子大声地说：“我长大了，挣了钱，给你买小汽车，红颜色的。”

他把腰挺起来，目光看进儿子的眸子里去。他发现儿子也这样看他。

他牵着儿子在巷子里走，四处都是高楼，挨得很紧，很少有完工的，路不好走，到处堆着石子、黄沙、水泥板，冷不丁戳出一根钢筋。他们绕过来绕过去。他不时叫儿子当心，夜早来临了，月亮高高地固定在头上一爿天空中，小得出奇。

走着走着，儿子不要他牵了，走到前面去。他想了想，随他去。

他不时看见另一幅情景，鹿举着脚步在林子里走，桦树林惨白得惊人。月亮带着漂洗过的血跃起，它是一个自由的灵魂。

他追上儿子，问，“你长大了做什么？”

儿子这次回答得干脆：“当邮递员。”

常汝北受了震动，原先他举过将军、科学家、企业家，儿子都没有应诺。他看中的是面目黧黑的邮递员。

很快他平静了。

儿子说：“我们什么角落都去。”

他说：“是的。”

月光微弱，他们低下头辨认，才能看清路。

儿子说：“不管谁的信，我们都送。”

他说：“我们都送。”

他们重新手牵着手，绕过一堆石子，跨过一道水沟。

月亮小小圆圆的，高挂在空中。